醫統江山

第二輯

卷4 大膽佈局

石章魚 著

仇恨是一種詛咒
詛咒別人，同時也在詛咒自己
一個人心中若埋下太多的仇恨
他這輩子都不會得到真正的快樂

目錄

第一章

最忌憚的對手

大雍皇帝薛勝康野心勃勃，以一統中原征服大康為畢生目標，
現在壯志未酬身先死，龍宣恩不由得哈哈大笑：
「天佑大康，天佑大康！」他最忌憚的對手居然就死了。

周默有些不能相信自己的耳朵，他並沒有想到胡小天居然會這樣容易就放過自己，低聲道：「為什麼？」

胡小天道：「你我畢竟結拜一場，從今以後你是你我是我，你不想說，我也不會為難你，你只需記得若是有機會見到曦月和飛煙，幫我告訴她們，有生之年，我必會過去尋找她們。」

周默抿了抿嘴唇，點了點頭道：「保重！」他大步來到馬前，翻身上馬，熊天霸跟了過去，大聲道：「為什麼？」他雙目之中盡是淚水，男兒有淚不輕彈，只因未到傷心時，熊天霸雖不是什麼聰明絕頂的人物，可這會兒已經明白了，師父背叛了三叔，在感情上他應該站在師父一方，可是在道義上他應該站在三叔這邊。

周默道：「人各有志！熊孩子，你我師徒的情分到此為止！」他提韁縱馬，拍馬向門外奔馳而去，再不向身後看上一眼。

熊天霸咧著大嘴來到胡小天身邊：「三叔……我師父他走了……」

胡小天點了點頭：「你是準備跟他走，還是留下？」

熊天霸擦乾眼淚道：「留下！師父一定有難言的苦衷，三叔您別生他氣。」

胡小天沒有說話，默默走向神侯府空曠的演武場，霍勝男已經在那裡等待，其實剛才她一直都在暗處觀察，做好了從旁協助胡小天的準備，可是胡小天不出意料地放過了周默。

霍勝男輕聲歎了口氣道：「看來你終究還是放不下這段手足之情。」

胡小天搖了搖頭道：「不是放不下，而是殺了他並沒有任何意義，以他的性情是不可能對我說出實情的。」

霍勝男道：「至少在龍曦月的事情上，他已經很對不起你。」

胡小天道：「蕭天穆和他感情甚篤，我若是殺了他，難保蕭天穆不會報復，現在曦月和飛煙都應該在他們的控制之中。」雖然周默背叛了自己，可是胡小天認為周默應該是有苦衷的，而且以他對周默的瞭解，此人做事向來光明磊落，蕭天穆則不然，自己的這位二哥心機深沉，做事不擇手段，而且他和周默的感情要比跟自己深厚得多，若是自己當真大義滅親殺掉周默，勢必會招來蕭天穆的報復。

霍勝男知道胡小天投鼠忌器，黯然道：「對這些野心家而言是沒有什麼親情和友情的，你跟他們講仁義道德，最終吃虧的只能是你自己。」

胡小天淡然笑道：「放心吧，我和他們已經有了了斷。」

「混帳！」龍宣恩還是第一次在七七面前發這麼大的火，拍案怒起，一雙深邃的眼睛死死盯住七七，怒吼道：「你說什麼？你敢再說一遍？」

七七道：「我已經說得夠清楚，大康如今已經千瘡百孔，如果不及時作出應對，那麼社稷必然崩塌，國將不國，距離覆滅之日已不遠矣。」

龍宣恩指著七七道：「你這丫頭，朕如此信任你，讓你代朕處理朝政，你竟然想出了要將大康分裂瓦解的主意，是不是嫌大康還不夠亂？居然要主動將朕的土地送給別人，你是不是龍氏子孫？你這麼做對得起列祖列宗嗎？」

七七道：「陛下還可以掌控目前的大康嗎？若是可以掌控，為何西川李天衡自立？為何國內亂民四起？事實上如今的大康已經成為一盤散沙，為何不放棄一些無關緊要的疆域，保住大康的核心根基所在？」她據理力爭，情緒也變得激動起來。

龍宣恩怒道：「一定是胡小天教你的是不是？他究竟給你灌了什麼迷魂湯？先是你聽從他的主意，讓胡不為率領五十艘戰船，一萬名精銳水師前往羅宋開拓什麼海上糧運通路，可結果呢？非但胡不為趁機逃走，連同朕的五十艘戰船全都不見了！我大康水師縱橫四海，天下無敵，如今就因為你的建議，讓朕損失了最核心的水軍力量。你現在又勸我要將大康的土地分封出去，你究竟是何意圖？難道非要看著朕成為孤家寡人你才高興。」

七七道：「陛下，我所做的一切全都是為大康考慮，我從未想過要損害大康的利益。」

「夠了！如果朕不是念及你年幼無知，今日絕不會饒你。」

七七咬了咬櫻唇道：「陛下既然認為我年幼無知，為何又要讓我來為你處理大康朝政，把江山社稷交到我的手上，你有沒有經過深思熟慮？難道你將治理國家當成一件兒戲嗎？」

龍宣恩怒吼道：「七七，朕雖然寵愛你，可是你若是一再恃寵生嬌，朕也一樣不會饒你。」

七七道：「殺了我又能怎樣？如果殺了我可以讓大康恢復元氣，能夠重振朝綱，能夠讓臣民對朝廷重拾信心，那麼七七死而無憾，可是大康今時今日的局面並非我所造成，就算殺了我也一樣於事無補。」

龍宣恩冷笑道：「你以為朕當真不敢殺你？」

七七道：「有何不敢？你是大康君主，天下間還有你不敢做的事情嗎？」她的目光無畏地和龍宣恩對視著。

此時王千匆匆走了進來，行至龍宣恩的身邊附在他耳邊低聲說了句什麼，龍宣恩聽完面露喜色，他向七七道：「你且退下！今日之事不得再提！否則朕才不會顧念什麼情面。」

七七憤然轉身離去，甚至都懶得道別一聲。

等到七七離去之後，龍宣恩向王千勾了勾手指道：「你說什麼？再說一遍！」

王千眉開眼笑道：「恭喜陛下，賀喜陛下，剛剛得到大雍方面傳來的消息，大雍皇帝薛勝康暴病駕崩了！」

「當真？」

王千還沒有來得及回答，卻聽外面傳來通報聲，卻是洪北漠到了。

洪北漠此次前來也是為了稟報此事，大雍皇帝薛勝康已於五日之前突發暴病，因救治不及而死，薛勝康甚至沒來得及冊封太子，現在大雍國內也是一片混亂。

這對大康的君臣來說可謂是一個天大的好消息，這幾年以來，他們一直活在大雍的威脅和陰影之下，大雍皇帝薛勝康向來野心勃勃，以一統中原征服大康為他的畢生目標，現在壯志未酬身先死，龍宣恩確信這個消息之後不由得哈哈大笑：「天佑大康，天佑大康！」他最忌憚的對手居然突然就死了，可以斷定，薛勝康死後留下的權力真空需要相當的一段時間才能填平，大雍不可避免地會陷入權力更迭和因此而引發的爭鬥之中，在這種狀況下他們不可能再騰出手來侵略大康，也就是說大康終於有了喘息之機。

洪北漠微笑道：「陛下果然洪福齊天。」

龍宣恩開心至極，點了點頭道：「蒼天有眼，薛勝康居然死了，剛才七七那丫頭還勸我要將大康的土地分封出去，哈哈哈哈！她以為大康的國運已經到頭了！」

胡小天在得知薛勝康駕崩之後第一時間來到了永陽公主的府邸，七七今日並未上朝，自從她代理朝政以來，還從未缺席過任何一次的朝會，和龍宣恩因為分封的事情而鬧得不歡而散，七七方才意識到自己只不過是被他利用的工具而已。

七七也是剛剛收到了薛勝康駕崩的消息，無論怎樣這對大康來說都是一個好消息，看到胡小天登門，七七猜到十有八九和這件事有關，在他臉上掃了一眼道：「你總算捨得回來了。」

胡小天抱拳道：「恭喜公主，賀喜公主！」

七七道：「薛勝康死了也算不上什麼大喜事，他還有那麼多的兒子，新君登基之後難保不會重拾南侵的念頭。」

胡小天道：「無論怎樣，大雍的內部都會混亂相當久的一段時間，對大康來說可以獲得喘息之機。」

「內憂外患，外患就算有所緩解，可內憂仍在，陛下否決了我的提議，認為分封諸侯的想法居心叵測。」說到這裡，七七一雙美眸冷冷盯了胡小天一眼，這主意畢竟是他出的。

胡小天道：「看來陛下是根本不在乎大康的存亡了，此前說讓公主代為執掌朝政，可現在卻又出手干預，陛下的金口玉言原來也可以出爾反爾。」

七七道：「你有什麼主意？」

胡小天道：「想救大康唯有真正掌握朝政大權，皇上在位一天只怕就不會讓公主如願。」

七七柳眉倒豎，怒斥道：「大膽狂徒，竟敢蠱惑我對陛下不利！」

胡小天道：「我還未說，公主怎麼知道我要勸你對陛下不利？除非你自己心底也是這樣想。」

七七咬了咬嘴唇道：「這種話不得胡說，若是被外人知道，不但是你要倒楣，連我也要被連累了。」

胡小天道：「原來公主心中明白，咱們的命運已經被聯繫在了一起了。」

七七歎了口氣道：「我現在方才認識到，自己對大康的困局根本無能為力。」

胡小天道：「最根本的解決辦法就是讓老人家靠邊站。」他口中的老人家指的當然就是老皇帝龍宣恩。

七七道：「說得輕巧，可現在想要解決這個問題又談何容易？洪北漠將天機局和羽林軍牢牢掌控在手中，咱們根本沒有實力跟他抗衡。」

胡小天道：「公主何不離開京城這個是非之地，另謀發展？」

七七正想問他的意思，此時權德安匆匆從外面走了進來，神情緊張道：「殿下，皇上召您和胡統領馬上入宮。」

胡小天有些愕然，畢竟他已經辭官不做了，現在的身分就是一介布衣，老皇帝找自己過去幹什麼？十有八九可能是因為自己未來駙馬的身分，不過老皇帝何以知道自己正在七七這裡？看來他一定在公主府附近安插了眼線。

七七也覺得有些奇怪，輕聲道：「你去把鬍子刮掉，陪我入宮面聖。」

胡小天道：「這樣就好。」

七七橫了他一眼道：「怎麼看怎麼不順眼！」

胡小天心中暗笑，鬍子長在自己臉上怎就礙她眼了，回敬道：「那就不看。」

龍宣恩在養心殿接見了他們兩個，大雍皇帝駕崩的消息讓龍宣恩心情大好，臉上的表情也是喜氣洋洋。

胡小天向他行禮道：「草民胡小天叩見陛下，萬歲萬歲萬萬歲。」

「平身！」

「謝主隆恩！」

龍宣恩瞇起眼睛打量了一下胡小天，看到這廝臉上濃密的髭鬚也覺得新奇，再看到他仍然是一身黑衣打扮，方才想起胡小天仍然處在服喪期，點了點頭道：「家裡的事情忙完了嗎？」

胡小天道：「忙完了，多謝陛下掛懷。」

龍宣恩道：「你是我未來的孫兒女婿，關心你也是應當的。」他讓宮人賜座，胡小天和七七兩人並排坐了下去。

七七道：「不知陛下傳召我們入宮為了什麼事情？」

龍宣恩道：「相信你們已經聽說大雍皇帝駕崩的事情了？」

七七點了點頭道：「今晨方才收到消息。」

龍宣恩微笑道：「看來上天依然庇佑我大康，大雍經此一事，國內權力更迭，必將面臨一場變動。」

胡小天恭維道：「皇上洪福齊天，當真是可喜可賀。」

七七道：「比起外患來說，內憂才更讓人擔心，如果國內的情況得不到改善，縱然能夠獲得短時間的喘息之機，卻無法根除隱患。」

龍宣恩點了點頭道：「昨晚朕思來想去，想起昨日你的提議，朕對你實在是有些嚴厲了，這段時間來，你的辛苦朕全都看在眼裡，你為大康操碎了心，提出分封之事也是為了幫助大康走出困境。」

七七心中一動，聽他的口氣應該是已經消了氣，難道他已經認同了分封諸侯的建議？

龍宣恩道：「可是祖宗傳下來的家業總不能平白無故地分給外人，你提出的辦法是否可行也不清楚，朕準備先找一處地方作為嘗試，若是能夠收到效果，就逐步將這個辦法推行出去，你意下如何？」

七七道：「陛下英明。」心中不由得有些忐忑，卻不知龍宣恩究竟要拿什麼地方去試水？又讓何人去試水？

龍宣恩道：「朕準備從東梁郡開始，胡小天，你可願為大康分憂解難？」

胡小天幾乎不能相信自己的耳朵，龍宣恩居然將東梁郡給了自己，老皇帝絕對沒安好心，東梁郡乃是因為安平公主之死，大雍作為補償送給大康的一座城池，位於庸江之北，三面被大雍的土地所包圍，只有南面臨江，雖然大康得到了這座城池，可根本不敢派出駐軍，只是象徵性地派出了幾名官員接管，而東梁郡在重歸大康之後，百姓的生活水準直線下降，城內的富庶人家大都選擇遷入大雍境內。

其實大康君臣都明白，這東梁郡早晚還是要被大雍收回去，只要大雍皇帝提出要求，龍宣恩絕對連眉頭都不會皺一下，就會將東梁郡雙手奉還。

胡小天雖然知道龍宣恩沒安好心，可心中卻欣喜非常，老皇帝這是放虎歸山，自己總算有個光明正大的藉口離開康都，東梁郡對龍宣恩來說如同雞肋，可給了自己卻就成了他立足生根發展之地，胡小天道：「草民願意，可是……」心中樂開了花，表面上仍然裝出頗為為難的樣子。

龍宣恩道：「可是什麼？這東梁郡之所以能夠回歸大康，說起來也有你的一份功勞，朕將東梁郡賜給七七，作為她的封邑，你是她的未婚夫婿，可願意代她打理東梁郡？」

七七明白了龍宣恩的意思，表面上將東梁郡作為封邑賜給了自己，可實際上卻要將自己留在京城，而是讓胡小天前往東梁郡打理一切，東梁郡名義上已經劃歸大康，可在事實上民心全都在大雍一邊，若是兩國興起戰火，首先殃及到的就會是東梁郡，龍宣恩做出這樣的安排真可謂是居心叵測了。

胡小天道：「臣願意！」

龍宣恩道：「看你的表情似乎有些不情願啊。」

胡小天道：「臣是擔心自己會有負聖托。」

龍宣恩道：「朕本來也不想給你這個機會，你爹辜負朕的信任，帶著朕的船隊和水師杳無蹤影。可朕畢竟親自為你們兩人訂下了親事，看在七七的份上，朕就再給你一次證明自己的機會，若是你能將東梁郡打理好，一來可以幫助大康分憂，二來也可以堵住悠悠之口，讓群臣們看到你的能力。」

胡小天道：「臣明白了。」

龍宣恩道：「東梁郡乃是大康最北端的城池，可謂是不折不扣的前哨，因為地處敏感，所以並沒有設有太多兵馬駐紮，你前往那裡，一要負責幫忙打探大雍的動向，如有什麼風吹草動及時向朝廷稟報，二要穩定那裡的民心，要讓他們真正意識到大康才是他們的家園。」

胡小天躬身道：「臣遵旨！」

龍宣恩擺了擺手道：「你先出去吧，朕還有幾句話想單獨對七七說。」

胡小天恭敬退了出去。

七七等到胡小天走後，表情冷淡道：「陛下這樣的安排也真是煞費苦心了。」

將胡小天調出京師，其用意還不是剪除自己的得力助手，胡小天若是走了，自己的神策府豈不是成為一個空架子。

龍宣恩道：「七七，朕之所以這樣安排也是聽從了你的建議，若是胡小天有能力將東梁郡治理好，證明你的建議可行，若是他沒這個本事，非但可以證明你的建議不可行，還證明他根本沒資格做大康未來的駙馬。」

七七心中一怔，難道龍宣恩想要悔婚？她低聲道：「既然東梁郡是給我的封邑，那麼我也去東梁郡就是。」

龍宣恩微笑道：「你跟他尚未成親，豈可前往那裡？再說這朝中那麼多的事情，你若是走了，還有誰能夠幫助朕分憂解難？」

七七道：「我看陛下龍體康健，根本不需要我來幫忙。」

龍宣恩道：「朕心中，最疼的那個始終都是你，昨晚朕對你實在是太嚴厲了，朕答應你，以後再不會這樣對待你，你千萬別生朕的氣。」能讓他這位一國之君如此和顏悅色的也只有七七了。

從養心殿裡出來，胡小天在外面遇到了小太監尹箏，因為胡小天滿臉鬍鬚的緣故，尹箏沒能第一眼將他認出，直到胡小天向他招了招手，尹箏方才認出是他，慌忙眉開眼笑地跑了過來：「我當是誰，原來是胡大哥呢！」他嘴裡叫得非常親熱。

胡小天點了點頭道：「最近過得怎樣？」

尹箏歎了口氣道：「還能怎樣，在宮裡面始終都是一個端茶送水的奴才，無時無刻不得看著主子的臉色，哪比得上胡大哥逍遙自在。」說到這裡忽然留意到胡小天這身打扮，方才想起對方仍然在服喪期間，有些尷尬笑道：「胡夫人的事情我本想過去，可我這身分畢竟是不夠資格的，想了想還是沒去給您添亂，我和宮裡面相熟的夥伴也是托了王公公送了花圈的。」

母親去世之後，宮裡的確有不少太監人雖然沒到但是禮到了，胡小天自然不會將所有的名字一一記下，他低聲道：「心領了，你在宮裡討生活也不容易。」

尹箏知道胡小天想從自己這裡得到什麼，眼睛向周圍瞥了瞥，看到沒有人留意這邊，方才低聲道：「皇上最近身子頗為強健，昨晚還連御兩女來著。」

胡小天一聽真是有些好奇了，龍宣恩這老傢伙對外可是一副病怏怏的樣子，想不到還真是老而彌堅，這麼大年齡居然可以一夜連御兩女，這身體比起年輕人也不遑多讓，本以為這老東西風燭殘年，命不久矣，若是尹箏說的都是實情，看來他還不知活到什麼時候。胡小天看似漫不經心道：「你在說笑吧，他都多大年紀了。」

尹箏以為胡小天不相信自己，有些著急道：「天地良心，我對胡大哥可不敢有半句謊言，不但是昨晚，最近一段時間，他臨幸諸妃的次數明顯要比過去增多，聽說洪北漠正在為他煉製長生不老的丹藥，難道皇上當真開始返老還童了？」

胡小天道：「你幫我盯緊他的一舉一動，有什麼消息，你直接去告訴司苑局的史學東，他自有辦法將消息送到我那裡。」

尹箏笑道：「還是算了，有什麼事我還是直接找你說，其他人我可信不過。」

胡小天道：「我就要前往北疆東梁郡了，以後不會常常回來。」

尹箏愕然道：「東梁郡，那不是大雍的地盤上，為何要去？到了那裡豈不是等於羊入虎口？」

胡小天微笑道：「你這麼看扁我？或許是虎入羊群呢？」他拍了拍尹箏的肩膀，起身離去，走了幾步又揮了揮手道：「我跟你說過的話不要忘記了。」

史學東在司苑局正在懶洋洋曬著太陽，突然感覺有些異樣，睜開雙目，正看到一個濃眉大眼滿臉髭鬚的漢子俯身望著自己，把史學東嚇了一跳，從躺椅上翻身下來就想跑，這廝的危機意識也的確有些過強，走了兩步方才回過神來，轉身望去，禁不住哈哈大笑起來：「兄弟……原來是你啊！」

胡小天笑瞇瞇道：「不是我還能有誰？」

史學東道：「這鬍子真是讓人羨慕，威風凜凜，剛猛非常，再配上兄弟的健美身材，嘖嘖嘖，簡直就是天神下凡！」

胡小天歎了口氣道：「你少拍馬屁，我自己什麼模樣自己知道。」他毫不客氣地在躺椅上躺下了。

史學東讓人搬了個馬紮，在胡小天身邊坐下，笑道：「最近我跟人學了幾手推拿按摩的功夫，兄弟要不要試試？」

胡小天道：「好啊！」

史學東給胡小天捶起腿來，他的手法並不熟練，甚至可以稱得上拙劣，胡小天開始是閉著眼睛，後來卻睜開，看著高遠的天空，盯著天空中飄蕩的幾朵浮雲，輕聲道：「大哥，你當時和我結拜，並非是出自真心吧？」

史學東笑了起來：「當時心中只是恨你，送給你那幅圖和三鞭丸也存著想整你的念頭。」一時過境遷，現在倒是不避諱說起這些事了。他歎了口氣道：「可能是報應吧，如今我卻變成了一個貨真價實的太監，這輩子都休想再碰女人。」

胡小天卻知道史學東是一個隱睪患者，至今體內還保留著一顆睪丸，分泌的雄性激素還在不時折磨著他。胡小天道：「大哥，如果有一天我遇到什麼麻煩，你會不會不管我？」

史學東搖了搖頭道：「你不會有什麼麻煩，我雖然沒什麼本事，可是我看人的眼光還算準確，你註定會是一個了不起的大人物，不管你做什麼事，我都會幫你，雖然我可能幫不上什麼大忙。」

胡小天坐起身來，靜靜望著史學東，父親、周默等人的先後背棄讓他產生了嚴重的信任危機，史學東和他結拜當初就是虛情假意，不過兩人在共同入宮的日子裡，也算得上是同甘共苦，胡小天這次離開康都，必須要在皇宮內布下自己信任的關係網，史學東和尹箏都是這張網的關鍵所在。

胡小天道：「史伯伯近況怎樣？」

史學東歎了口氣道：「皇上看樣子是不想啟用我爹了，到現在也沒有給他一官半職，好像已經將他忘了。」

胡小天點了點頭，心中明白史不吹這幫老臣子很難得到皇上的重用，在發生父親一去不返的事情之後，老皇上變得越發多疑。胡小天這才將自己即將前往東梁郡的消息告訴了史學東，史學東聽說之後真是羨慕不已，後來方才明白，這是皇上的一計，故意將胡小天從永陽公主身邊踢走，要孤立永陽公主，以防她勢力坐大。

胡小天道：「大康氣數已盡，亡國也是早晚的事情，這次前往東梁郡對我來說倒是一個機會，我會盡力在東梁郡站穩腳跟，日後社稷崩塌之時，你我兄弟也有容身之地。」

史學東道：「我爹也說大康完了，現在兄弟也這樣說，應該不會有錯。兄弟只管安心離去，這邊的事情，我會幫你盯著。」

兩人聊天的時候，藏書閣的元福到了，他卻是專程來找胡小天的，乃是李雲聰請胡小天過去喝酒。

胡小天原本想留在司苑局陪史學東喝上幾杯，可李雲聰既然讓人找他，想必一定有要事，胡小天讓史學東去酒窖裡找了兩罈好酒，交給元福拿著，跟他一起來到了藏書閣。

李雲聰在自己房間內坐著，小桌上已經擺了幾樣小菜，看來他早已有了準備。

胡小天將兩罈酒放下，笑道：「李公公的消息真是靈通啊，我剛剛來到皇宮，您這邊就收到了消息。」

李雲聰桀桀笑道：「皇宮本來就沒有多大，駙馬爺這樣的身分走到哪裡都會引起轟動的。」說話的時候一隻獨眼灼灼生光。

胡小天看到他精芒外露，氣息悠長沉穩，就知道李雲聰此前所受的內傷已經基本痊癒，他笑了笑道：「還沒成婚呢，我算什麼駙馬爺？」

李雲聰道：「皇上定下來的事情豈會有錯？」

胡小天道：「皇上也幹過不少出爾反爾的事情。」

李雲聰撚起蘭花指，食指和小指指向胡小天道：「這話也就是在咱家面前說說，若傳到皇上耳裡，只怕要治你一個藐視朝廷的罪名，搞不好就是抄家滅族。」

胡小天道：「我現在是孤家寡人，也沒什麼好怕。」

李雲聰歎了口氣道：「說起來真是讓人感傷呢，胡大人果然是鐵石心腸，拋妻棄子，帶著大康船隊水師，一去不還。這樣的魄力，可不是一般人能夠做到的。」

胡小天冷冷望著李雲聰道：「李公公請我過來，就是聽你說這些的嗎？」

李雲聰笑道：「駙馬爺果然和過去不同，脾氣大了不少。」

胡小天道：「無牽無掛，自然無畏。」

李雲聰道：「可惜你已經陷入困局，你爹做了這種事情，皇上對你已經喪失了信任，今次讓你前往東梁郡，一來是要提防永陽公主勢力做大，二來就是要將你邊緣化，以後若是想害你，隨便給你安個謀反的罪名，就可以讓你走上不歸路。」

胡小天道：「大不了是一死，我現在已經沒什麼好怕。」

李雲聰道：「好死不如賴活著，皇上有皇上的打算，咱家跟了皇上這麼多年，他心中想什麼？他想要做什麼，咱家還算清楚，他才不會在乎任何人的死活，就算是永陽公主也是一樣，更不用說你這個未來的駙馬了。」

胡小天道：「那你說來聽聽，皇上想要的究竟是什麼？」

李雲聰一掌拍開酒罈的泥封，剎那間酒香四溢，他端起酒罈斟滿桌上的兩只酒碗，端起其中一隻道：「邊喝邊說！」

兩人同乾了這碗酒。

李雲聰道：「他活了這麼久，什麼權力富貴沒有享受過？他想要的只是長生不老罷了！唯有長生不老，他才可能永遠坐在皇位上。」

胡小天不屑笑道：「你當真相信這世上會有長生不老的事情？」

李雲聰的回答卻讓胡小天為之一怔：「相信！」

胡小天搖了搖頭，意思是我不信，當今時代畢竟受到科技水準的限制，就算李雲聰這種智慧超群的人物也難免會相信長生不老的荒唐話。

李雲聰獨眼中的目光堅定而篤信：「皇上這些年花在皇陵中的錢不計其數，洪北漠之所以受到他的重用，絕非是因為洪北漠掌控天機局，為皇上立下汗馬功勞，而是因為洪北漠為皇上悄悄煉製長生不老丹。」

胡小天道：「也許他只是利用這個辦法來投其所好，蒙蔽皇上。」歷史上不乏利用長生不老來忽悠皇帝的人物，胡小天才不相信什麼長生不老的說法，現代科學都做不到的事情，冷兵器時代又怎麼可能實現？

李雲聰搖了搖頭道：「皇上雖然年邁，可是他一點都不糊塗，以他的頭腦，就算洪北漠能夠騙得了他一時，也騙不了他這麼久，洪北漠和皇上一直以來都是相互利用，他需要皇上給他提供金錢，而皇上需要他為自己延長性命，你有沒有發現，皇上的身體比起去年的時候要健壯許多，年輕許多？」

胡小天想起尹箏剛剛對自己說起的那些事情，皺了皺眉頭，沉聲道：「好像的確年輕了一些。」

李雲聰道：「洪北漠如果不是掌握了長生不老的秘密，皇上焉能對他言聽計從，而洪北漠卻要借重於皇上的權勢和財富，咱家雖然不知道他在做什麼，可是咱家有一點能夠斷定，在皇陵之中必然存在著一個驚天的秘密。」

李雲聰可以說和胡小天想到了一起去，胡小天想了一會兒道：「你對他的秘密感興趣？」

李雲聰反問道：「難道你不感興趣？」

胡小天道：「可是皇陵防守嚴密，皇陵地宮內機關重重，只怕連一隻蒼蠅都飛不進去。」

李雲聰道：「大康社稷搖搖欲墜，覆滅只是早晚的事情，到了這種地步，皇上連江山社稷都不管，卻仍然只顧著皇陵地宮，足見這皇陵地宮對他比大康江山更為重要，除了長生不老丹，還有什麼能夠讓他如此作為？」

胡小天道：「這件事上我只怕幫不了你，皇上已經決定讓我去東梁郡，這次一走，還不知何年何月能夠返回京城。」

李雲聰道：「皇上讓你走是因為對你有了提防之心，更是擔心永陽公主覬覦他的皇位。」

胡小天笑道：「皇上實在是太多疑了。」

李雲聰意味深長道：「有些事情是瞞不過大家的眼睛的，永陽公主年紀雖然不大，可是她胸中的志向比起男兒還要遠大，你應該比我更清楚。」

胡小天道：「我還真是不太瞭解她。」

李雲聰道：「永陽公主對你非常信任，讓你主持神策府的籌建就足以證明，只可惜她畢竟年輕，雖然野心不小，可是在處理朝廷大事上手腕還欠火候，身邊有沒有太多可信的臣子為她出力，所以才會造成目前的困境，你是她的未婚夫婿，她只能依靠你了。」他嘿嘿笑道：「千萬別告訴我你不會幫她。」

胡小天道：「你是不是認為我一定會幫她？」

李雲聰道：「拋開你們的婚約不談，現在你自己的處境也很不妙，你爹做了一件驚天動地的大事，這次不但自己逃走，還捲走了大康最精銳的水師和戰船，單單是這件事，皇上就有理由砍了你的腦袋，若非永陽公主盡力為你開脫，恐怕你早就被抄家滅族。無論你承認與否，你和永陽公主的利益已經緊密聯繫在了一起。此去東梁郡，你只怕凶多吉少。」

胡小天微笑道：「何以見得？」

李雲聰道：「大家都是明白人，何須咱家點破，而今的局勢就是你不殺他，他早晚都要殺你，以你的頭腦應該早就拿定了主意。」

胡小天端起面前的酒碗，目光盯著其中，意味深長道：「你是勸我一不做二不休，乾脆趁著亂局搶了他的地盤，成就一番霸業？」

李雲聰呵呵笑道：「咱家可沒說，全都是你自己說的，不過現在看來，也唯有如此才是出路了。」

胡小天的目光投向李雲聰道：「如果我真有這樣的想法，李公公會不會幫我？」其實問話之時，胡小天已經明白李雲聰的心意，這老太監肯定有他自己的算盤，若非存在共同的利益，他又何必費盡心思地跟自己探討這些事情。

李雲聰端起面前酒碗道：「你幫我，我就幫你！」

胡小天道：「我為何一定要相信你？天下間可沒有免費的午餐。」

李雲聰道：「我幫你拿走大康的江山，你只需將皇陵地宮給我，到時候咱們兩不相欠。」

胡小天目光閃爍，皇陵地宮在老皇帝的眼中甚至比江山社稷都重要，現在李雲聰也對此圖謀，看來李雲聰應該知道一些皇陵地宮的事情，他當初之所以和洪北漠等人聯手幫助老皇帝復辟，其真正的原因也不是忠心，可能也是為了從皇陵地宮中得到什麼，如今老皇帝重新上位，重用洪北漠，而對李雲聰的貢獻卻視而不見，李雲聰因此而感到失望，進而想重新物色一個合作夥伴。這個世界上多半的感情都不如利益來得可靠，胡小天最近對此可謂是感悟頗深。

胡小天端起酒碗和李雲聰碰了碰，李雲聰的臉上露出一絲會心的笑意。

彼此同乾了這杯酒，胡小天道：「為何選中我？」

李雲聰道：「你聰明，有不錯的實力，而且你的運氣實在是不錯，想要成就大事，這三個因素缺一不可。」

胡小天苦笑道：「我不覺得自己的運氣有多好。」

李雲聰道：「天將降大任於斯人也，必先苦其心志勞其筋骨，你雖然年輕，卻經歷了比普通人多得多的挫折，擁有了這樣的經歷，方才有了成就大事的資格。」

胡小天道：「不是說成就大事的首要條件是要心狠手辣，六親不認嗎？」

李雲聰哈哈大笑起來，他輕聲道：「你一定想不通為何你爹要離開大康，為何會棄你們母子於不顧？」

胡小天心中暗奇，這驚天的秘密李雲聰不可能知道吧，若是被他知道自己的出身，豈不是麻煩。

李雲聰道：「種種跡象表明，你爹很可能去了天香國，雖然至今沒有找到確實的證據，可是如果細說從頭，就能夠找到一些蛛絲馬跡。」

胡小天仔細傾聽，生怕放過了任何一個細節。

李雲聰道：「你爹年輕的時候相貌英俊，也是康都有名的美男子，你或許不知道，你爹非但擅長經營財富，而且還是天下聞名的琴師。」

胡小天愕然道：「什麼？我爹會撫琴？我怎麼從來沒有聽說過？」

李雲聰道：「你爹的心機之深只怕不次於皇上，咱家過去也一直忽視了他，現在方才明白，原來你爹一直都有謀反之心。」

雖然老爹已經背棄了自己，可是聽別人說起他的不是，胡小天仍舊心頭有些不爽，也許老爹因為婚姻的這場悲劇，所以轉而將所有的注意力全都集中在對權力的追逐上。

李雲聰道：「有件事咱家從未對他人提及，那還是二十多年前的事情，你爹曾經教過長公主龍宣嬌撫琴。」

胡小天頭皮有些發麻了，李雲聰雖然沒說完，他卻已經猜到發生了什麼事情，老爹英俊瀟灑，琴技絕佳，必然以一曲多情的琴聲打動了長公主龍宣嬌的芳心，那時候老爹老娘應該已經成親，不過兩人婚後多年都沒有子嗣，老爹想必那時也苦悶得很，於是和長公主龍宣嬌一來二去就好上了，兩人乾柴烈火，指不定幹出了越軌之事。

李雲聰道：「長公主跟隨你爹學琴半年，後來被嫁到了天香國，咱家知道她因為此事極其不滿，和皇上發生了爭執，無奈皇上定下來的事情不容違抗，長公主因此而差點尋了短見，後來終於答應嫁入天香國，當時咱家剛好在護送她遠嫁的隊伍之中，你一定想不到，你爹就是那次的遺婚史。」

胡小天心中暗歎，自己到底跟老爹是兩父子，都趁著當遺婚史的功夫把公主給弄上手了，不過也都是親手為自己的愛人披上嫁衣，新郎卻不是自己，在這一點上自己要比老爹強一些，至少敢於冒天下之大不韙來一個偷天換日。

李雲聰道：「你爹到天香國之後，只待了一天就急匆匆返回了大康，而咱家卻在天香國一直待到長公主成親。」

胡小天心想單單是這些捕風捉影的事，未必能夠證明自己老爹和龍宣嬌有染。

李雲聰道：「長公主成婚前夜，不知為何卻突然嘔吐起來，咱家本想叫郎中過來，她卻神情慌亂，只說不用，咱家趁著她不注意的時候，探了探她的脈息，你猜猜怎麼著？」

胡小天已經猜到了，他甚至開始佩服起自己的這位老爹了，果然陰險，下手比自己還要果斷，竟然敢把長公主提前就給叉叉了。胡小天乾咳了一聲道：「你是說龍宣嬌懷了身孕？」

第二章

老狐狸之鬥

胡小天自以為聰明，可是在這幫老狐狸之間，
鬥智鬥法，終究還是落到被人利用的下場，
根據他的感覺，李雲聰所說的應該是事實，不會有詐，
劉玉章甘心冒這麼大的風險也要帶走
《天人萬象圖》和《般若波羅蜜多心經》這兩本書，
想必是極其重要的。

李雲聰嘿嘿笑道：「胡大人果然是聰明絕頂。」

胡小天心中暗罵，都說得這麼明顯了，老子又不是癡呆兒怎麼會聽不出來？

李雲聰道：「咱家雖醫術不精，可是在脈象方面還是頗有自信的，長公主應該是懷孕不久，這種事咱家自然不能說，當時咱家就有些迷惑罪魁禍首究竟是誰？」

胡小天暗歎，何必裝呢，你直說是我老爹不就得了。

李雲聰道：「等到咱家返回大康，漸漸忘記了這件事，後來聽說長公主為天香國添了一位小皇子，咱家得知了那小皇子的生辰八字，往前一推，方才發現那位小皇子原來是九個月就生下了，據說是早產。」

胡小天感覺有些天雷滾滾，狗血一片，就算把上輩子都加在一起也沒有遭遇過如此狗血的故事，幾乎天下間最匪夷所思的事情都讓他一人給遇上了，這到底是幸運還是不幸？絕對不幸，突然之間自己就被獨生子女給除名了，搞了半天還有位同父異母的哥哥。

李雲聰道：「皇家的事情，咱家才懶得去問，要說那位長公主也是一位聰明絕頂的人物，咱家也不知道她究竟是如何將這件事隱瞞得天衣無縫，非但順順利利地生下了這個兒子，而且還讓天香國太子對她寵愛有加，後來天香國太子自然而然繼承了帝位，她理所當然就成了天香國的皇后。天香國皇帝在位六年暴病而死，天香國太子楊隆景時年七歲，年紀幼小自然難掌大權，當時一幫皇室宗親都覬覦皇位，龍宣嬌卻硬生生力排眾議，讓她的兒子楊隆景登基做了皇上，她則垂簾聽政，時至今日，天香國的政權依然掌控在她的手中。」

胡小天點了點頭道：「天香國只是一個小國，當時肯定是懾於大康的實力，所以才如此善待他們母子。」

李雲聰笑道：「你錯了，皇上才不管她的事情，龍宣嬌能有今日，全憑藉著她自己的本事。」

胡小天現在總算有些明白了，老爹跟龍宣嬌是老相好，他們兩人還有一個健健康康的兒子，這麼多年以來母親一直都被蒙在鼓裡，老爹從未想過要為他們做什麼，他真正想要的是維護他的另一個家庭，和李天衡準備舉事，顛覆大康朝廷，也是為了他和龍宣嬌的兒子開疆拓土。想到這裡，胡小天心中一陣酸澀，不是為了自己，而是為了母親不值。

李雲聰歎了口氣道：「其實世間不如意事十之八九，你也不必太往心裡去。」

胡小天道：「你剛不是說我爹琴技高超，怎麼我從未聽過他撫琴？」

李雲聰道：「你爹那次送親回來，就再也沒聽說他彈琴，撫琴只為知音人，或許他認為身邊已經再無知音了，所以從此再不撫琴。」

胡小天倒了一碗酒，仰首一飲而盡，哈哈大笑，站起身來，聽李雲聰講完這番話之後，他的內心中卻豁然開朗，既然老爹對自己，對這個家早已沒有眷顧，自己又何必在乎他？你不是想跟龍宣嬌帶著你的寶貝兒子一家團圓，和和美美地過日子，我偏不讓你如意，我就要讓你知道，自己釀出的苦酒是什麼滋味。男兒當自強，除了這具軀殼，我和你胡不為原本就沒有任何的關係。

憑藉著手中的五彩蟠龍金牌，胡小天在皇宮中出入自如，離開藏書閣，卻看到權德安就在路口等著自己，胡小天笑道：「權公公在等我？」

權德安點了點頭道：「公主殿下在紫蘭宮等著你呢。」他的目光朝藏書閣的方向看了一眼，充滿問詢之色。

胡小天道：「我來跟李公公道個別，他對我有恩。」

權德安默默向前走去。

胡小天發現權德安的腿腳變得越來越靈便了，如果不是曾經親手為他切掉了一條右腿，幾乎不能相信這是一個已經失去一條腿的人，胡小天忍不住道：「權公公的腿腳越來越利索了。」

權德安道：「洪先生送給了我一條義肢，比起過去輕便了許多。」

胡小天點了點頭，拋開洪北漠的立場不言，此人的確是一個難得一見的人才，聯想起洪北漠現在的一身本事全都是從楚扶風那裡學來的，楚扶風活著的時候真可謂是學究天人，這樣厲害的人物該不是也和自己一樣穿越過來的吧？

胡小天正在胡思亂想之際，權德安道：「你還會不會回來？」

胡小天笑道：「只要活著，總會回來。」

權德安道：「公主很在乎你！」他平時的話就很少，點到即止，不過已經表明了想要表達的意思。

胡小天心中暗忖，七七真正在乎的只有權力，這小妮子野心勃勃，一直都想成為大康女皇，這次老皇帝把自己從她的身邊支走，目的就是要削弱她的勢力，七七心中想必非常的失落。

抵達紫蘭宮，居然聽到一陣清脆悅耳的琴聲，琴聲中聽出了高山流水的味道，胡小天走入宮室一看，卻是七七坐在那裡撫琴，還別說，小妮子這琴彈得不錯，胡小天也沒有急於打擾，站在七七身後聽她將一曲撫完，然後才鼓起掌來。

七七沒有轉身已經知道是胡小天到了，輕聲道：「是不是有種飛出牢籠的感覺？現在肯定是心花怒放吧？」

胡小天微笑道：「我實在沒有什麼可高興的事情，君讓臣死臣不能不死，皇上的命令，我也不敢不從啊！」

七七猛然轉過身來，怒視胡小天道：「他讓你吃屎你去不去吃？」

胡小天歎了口氣：「公主殿下，注意形象！」

七七怒道：「我呸你的形象，我總算想明白了，你故意讓我在他面前提出分封諸侯之計，實際上卻是讓他對我生出疑心。」

胡小天道：「你想多了，女人有時候太聰明不好，更何況你還是一個女孩子。」他的目光在七七平坦的胸部掃了一眼。

七七鳳目圓睜道：「別以為留了一把鬍子就能在我面前裝老前輩，來人！把他的鬍子給我刮了！」

馬上從門外擁入幾名宮女太監，一個個虎視眈眈地望著胡小天。

胡小天真是哭笑不得：「不要吧，何必玩這種孩子的把戲？」

七七道：「你若是不給我老老實實地服從命令，我就讓人把你的頭髮眉毛全都刮乾淨，渾身上下，一根毛都不給你剩下。」

胡小天嚇得縮了縮脖子，夠狠，居然渾身上下，他歎了口氣道：「得！我答應你的要求就是，我自己來，不勞他們動手。」

七七擺了擺手，一名小太監送上托盤，托盤裡面居然擺著一柄剃刀，看來她是早有準備了。

胡小天道：「總得給盆熱水啊！」

七七舉著鏡子，胡小天對著鏡子很快就將臉上的鬍鬚刮了個一乾二淨，摸了摸光滑的下巴，嘖嘖稱讚道：「還別說，真是英俊不少。」

「馬不知臉長！」七七一旁道，不過看樣子已經消了氣。

胡小天將面孔洗淨，接過七七遞來的面巾，能讓當朝公主這麼伺候，還真是有些受寵若驚了。

七七道：「你去李雲聰那裡喝酒了？」

胡小天點了點頭道：「這次去東梁郡，短則一年半載，長則三年五載，總得跟宮裡的一些老相識道個別，我在皇宮混了這麼久，多少還有幾個朋友。」

七七道：「你挖苦我沒有朋友嗎？」

胡小天苦笑道：「公主殿下，心眼兒太多也不是什麼好事。」

七七道：「你今晚別回去了。」

胡小天一聽就覺得頭皮有些發麻，看來皇室血脈都比較開放啊，七七這才多大啊，居然就主動提出讓自已在這裡過夜了，胡小天乾咳了一聲道：「不合適吧，咱倆雖然訂下婚約，可是你畢竟還沒過門……」

七七瞪了他一眼道：「你想到哪裡去了？我讓你留下當然有事。」俏臉卻紅了起來，她現在已經是豆蔻之年，對男女之事已經開始懵懵懂懂，聽胡小天這樣說自然羞不自勝。

胡小天道：「有什麼事情？」

七七道：「還記得上次咱們一起去縹緲山底的事情嗎？」

胡小天連連點頭。

七七道：「我想你再陪我去一趟。」

胡小天道：「不是都搜查過了嗎？」

七七道：「你別管那麼多，總之陪我再去一趟就是。」

胡小天點了點頭道：「既然公主有命，我唯有捨命陪君子了，不過你讓我在紫蘭宮過夜好像有所不妥，傳出去會損害你的清譽呢。」

七七道：「誰讓你住在這裡了，你滾去司苑局那邊歇著，午夜時分，你到這枯井之中等我。」

胡小天道：「我去那邊反倒容易引起懷疑，畢竟我都不在司苑局了，不如我就待在紫蘭宮吧。」

七七嗔道：「你走，我才不要你待在這裡，你不在乎聲譽，我還要在乎呢。」

胡小天只是故意逗她，呵呵大笑道：「得，你讓我走，那我走就是。」

七七又叫住他道：「喂，你別忘了！」

胡小天點了點頭道：「知道！」

胡小天沒去司苑局，司苑局雖然是他在宮中的根據地，可畢竟人多眼雜，自己頻繁出入酒窖，勢必會引起不少懷疑。如今的胡小天早已不是昔日的那個唯唯諾諾的小太監，一舉一動都受到其他人的注目。

通往密道的入口又不止酒窖一個，藏書閣的六層，文聖像之後也有一個入口。換成過去，胡小天或許要掂量一下，可現在和李雲聰既然已經達成了合作，自然就無須顧忌。

李雲聰看到胡小天去而復返也覺得有些奇怪，問他之後，方才知道胡小天要借藏書閣的密道一用。

李雲聰以為這廝是要通過密道夜裡潛入紫蘭宮偷香竊玉，心中暗歎，果然是龍生龍鳳生鳳，老鼠的兒子會打洞。這小子比他老子還要膽大，還要風流。

李雲聰陪著胡小天來到藏書閣的六層，胡小天想起昔日自己在李雲聰面前毫無反手之力，現在只怕李雲聰想對付自己已經沒有那麼容易。胡小天環視這間藏書閣，忽然想起了一件事，微笑道：「李公公當年讓我去找《般若波羅密多心經》，那心經是不是還在藏書閣內？」

李雲聰道：「這藏書閣內並無這套心經。」

胡小天又道：「天人萬象圖呢？」李雲聰當初因為胡小天所繪製的人體解剖圖而懷疑天人萬象圖就落在了他的手中，當時差點沒把胡小天給殺了，所以胡小天心中始終存有疑問，故而才提出這個問題。

李雲聰道：「天人萬象圖七年前被人盜走了。」

胡小天道：「你一定看過其中的內容，不如跟我說說，裡面究竟畫的是什麼？」反正距離和七七約定的時間尚早，剛好可以從李雲聰的嘴裡套出一些話。

李雲聰歎了口氣道：「其實這藏書閣內所有珍貴的書籍都會有摹本，天人萬象圖也是如此，摹本乃是咱家當初親自繪製，兩年前天人萬象圖原本被盜，同時咱家尚未繪製完成的摹本也丟失了，看來盜賊是有備而來。」

胡小天忽然靈機一動，低聲道：「莫非《般若波羅蜜多心經》和那本《天人萬象圖》是同時失蹤的？」此前李雲聰曾經跟他說過，天人萬象圖於七年前失蹤，看來都是假的，原來天人萬象圖失蹤不久，推算起來也就是自己入宮之前的事情。

李雲聰點了點頭道：「不錯，也是從那次咱家方才發現了這條隱藏在文聖像後方的地道。」

胡小天心中暗忖，這條皇宮下方的地道如今已經不能稱為秘密，李雲聰知道、姬飛花知道、七七知道、權德安也知道，可最早發現這個秘密的人究竟是誰？按照李雲聰的說法，兩年前有人就通過這條地道進入這裡盜走了兩本典籍。

李雲聰道：「咱家思來想去，最可能做這件事的只有幾個，於是咱家一一排查，查了一段時間，方才將最大的疑點鎖定在一個人的身上。」

胡小天道：「什麼人？」

李雲聰道：「劉玉章！」

胡小天聞言內心一怔，李雲聰的回答有些讓他出乎意料，可仔細一想卻又在情理之中，劉玉章執掌司苑局多年，他對司苑局的一切可謂是熟悉之極，自己都能夠發現酒窖內的秘密，劉玉章為什麼不可以？只是劉玉章對待自己極為關照，自己入宮之初，正是劉玉章對他的關照和重用方才讓他在司苑局出人頭地，也是劉玉章為他擋住了許多不必要的麻煩，劉玉章被姬飛花打死之時自己很是傷心，因此還下定決心要為劉玉章報仇。

胡小天道：「可是劉公公已經死了。」

李雲聰桀桀笑道：「咱們做太監的，能夠在宮中擁有一定的地位，無不擁有超人的手段和心機，劉玉章也是如此，他為何要對你如此厚愛？明明知道姬飛花權勢滔天，為何要自尋死路和姬飛花作對？你不瞭解他，咱家卻清楚得很。」

胡小天心中暗歎，李雲聰說得如此肯定，看來劉玉章的確和兩本典籍的失竊案有關，不過無論如何劉玉章都算對自己不錯，當時他被姬飛花重創，因為受不了折磨，而央求自己殺了他，是自己親手用匕首將之刺殺。不會錯，自己檢查過他的屍體，劉玉章的確死了。

李雲聰道：「劉玉章想要逃走很容易，但想要神不知鬼不覺地逃走，而又不被人懷疑很難，在他死後一個月，咱家越想越是不對，於是親自去了一趟中官塚。」

胡小天暗自吸了一口冷氣，他隱隱預感到了什麼。

李雲聰道：「咱家掘開了他的墓葬，你猜猜怎麼著？」

胡小天低聲道：「裡面並無屍骨？」

李雲聰點了點頭道：「猜對了，劉玉章根本就沒死，他是假借著這件事，瞞天過海逃出了皇宮。當時的形勢，他若不逃，咱家也一定要了他的性命。」

胡小天茫然站立在那裡，過了好一會兒方才歎了口氣道：「可是當初他中了姬飛花的傷心欲絕掌，我為了讓他免受折磨，還親手在他心口戳了一刀。」

李雲聰道：「親眼看到的未必是事實，姬飛花雖聰明絕頂，武功高超，可是劉玉章既然敢利用這種方法逃出宮去，其人的膽識和計謀也非同泛泛，他中了姬飛花一掌後，央求你結果他的性命，表面上看合情合理，其實他可能是擔心姬飛花發現他在偽裝，絕頂高手可以利用內息護住心脈，就算你戳他十刀也未必殺得死他。」

胡小天苦笑著搖了搖頭，他一向自以為聰明，可是在這幫老狐狸之間，鬥智鬥法，終究還是落到了一個被人利用的下場，雖然他無法確定李雲聰所說的全都是事實，可根據他的感覺，應該不會有詐，劉玉章甘心冒這麼大的風險也要帶走《天人萬象圖》和《般若波羅蜜多心經》這兩本書想必是極其重要的。

能讓這幫太監費盡心機，甘冒這麼大的風險去做的事情，絕非權勢財富那麼簡單，除非是可以讓他們變回男兒身，又或是可以尋求到長生之道。

李雲聰道：「如果不是龍燁霖篡權，劉玉章絕不會逃出咱家的手心。」

胡小天道：「那兩本典籍和《乾坤開物》有無關係？」

李雲聰搖了搖頭道：「除了圖譜之外，上面的文字咱家根本就不認得。」他歎了口氣，神情顯得頗為失落。

胡小天走向那尊文聖坐像，潛運內力，雙臂推動文聖坐像，將之緩緩移開，露出下方的洞穴，當初他可沒有這樣的實力。李雲聰饒有興趣地望著胡小天，此子已經可以推動三千斤的坐像，足見這一年來武功的提升，只是不知他是怎樣控制體內異種真氣的，難道自己教給他的《菩提無心禪法》果然有用？

胡小天向李雲聰拱了拱手道：「李公公，我走了，對外就說，我今晚留在藏書閣跟您秉燭夜談。」

李雲聰淡然笑道：「年輕人務必懂得節制，萬一玩火不成，只怕後患無窮。」

胡小天心中暗笑，這老烏龜，當真以為自己是借他的洞口前往紫蘭宮和七七相會啊。反正也沒必要跟他解釋，騰空從地洞之中跳了進去，雙足落地之時，感覺頭頂傳來蓬的一聲，卻是李雲聰重新用文聖像封上了洞口，整個地道之中瞬間陷入一片黑暗之中。

胡小天對此不以為意，他早已修煉成一雙夜眼，即便在漆黑的地底，他仍然可以看清周圍景物的細節，循著熟悉的道路來到司苑局的酒窖內，李雲聰剛才的那番話讓胡小天想起了一件事，當初劉玉章被姬飛花抓走之前，曾經塞給他一個紙團兒，那紙團胡小天一直收藏在酒窖中，當時看不明白紙團上究竟寫的是什麼，他輕車熟路地回到藏匿紙團的地方，將紙團取出，展開攤平，上面寫著密密麻麻的文字，不過胡小天根本看不懂，他也不知劉玉章留下這東西的目的是什麼，現在看來，劉玉章應該是另有深意。

胡小天將紙團收好，在酒窖裡休息了一會兒，等到午夜之前，準時來到通往紫蘭宮水井的地道內。七七如約而來，進入地道就取出夜明珠照亮，看到胡小天已經等候在那裡，不由得展顏露出甜甜一笑，輕聲道：「你還算準時！」

胡小天看到她一身紅色武士服打扮，不由得搖了搖頭道：「這麼招搖，不怕別人把你當飛賊抓起來。」

七七道：「沒人敢進入紫蘭宮內苑。」說完又補了一句：「權公公守著呢。」

胡小天心中暗忖，這權德安對七七倒是忠心耿耿，不知他到底是什麼來路？想起和李雲聰此前的那番對話，這皇宮中的幾個老太監一個比一個陰險，一個比一個可怕，權德安肯定也不是個普通人物，小妮子千萬別被利用了才好。

七七扔給胡小天一套水靠，仍然是天工坊魯大師的作品，胡小天走到一旁角落換上水靠，出來一看，七七已經將外面的武士服脫掉，水靠緊身貼服，周身曲線畢露，仔細一看，七七胸前的飛機場似乎也有了那麼點起伏。

七七怒視胡小天道：「你看什麼看？」

胡小天唇角露出一絲不屑的笑意，然後將胸膛挺了挺，無需辯駁，論到胸肌發達的程度，我可比你大多了。

七七當然明白他的意思，哼了一聲，將俏臉扭到一邊。

胡小天穿上這身水靠凸出的不僅僅是胸大肌，這貨認為自己的這身曲線要比目前的七七更有看頭，要說大飽眼福的那個肯定不是自己。

七七芳心之中第一次感覺到有些緊張害怕，連她自己都覺得莫名其妙，自己本不該害怕這廝才對。

兩人並肩行走，來到地下通道通往瑤池的水道，臨下水之前，胡小天問道：「你究竟是如何知道縹緲山下藏有一個密室？」

七七道：「皇家的秘密多著呢。」在岸邊活動了一下筋骨，率先跳入水中。

胡小天也隨後跳了進去，跟在七七身後，看到七七頎長的嬌軀如同一條美人魚般在水底自由翱翔，她手中握著夜明珠在前方引路，自從老皇帝復辟之後，就撤去了這邊的佈防，雖然縹緲山上仍然列為禁地，可是瑤池水面已經不再有侍衛巡防。

兩人都掌握了在水中長時間潛泳不用換氣的法門，七七在這方面稍弱，中途還是換了口氣，來到瀑布下方，找到水下龍頭，從龍耳的水道中潛入，按照此前的方法打開水道，進入龍靈勝境。

兩人從水底浮出水面，胡小天抹去臉上的水漬，率先爬了上去，又一伸手將七七拽了上去。七七利用夜明珠光影投射，打開了隱藏的密洞，兩人沿著台階走了下去，來到長寬各約十丈的水潭前方。

潭水平靜無波，在水潭的對面仍然躺著一條巨鱷的屍體，那條巨鱷還是他們上次潛入這裡所殺，因為屍體存放在這裡的時間太久，已經腐爛變質，整個石室內都充滿了一股讓人聞之欲嘔的臭氣。

七七用紗布蒙住口鼻，胡小天乾脆就屏住氣息，這味道實在是讓人作嘔。七七準備進入水潭游到對面，胡小天卻搖了搖頭，焉知這水潭之中是不是還藏著另外的巨鱷，他伸手攬住七七纖腰。

七七被他突如其來的舉動弄得一愣，愣然道：「你幹什麼？」話沒說完，胡小天已經騰躍而起，帶著她如同騰雲駕霧般掠過水潭，落在水潭的對岸。

七七下意識地抱緊了他的身軀，想不到胡小天的輕功竟然到了這種地步，心中踏實了許多。

從七七鎮定的眼神，胡小天也覺察到了她和上次的不同，上次兩人潛入這裡全都是心驚肉跳，七七的鎮定應該是源於自己給她的安全感，認為自己有足夠的能力可以保護她，而自己的鎮定卻源於武功實力的提升，看來男人有實力才是硬道理，能被女人依靠也會有種心理上的滿足感。胡小天忽然意識到，自己什麼時候也將她當成女人了？

七七重新來到青銅鼎前，按照上次的方法移開了青銅鼎，露出下方的石穴，如今石穴之中已經是空無一物，胡小天記得上次是找到了一個箱子，七七從中取出了一卷玉簡。

七七將隨身攜帶的匕首調轉過來，用手柄敲擊石穴的四壁和底部，又用夜明珠照亮其中，仔細觀察有無其他的機關。

胡小天笑道：「你之前不是已經將東西都拿走了？」心中卻猜到七七一定是疏忽了什麼東西，不然她也不會再次潛入此地。

七七沒有理會他，仍然專心致志地尋找，找了半天還是一無所獲。

胡小天道：「你到底想找什麼？」

七七道：「縹緲山上的長龍，乃是明宗皇帝龍淵重整河山，聽從軍師諸葛運春建議在瑤池湖心縹緲山兩側雕刻而成，其中蘊含風水局，意喻大康龍騰四海，龍氏江山千秋萬載。」

胡小天道：「你是說這縹緲山下的石洞也是諸葛運春當時留下的？」

七七道：「我翻閱龍氏宗譜本紀，無意中發現了一件事，明宗皇帝之所以能夠重整河山，拯救大康於危亡之中，乃是因為他得到了諸葛運春相助，而諸葛前輩將畢生兵法心得全都編撰成了一本書，這本書被明宗命名為《兵聖陣圖》，皇室內關於這本兵法的記載很多，可是我找來找去，都沒有找到關於這套兵法的任何消息，按理說不應該如此，諸葛先生被明宗皇帝尊為國師，乃是我大康歷代先祖敬仰的人物，對他的兵法必然極其珍視，可不知為何莫名其妙就失傳了。」

胡小天心想，天下兵法不外乎都是從《孫子兵法》演變而來，自己雖然不是什麼軍事家，可是三十六計還是能夠倒背如流，也許以後能夠派得上用場呢。他安慰七七道：「都過去了幾百年，哪有那麼容易能夠找得到，如果找不到就算了，這裡臭烘烘的，咱們還是趕緊回去吧。」

七七道：「不行，你前往東梁郡，身處大雍包圍之中，若是能夠找到《兵聖陣圖》，說不定你還可以以寡敵眾，在東梁郡站穩腳跟，不然豈不是羊入虎口？」

胡小天呵呵笑了起來，看來連七七都不看好自己此行的前景，不過這妮子少有地表現出對自己的關心，不枉跟她訂婚一場。

七七道：「大難臨頭，你居然還能笑得出來。」

胡小天道：「在你看來，我這次是凶多吉少了，你不用擔心，大不了我一走了之。」

七七咬了咬櫻唇，雖然不相信胡小天會這樣做，可仍然心中沒底，小聲道：「你當真想要放棄了不成？」芳心中一陣黯然，若是胡小天當真不管她了，這次前往東梁郡倒是一個逃走的大好機會，其實她真正想說的是難道你不管我了？可七七生性要強，豈能在胡小天面前表現出如此柔弱的一面，讓他以為自己必須依靠他。

胡小天道：「什麼都比不上自己的性命重要。」

七七點了點頭道：「人不為己天誅地滅！」臉上已經難以掩飾失落的神情。

胡小天看在眼裡，心中暗歎，七七如今也是無人可以依靠了，他低聲道：「其實你也可以尋找機會前往東梁郡和我會合，畢竟那裡是你的封邑，遠離康都之後，陛下也是鞭長莫及。」

七七搖搖頭道：「我不會走，只要大康還有一線生機，我都不會放棄努力。」

胡小天道：「假如大康有一日亡了呢？」

七七咬了咬櫻唇：「如果真有那樣一天，我便以身殉國！」她的美眸之中充滿了異常堅定的目光，胡小天看到她此時的目光都不由得有些佩服了。

兩人在石室內搜索了半天，仍然沒有找到任何可疑的東西，七七的目光投入那十丈見方的水潭，若有所思道：「水潭下會不會有玄機？」

胡小天道：「潭水很深，水溫很低，保不齊其中還有巨鱷，還是別冒險了。」

七七道：「不去查看一下又怎能知道，你等著我，我下去看看。」

胡小天歎了口氣，這妮子說話的時候腳下根本就沒有移動，一雙美眸始終盯著自己的眼睛，根本是故意這樣說，真正的意思是想讓自己下去看看，胡小天道：「還是我下去吧。」

七七將一個暴雨梨花針的針盒塞入他手中：「你要多加小心。」足以證明她是要胡小天下去。

胡小天道：「我若是被巨鱷吃了，你就成了小寡婦。」

七七居然沒有生氣，格格笑道：「你若是真被吃了，我就終身為你守寡。」

胡小天搖了搖頭，心想老子若是死了，你守寡我也活不過來，傾耳聽了聽水中的動靜，然後才跳了下去，他這邊剛剛跳下去，就覺察到一旁水波蕩動，卻是七七也跟著他跳了進來。

夜明珠的光芒照亮七七的俏臉，七七笑靨如花伸出食指在他面前咬了咬，似乎在笑話他膽小。

胡小天指了指上面，意思是讓她回去，真要是在水底遇到什麼麻煩，胡小天豈不是還要抽出手來保護她，到時候更加麻煩，七七已經先行向下方潛去。

兩人下潛十餘丈仍然沒有抵達潭底，胡小天不敢放鬆警惕，極目張望，警惕之極，生怕再有什麼可怕的物種從水底突襲。還好目前倒也平靜，潭水中除了他們兩個再也沒有其他的活物存在。

胡小天找到了那根束縛巨鱷的鐵鍊，沿著鐵鍊一直向下方潛游，大概到二十丈左右的地方，鐵鍊到了盡頭，另外一端乃是被栓在潭底的一頭黑魆魆的鎮水銅牛身上，鐵牛臥於水底，足足有五丈長度。

七七也來到銅牛背上，舉起夜明珠照亮銅牛的脊背，看到鐵牛背上也有不少的圖案，她露出欣喜之色，只是她的閉氣功夫顯然不如胡小天強大，不等看完上面的圖案，就不得不浮出水面去換氣。

換氣之後再度下潛，可是仍然撐不太久又浮了上去，皆因潭水太深，在水底承受的壓力巨大。第二次胡小天擔心她有事，跟著她一起浮了上去。

七七趴在岸邊喘息了一會兒，方才道：「不成，我支持不了那麼久，銅牛的背上也是一個圖形鎖，如果多支持一會兒，我應該可以將之解開。」

胡小天倒是能夠長時間待在水底不用換氣，可惜他不懂得解密圖形鎖，這廝想到了一個辦法，本想提出來，可自己若是說了，七七這妮子不會以為自己要占她便宜吧？

七七等到氣息平息之後，又深深吸了一口氣，不解開銅牛之謎她當然不會甘心，一轉身又向水底游去。

胡小天等到她進入水底之後，也深吸了一口氣，跟在七七身後抵達了銅牛旁。

七七在水下一邊思索一邊排列著圖案，過了一會兒就再也憋不住氣，準備向上游去，可她剛剛離開，原本排列的圖案馬上就開始移位，胡小天此時來到七七對面指了指自己鼓鼓的嘴巴，姜太公釣魚願者上鉤，我可不是存心占你便宜，我是在你需要的時候給你氧氣。

七七知道他的意思，俏臉一陣發熱，她只是一個情竇初開的小姑娘，從來都沒有和異性這樣親近過，用力搖了搖頭，向水面游去。

胡小天望著那銅牛的背部，這會兒功夫圖案已經徹底凌亂。胡小天跟著七七再度浮出水面，趴在七七身邊道：「你一走，那圖案就馬上移位，根本來不及。」

七七原本指望著多換幾口氣，分次將圖形鎖破解，可是自己剛一離開，圖形鎖馬上就開始移位，也就是說她下次還要重新來過。除非一氣呵成，否則根本沒有破解圖形鎖的可能。

七七咬了咬嘴唇，依然沒說話，等她休息差不多之後再次下潛。

胡小天心中暗笑，這妮子倒是倔強，這次他沒有馬上跟過去，而是估摸著差不多了，方才下潛到七七的身邊，依然吸足了氣。七七此時已經到了即將氣竭之時，看到胡小天過來如同見到救星，一邊排列圖形鎖，一邊向胡小天招手，胡小天來到她身邊，故意怔怔地望著她彷彿不懂她的意思，七七主動將俏臉湊了過來，櫻唇努啊努啊的，看起來就像是一條缺氧的小金魚。

胡小天這才將臉慢慢湊了過去，距離七七櫻唇還有一寸的時候，她將俏臉一伸，櫻唇封住了胡小天的嘴巴，可不是主動索吻，人家是要氧氣，胡小天將一口氣度了過去，七七經他換氣之後，馬上扭過臉去，再度排列圖形鎖。胡小天向上浮起，吸了口氣之後重新潛入。

就這樣七七不得不一而再再而三地向胡小天索求氧氣，通過這種原始的親密接觸，倒也延長了在水下停留的時間，胡小天一共給她換了五次氣，七七終於將圖形鎖完全解開。

只感覺水底震動起來，那銅牛緩緩向上升騰而起，銅牛和潭底之間露出一個巨大的縫隙，潭水向縫隙中流去，七七立足不穩隨著水流向縫隙中飄去，被胡小天及時一把抓住，將她摟入懷中，緊緊抓住銅牛的犄角以免被水流衝入縫隙之中。這種狀況下，七七根本沒能力逆流游回水面。胡小天中途又為她換氣，換了三次之後，水位方才落到他們的頸部以下。

七七俏臉之上蒙上了一層紅暈，這會兒功夫讓胡小天親了八次，真是讓他占盡了便宜。

胡小天佯裝什麼都沒有意識到，低聲道：「原來這銅牛是個水閘。」

七七道：「你放開我！」到現在胡小天還將她的身軀圈在懷中呢。

胡小天道：「你抓緊牛角，小心被水流衝下去。」

七七抓緊了牛角，胡小天放開她的身軀，七七忽然感到前方黑乎乎的一物撲了過來，定睛望去卻是一頭巨鱷，嚇得她大聲尖叫，一轉身就撲入了胡小天的懷裡，緊緊抱住他道：「小天，小天！鱷魚！鱷魚！」

胡小天笑道：「什麼鱷魚，死的！」原來那條巨鱷就是他們之前殺死的那一條，因為銅牛上升，水流下降，水流牽動鐵鍊，將死在岸邊的巨鱷從上方拖了下來。

七七這才轉身望去，果然看到那巨鱷就是死的那一條，這會兒才感覺到臭不可聞，慌忙放開胡小天的身軀，掩住口鼻。

胡小天找七七要來那柄削鐵如泥的匕首，照著鐵鍊用力一斬，鏘的一聲，將鐵鍊斬斷，巨鱷失去束縛，隨著旋轉的水流流入了排水空隙之中。

這會兒功夫整個水潭內的水流都已經流得乾乾淨淨，七七舉起夜明珠查看那銅牛有無玄機，趴在銅牛基座邊緣向下望去，黑魆魆一片，不知下面到底通向何方。

胡小天道：「這裡應該和外面的瑤池相通，水直接排到外面去了。」

七七道：「那不是說咱們可以從下面直接游出去？」

胡小天搖了搖頭，削斷一截鐵鍊，從排水空隙之中向下扔去，過了好半天方才聽到叮叮咚咚的聲音不絕於耳。七七吐了吐舌頭，小聲道：「好深啊！」

胡小天道：「那是當然，下面應該只是排水的通道，不會有什麼玄機。」他抬起頭，從銅牛現在的位置到上方水潭邊緣要有二十多丈的高度，過去潭中有水的時候，利用水的浮力可以輕易游到岸邊，可是現在潭水已經排空，水潭四壁全都是垂直地面的光滑石壁，若無高超的輕功根本沒辦法上去。

七七也意識到這個問題，倒吸了一口冷氣道：「如何上去？」她和胡小天現在站立的地方就是銅牛的基座，從基座邊緣到石壁還有兩丈的空隙。

胡小天道：「你仔細看，周圍石壁上好像有字！」

七七眨了眨眼，她的目力自然比不上胡小天，更不用說是光線昏暗的山腹中。

胡小天將那上面的字一一讀給她聽，七七聽在耳中若有所思，過了一會兒，她重新來到銅牛身邊，開始再次排列銅牛背上的圖形鎖，過了一會兒，只聽到銅牛身體發出吱吱嘎嘎的聲音，銅牛的尾部居然翹起，從屁股之間裂開一條縫隙。

胡小天看到眼前情景心中暗樂，這位諸葛運春也是個奇人，竟然想出在銅牛肚子裡藏東西。

七七用夜明珠對著牛屁股照了照，胡小天如果手頭有相機，一定把眼前這一幕給拍下來。

七七伸出手臂探入牛肚子裡，摸索了一會兒，轉向胡小天道：「我搆不到！」

胡小天湊了過去，借著夜明珠的光芒，果然看到銅牛肚裡居然有一個箱子一樣的東西，看來十有八九就是七七要找的秘密了。可是想要拿到箱子，手臂至少要三丈長度才夠，胡小天看了看銅牛屁股上的洞口，剛好可以容納一個腦袋鑽進去。

七七歎了口氣道：「早知如此，帶根長鉤來就好了。」

胡小天道：「我試試！」這廝將腦袋探入洞口，七七看到他這般形狀，不由得格格笑了起來。

胡小天當然知道自己的形象不雅，甕聲甕氣道：「你笑什麼？有什麼好笑？不行你自己來！」

七七道：「你肩膀這麼寬，根本不可能鑽進去！」其實她笑胡小天的原因是看到他將腦袋探入牛屁股裡。

胡小天道：「你不知道這世上有縮骨功嗎？」胡小天曾經從不悟和尚那裡學到了易筋錯骨，此時剛好可以排上用場，他吸了口氣，周身內息向丹田氣海中回收，只聽到他骨骼咔啪咔啪作響，竟然從那個僅能容納腦袋出入的洞口內鑽了進去。

七七看到眼前一幕，驚詫地張大了嘴巴，慌忙伸手將嘴巴掩住，生怕發出聲息影響到胡小天，真是不可思議，胡小天魁梧健壯的身體竟然可以縮成這個樣子，同時七七還有些害怕，萬一胡小天鑽進去出不來怎麼辦？自己如何能夠救他出來？七七甚至有些後悔不該讓胡小天鑽進去，此時她方才意識到胡小天要比什麼《兵聖陣圖》重要得多。

還好胡小天並未被困在裡面，沒多久就從銅牛內鑽了出來，其實銅牛腹部倒是空曠得很，唯有入口處狹窄了些，胡小天將一尺長半尺寬的小箱子從中拖了出來。

七七首先關心的不是箱子，而是胡小天有沒有事，關切道：「你沒事吧？」

胡小天搖了搖頭，心中暗忖，這妮子還算是有些良心。

七七用匕首挑開箱子外面的油布，箱子外面也是圖形鎖，這方面難不住七七，沒多久她就將鎖打開，胡小天讓她離開一些，小心用匕首挑開箱子，確信裡面沒有機關，方才放心大膽地將箱子全部打開。

裡面用油紙包裹，展開之後，只有一本書和一幅圖，七七拿起那本書看了看，上面果然寫著《兵聖陣圖》，她欣喜萬分道：「找到了，兵聖陣圖果然在這裡。」

胡小天卻盯著另一幅地圖發愣，七七湊了過去，咦了一聲，顯得頗為驚奇。

胡小天道：「這地圖畫的好像是大雍那邊呢。」

七七道：「明宗皇帝在位的時候，大雍也屬於大康的版圖。」

胡小天看到那圖上的標記，低聲道：「好像是一張藏寶圖啊！」

七七美眸之中露出激動的光芒：「我一直都聽說太宗皇帝為了大康江山永固，特地在大康的版圖內留下了三座寶藏，歷代皇帝口口相傳，明宗皇帝復興大康曾經用去了一座，另外一座也被英宗發現之後挖掘，據為己用，這應該就是第三座！」

胡小天一聽是藏寶之地頓時來了精神，如果找到了太宗皇帝當年留下的寶藏，那麼舉事豈不是事倍功半？只是七七這妮子畢竟是龍氏子孫，她該不會想用這筆錢中興大康吧？

第三章

再也輸不起

胡小天望著她的背影，摸摸自己的嘴唇，餘香猶在，
利用這樣的手段對付一個女孩子是不是有些不道德呢？
可七七不但是一個小女孩子，還是他的未婚妻，
更是一個城府頗深的陰謀家，如果不能將她的內心控制住，
很可能就會受她所害，胡小天賭不起，再也輸不起。

胡小天道：「圖中標記的地方好像是大雍北疆孤煙城，就算這張藏寶圖是真的，咱們根據這張藏寶圖順順利利找到了寶藏，又如何將這筆財富運出大雍？」

胡小天可不是故意給她潑冷水，他所說的全都是事實，七七不由得歎了口氣道：「遠水解不了近渴，你說得不錯，就算找到了寶藏，最後也只能是為他人做嫁衣裳。」她將那本《兵聖陣圖》交給了胡小天。

胡小天道：「給我？」他本以為七七說說就算了，卻沒有想到她真把這本《兵聖陣圖》送給了自己。

七七道：「我又不懂兵法，就算拿來也沒有任何的用處。你這次前往東梁郡，凶險重重，無時無刻面臨大雍的威脅，我雖然不知這本《兵聖陣圖》有沒有那麼神奇，可是我相信對你立足多少還有些用處。」

胡小天道：「那我就收下了。」

七七又將那幅藏寶圖也一併給了他。

胡小天這次是真正有些受寵若驚了，這藏寶圖可是他們龍家的寶藏，七七就隨便便給了自己這個外人，她難道對自己根本沒有猜疑之心？還是要通過這樣的手段來感化自己？

七七道：「這幅藏寶圖你也一併收著，如有機會你可以查探一下這幅藏寶圖是否屬實。」

胡小天道：「你不擔心我得了寶藏一去不回？」

七七道：「你想怎樣就怎樣！」她旋即又歎了口氣道：「大康的氣運日薄西山，也許你這次一走，咱們再也沒有機會相見了。」言語之中充滿了惆悵。

胡小天笑道：「你何必這麼悲觀，我又不是一去不回，東梁郡也不是我的地盤，而是皇上賜給你的封邑，我這次過去只是代你管理。」

七七神情黯然道：「一直以來我都以為陛下經歷挫折之後終於清醒過來，卻沒有想到他非但沒有從中汲取教訓，反而荒誕昏庸比起過去猶有過之。」

胡小天道：「江山易改本性難移，或許江山社稷對皇上來說已經不重要了。」望著眼前容顏憔悴的七七，胡小天忽然感到有些憐惜，七七畢竟才是一個不到十五歲的小丫頭，以她的年齡承受的壓力和責任實在是太大。

胡小天道：「有句話，我不知應不應該問你。」

七七抬頭看了他一眼道：「這裡又沒有外人，你說就是！」

胡小天道：「你是不是想當皇帝？」

七七聽胡小天這麼一說，不由得笑了起來：「你怎麼會這麼想？」

胡小天道：「總感覺你小小年紀，對權力卻極其熱衷，皇上正是看出了這一點，所以才封你為永陽王。」

七七道：「你以為我權利熏心，所以才被他利用？」

胡小天微笑不語，心中暗道，可不是嘛。

七七道：「他利用我的同時，焉知我不是在利用他？不錯，我是有過當皇帝的念頭，誰規定一定要男人才能當皇帝？誰說女人不能入主朝堂？身為龍氏子孫，我怎能眼睜睜看著祖宗的江山社稷被他揮霍殆盡？不是我熱衷權力，而是社稷崩塌之際總得要有人站出來，他們既然不願，唯有我挺身而出。」

胡小天道：「你有沒有發現，皇上的身體卻是越來越硬朗了，他口口聲聲要將權力交給你，只不過是為了迷惑你罷了，恕我直言，在他的心中，真正在乎的只有他自己。」

七七歎了口氣，搖了搖頭道：「只怪我沒有本事，就算知道他在利用我，也無法抗爭。」

胡小天道：「其實你一直都在抗爭，無非是勝負難料罷了，眼前雖然暫時處於劣勢，可未必將來一直都是如此。」

七七道：「如果不是我表現得鋒芒太露，或許他也不會急於將你從康都支走。」

胡小天道：「早晚的事情，皇上對洪北漠恩寵有加，如果說這滿朝臣子還有一個他可以完全信任的人，那個人就是洪北漠，洪北漠不會放任神策府在康都發展，只有我離開這裡，才有機會真正發展咱們的實力。」他故意用上了咱們這個稱謂，七七聽在耳中心中不覺一暖，胡小天終究還是沒把自己忘了。

七七道：「現在這種狀況下，我都不知應該怎樣做了，大康到處都是饑荒民亂，冬天已經來臨，今年的冬季不知要餓死凍死多少人。皇上卻對這一切視若無睹，無動於衷。」

胡小天心中暗道，老皇帝一心想著問道長生，其他的事情他當然不會計較。他低聲道：「其實分封諸侯的想法並非是我想要利用你激怒皇上，對如今的大康而言，也唯有這個辦法才是最可行的，可以多救一些百姓。」

七七道：「我明白的，周丞相也這麼說，只是陛下在這方面極其固執，堅決不同意分封諸侯的建議。」

胡小天道：「所以只能趁著社稷崩塌之前，找一塊地方站穩腳跟，先求自保，下一步才能考慮如何拯救更多的大康百姓。若是連自已都朝不保夕，又談何營救萬民於水火之中？」

七七咬了咬櫻唇道：「你還會不會回來？」望著胡小天，美眸之中充滿了期待，她從小到大還是第一次對一個人寄予這樣的希望。

胡小天笑了起來，反問道：「你想不想我回來？」

七七毫不猶豫地點了點頭。

胡小天道：「那我就回來！」

「為什麼？」

胡小天道：「別忘了，你和我有婚約，我若是棄你於不顧，良心何安。」

七七俏臉之上蒙上一層羞澀，她有些侷促地盯著自己的腳尖，小聲道：「其實陛下讓你和我訂婚，目的是為了害你，再利用這件事嫁禍西川李天衡。」

胡小天道：「所以我才不讓他如意，越是想利用我，我越是要順水推舟，讓他偷雞不成蝕把米，非但害不了我，還要賠一個公主給我。」

七七啐道：「你好陰險！」

胡小天道：「所以你最好別想著占我便宜，不然……嘿嘿……」這廝笑得越發陰險了。

七七道：「我何時占過你的便宜，從來都是吃虧……」想起剛才被胡小天連續親了八次，她羞得恨不能找個地縫鑽進去。

胡小天看到七七羞赧的神情，心中也是一熱，暗忖，她畢竟是個未經人事的小女孩，可想起七七昔日的作為，心中又頓時警醒，七七畢竟是龍氏子孫，在她心中權勢要比任何事都重要，從她的種種作為就能夠看出，她想當大康開天闢地第一位女皇，現在的通情達理，卻是在政治上遭受重大挫折之後的表現，一旦他朝得勢，說不定又會故態復萌，對待她始終都要多一份小心。

七七道：「咱們是不是該走了？」

胡小天點了點頭道：「既然找到了你需要的東西，當然要走，不然權德安那老烏龜不知會怎麼想呢。」

七七指了指上面道：「這麼高，我可爬不上去。」

胡小天笑道：「我也爬不上去！」

七七之所以如此鎮定，是因為她認為胡小天肯定可以帶著自己離開這個地方，聽他這樣說，不由得一怔：「什麼？那你還笑得出來？」

胡小天道：「有你這位大康公主陪在我身邊，就算死也值得了。」

七七今天的臉色幾乎就沒有正常過，紅暈剛退，這又開始發燒，她輕聲道：「你少在這裡虛情假意，我知道你一直都討厭我！」

胡小天道：「過去是，不過今晚發現，你身上還是有可愛的一面，你不把自己當成公主的時候就會可愛許多。」

七七咬了咬櫻唇道：「那……那我以後跟你單獨在一起的時候，你別把我當成公主就是……」這番話說得如此費力，說完之後羞得連眼睛都睜不開了。

胡小天道：「那我就叫你七七，你叫我小天哥哥好不好？」這廝說出來連自己都覺得肉麻。

七七認真地點了點頭。

胡小天彎下腰去：「爬上來，小天哥哥帶你飛上去！」

七七順從地爬到了他寬闊的背上，摟住胡小天的脖子，胡小天深吸了一口氣，騰空飛掠而起，宛如大鳥般飛到石壁前方，身體陡然一個轉折，屈起膝蓋，雙足在岩壁上用力一蹬，身體飛向對側石壁，來到對面石壁之後再度一個轉折，就這樣來回飛掠騰挪，利用腳踏石壁的反作用力來回向上，不一會兒已重新落在水潭岸邊。

七七在他背後感覺如同騰雲駕霧一般，她不敢向下看，只是盯著胡小天的脖子，心跳在不知不覺中加快了許多，感覺這一生中經歷了這麼多的地方，回想起來卻都不如和胡小天在這地洞之中更為快樂，可是想起胡小天即將遠離康都，從此天各一方，不知何時才能相見，鼻子一酸，竟然落下兩滴晶瑩的淚水，落淚之時尚不自覺，等意識到時已經來不及掩飾，淚水已然滴落在胡小天的頸部。

胡小天道：「到了！」

七七卻沒有下來的意思，仍然緊緊摟著他的脖子，因為七七擔心自己被他看到落淚的樣子。七七雖然聰明絕頂，可是在情場上卻是一個毫無經驗的青澀丫頭，這方面顯然無法和情場老手胡小天相提並論。

胡小天暗罵自己卑鄙，對一個小丫頭都忍心下得去嘴，他承認自己對七七的觀感有所改變，可是這並不等於他會愛上這個小妮子，戀愛原則之一就是，誰陷得越深誰越是被動，胡小天的動機並不單純，他就是想要七七一步步陷入情網，也只有如此，他才能真正掌控住她，讓她為自己所用。對待女人用心計不如用感情。

直到控制住自己的情緒，七七方才從胡小天的背上下來，轉身看了看已經變成深坑的水潭，輕聲歎道：「這位諸葛前輩真是智慧超群，竟然可以想出如此精妙的設計。」

胡小天對此頗為認同，諸葛運春絕對是世間罕有的人物，這樣的設計匠心獨運，層層機關，就算到了這裡，也不會想到水潭中還有玄機，就算想去水潭中探寶，只怕也會被那條巨鱷當成點心吞掉。只是不知七七為何會知道這裡的秘密，難道龍宣恩對此一無所知嗎？這丫頭心思縝密，不知還有多少事情瞞著自己呢。

兩人沿著原路離開，胡小天將七七送到通往紫蘭宮的出口前。

七七道：「我走了！」

胡小天忽然一把抓住她的小手，將她擁入懷中，黑暗中七七的嬌軀明顯顫抖了一下，她並沒有想到胡小天會有這樣的舉動，胡小天接下來的動作，更讓她芳心顫抖不已，胡小天竟然低頭吻住了她輕柔的嘴唇，七七的嘴唇柔軟如羽毛，因為剛剛出水的緣故有些微涼，可是少女特有的嬌嫩和柔潤質感讓他感到異常的舒服。

七七的小手抓緊了胡小天的衣服，面對胡小天的熱吻她竟六神無主，不知如何應付，直到胡小天放開她，她方才啐道：「你……你……大膽……」竟結巴起來。

胡小天在黑暗中笑道：「既然咱們訂了婚，我走之前總得收些利息。」

七七攥緊了拳頭，芳心中又是欣喜又是害羞，她從未有過這樣的感受，如果說

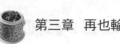

剛剛在水底和胡小天嘴唇交接了八次，可那是為了換氣，現在卻是他主動親吻自己，七七此時方才意識到自己是他的未婚妻。

胡小天道：「走吧，別讓權公公等得太久。」

七七低頭前行，走了幾步卻又停了下來，小聲道：「你……你什麼時候走？」向來伶牙俐齒的她，今晚居然變得語無倫次了。

胡小天道：「三天吧，這邊準備好之後，我馬上就走。」

七七嗯了一聲，快步向出口處走去。

胡小天望著她的背影，摸了摸自己的嘴唇，餘香猶在，嬌嫩的質感讓他回味無窮，利用這樣的手段對付一個女孩子是不是有些不道德呢？可七七不但是一個小女孩子，還是他的未婚妻，更是一個城府頗深的陰謀家，如果不能將她的內心控制住，很可能就會受她所害，胡小天賭不起，再也輸不起。

按照胡小天的吩咐，胡佛已經將尚書府的家人遣散，這幫家人聽說少爺要去東梁郡，卻沒有太多想要跟著過去的，誰都知道東梁郡是什麼地方，若是大雍打過來，第一個倒楣的肯定是東梁郡，大多數人都拿了胡小天給的安家費離去，畢竟多數人在康都還有家庭，其實還有一個原因，胡家的家人對這位少爺也沒多少感情，畢竟胡小天十六歲之前都是個傻貨，誰也不曾跟他真正交流過多少。

第一個提出要跟過去的就是梁大壯，他在這件事上表現得非常堅定，胡小天本著來去自由的原則，既然梁大壯鐵了心要跟著自己走，就答應了他的要求。

鳳儀山莊方面暫時交給了楊令奇打理，胡小天並沒有打算讓楊令奇跟著過去，他要將楊令奇留在七七的身邊，為七七出謀劃策，如今七七身邊武有權德安，個人安全應該不會有太大的問題，缺的只是可以為她分憂解難出謀劃策之人，在這一點上正是楊令奇之所長，胡小天將柳闊海留在鳳儀山莊，讓他輔佐楊令奇，有什麼急事也可以來回奔波傳播消息，同時鳳儀山莊內還有渾水幫的一百多名幫眾。至於山莊的日常事務，全都交給了老管家胡佛去打理，有些不願走的家人也讓胡佛一併帶過去，當然要在可以信任的前提下。

胡小天初步定下前往東梁郡的人有：梁英豪，因為他在建築方面的特長，想要改善東梁郡的防守情況，梁英豪肯定可以發揮重要的作用。熊天霸，因為這小子自小生活在武興郡一帶，對庸江沿岸的情況及其熟悉，而且他爹是倉木縣縣尉熊安民，在當地有著相當的群眾基礎，熊天霸到了那裡必有用武之地。維薩，她肯定是要追隨在胡小天身邊的，在她眼中除了胡小天之外，這世上再沒有其他親人。

至於趙崇武和唐鐵鑫兩人前往南部打探消息，至今仍然沒有回來，等他們回來之後，也暫且將他們留在康都，康都這邊面臨的形勢比起東梁郡只怕更加緊迫，胡小天要給七七留下一些幫手。

唯一未定的就是霍勝男，按照胡小天的本意是想霍勝男跟自己一起前往東梁郡，可是在康都這邊，卻又少了一個能夠主持坐鎮的人物，楊令奇雖然智慧超群，但是他未必能夠鎮得住這幫武士。

入夜，胡小天來到霍勝男的房間內，自從胡小天前往鳳儀山莊之後，尚書府這邊霍勝男也很少過來，多半時間都留在神策府居住，也就是胡小天回來之後她也來到尚書府這邊。

霍勝男仍然戴著面具穿著一身幹練的武士服，胡小天敲了敲門，隨後推門走了進來。

看到胡小天滿臉的鬍子已經不見，霍勝男也有些詫異，打量了胡小天一眼道：「還是這樣清爽。」

胡小天笑道：「在自己的房間裡，你怎麼還穿得這樣整齊？」

霍勝男會錯了意，輕聲啐道：「死性不改！」

胡小天來到她身邊，伸出右手，摸了摸霍勝男的面龐，霍勝男抓住他的大手，小聲道：「幹什麼？」

「想看看你的樣子。」

霍勝男轉過身去，悄悄將面具揭下，轉臉相對之時已經恢復了她的本來容貌。

胡小天伸手托起她曲線柔美的下頷，深情脈脈地看著她，直到霍勝男被看得霞飛雙頰，黑長的睫毛垂落下去，宛如風中蝴蝶翅膀般戰慄，小聲啐道：「有什麼好看？又不是沒有見過。」

胡小天笑道：「雖然見過，可仍是百看不厭。」低頭湊了過來想在霍勝男鮮豔欲滴的櫻唇上吻上一記，卻被霍勝男用手指抵住前胸，讓他欲近不能，霍勝男道：「難道你沒有其他的話想跟我說？」

胡小天道：「也沒有什麼事情，後天準備離開康都了，你也準備準備，咱們一起前往東梁郡。」

霍勝男道：「我也走？」

胡小天點了點頭。

霍勝男卻搖了搖頭道：「我若走了，誰來主持這邊的局面？」

胡小天其實也在頭疼這件事，如果不是周默和蕭天穆的先後背叛，他這邊本來並不缺乏人手。

霍勝男道：「神策府雖然是個空架子，可畢竟也需要人來主持，在沒有更好的替代人選之前，我想暫時留在康都，也可以第一時間得知朝廷的動向。」

胡小天道：「可是我也需要你。」

霍勝男白了他一眼道：「你需要我什麼？」

胡小天道：「霍將軍能文能武，上得了沙場，入得了洞房，我若是沒有你在身邊，豈不是食不知味，寢不遑安？」

霍勝男忍不住笑道：「滾！再敢胡說八道，我馬上就走得遠遠的，讓你永遠都找不到我。」

胡小天抓住她的纖手道：「我才不會放你走。」身軀向霍勝男壓了過來，霍勝男美眸之中流露出嬌羞和驚惶參半的神情，她當然知道這廝想要做什麼。

可就在這時胡小天停下了動作，低聲道：「有人來了！」他的聽力何其靈敏，院落外面由遠及近的腳步聲已經傳了過來。

果不其然，胡佛的聲音從院外響起：「公子！唐家兄妹來了。」卻是唐鐵漢兄妹三人到了。

胡小天低頭在霍勝男櫻唇上蜻蜓點水般吻了一記，霍勝男眼波流轉，嬌滴滴道：「人家不想你去……」媚眼如絲，英姿颯爽的霍將軍撒起嬌來更是動人心魄。

胡小天道：「那我就先陪你大戰三百回合再說！」他作勢要脫衣服。

霍勝男格格笑了起來：「快去，正事要緊。」她只是故意逗弄胡小天，推著胡小天來到門前，胡小天道：「等我，我很快就回來！」

「知道了，人家還未洗澡呢。」

「洗得香噴噴的等我！」

霍勝男紅著臉嗯了一聲。

胡小天走出門外，卻又回過頭來：「脫光了在床上等我！」

「滾！」

唐鐵漢、唐鐵成、唐輕璇三兄妹和胡小天可謂是不打不成交，如今唐家兄妹對胡小天早已佩服得五體投地，尤其是唐輕璇，從開始把胡小天視為淫賊，到現在已經把胡小天當成夢中情人兼偶像了，只可惜胡小天如今已經和永陽公主訂婚，為了這件事，唐輕璇還很是傷心了一段時間。

不過見到胡小天仍然免不了一陣臉紅心跳，唐輕璇感覺到自己是如同中魔一樣，對胡小天這輩子只怕是無法解脫了。

胡小天在花廳接見了他們兄妹，微笑道：「不知三位老友過來有何指教？」

唐鐵漢道：「胡大人，我聽說皇上把你流放到東梁郡了？」他說話向來不經大腦，直接用上了流放一詞。唐輕璇輕咳了一聲，顯然是在提醒大哥不要亂說話。

胡小天微笑道：「不是流放，而是皇上將東梁郡賜給永陽公主做封邑，讓我前往那邊代為打理，唐大哥誤會了。」

唐鐵漢道：「胡大人，誰不知道東梁郡是什麼地方，皇上讓你去那裡根本就沒安好心。」

胡小天哈哈笑了起來，唐鐵漢這個人雖然脾氣暴躁做事粗魯，可心眼兒並不壞。在大雍出使之時，胡小天曾經多次救過他們兄妹，從那以後唐家兄妹就將他當成了救命恩人。胡小天道：「不管皇上怎麼想，他既然做出了決定，我們做臣民的就只有服從的份兒。」

唐輕璇終於忍耐不住提醒大哥道：「大哥，您別亂說！」

唐鐵漢道：「怕什麼怕？誰不知道大康氣運已盡，再這樣下去只有等死的份兒。」

唐鐵成一旁甕聲甕氣地附和道：「沒錯！」

唐鐵漢道：「別的不說，就說牛馬市，過去交易牲口是為了拉車犁地，每天來往人群如雲，現在連牲口都見不到幾隻，康都幾家大的牛馬市全都冷冷清清，就算偶有交易，牲口也不是買回去用的，而是拉回去吃的。」他們唐家人一直都以相馬為生，對馬匹的感情頗深，提及這件事的時候，唐家兄妹都是義憤填膺。

唐鐵成道：「連我爹都沒事好做了，終日賦閑在家，也說大康完了。」

唐輕璇秀眉微顰，他們的家境還算不錯，在如今日益蕭條的時代背景下，至少還能夠吃飽穿暖，可是生活水準也下降了許多，家中的下人也辭退了不少，這樣下去，用不了多久也會面臨糧米用盡的局面。

胡小天道：「唐大哥，這些話在我這裡說說就成了，千萬不可在外面說，若是傳出去，只怕會引來不必要的麻煩。」

唐鐵漢道：「也沒什麼好怕，腦袋掉了不過碗口一個疤，十八年後又是一條好漢。」

胡小天對唐鐵漢的性子有所瞭解，微微笑了笑，並不多說。

唐輕璇看到大哥說了半天仍然沒有將他們前來的目的說明，不由得有些心急，再次提醒大哥道：「大哥，你別忘了正經事。」

唐鐵漢經妹子提醒這才醒悟過來，摸了摸後腦勺，不好意思地嘿嘿笑了起來：「看看我這記性，不是妹子提醒，我居然連來幹啥都忘了。」

胡小天笑道：「唐大哥有什麼話只管明說。」

唐鐵漢道：「是這樣的，我準備跟你一起去東梁郡。」

胡小天聞言一喜，雖然唐鐵漢為人魯莽，可是他在識馬相馬方面有所長，唐家在相馬界的地位猶如武林中的泰山北斗，如果能夠得到他們相助當然最好不過。胡小天道：「唐大人是否知道這件事？」

唐鐵漢道：「我爹？嗨！我爹已經辭官不做了，賦閑在家已經三月有餘，他也不想待在康都了。」

胡小天之所以這樣問，是擔心唐家兄妹跟自己走得太近，可能會遭到朝廷的報復，聽說唐文正早已辭官不做，自然沒有了後顧之憂，他微笑道：「成，唐大哥既然願意，小弟求之不得。」

唐鐵漢笑道：「我就說你會答應，我妹子還一直擔心你不願意呢。」

胡小天向唐輕璇望去，唐輕璇已經羞得垂下頭去。

唐鐵漢讓妹妹和兄弟先出去，他有幾句話要單獨跟胡小天說。

胡小天也遣散眾人，等花廳內只有他們兩個的時候，唐鐵漢道：「胡大人，我想給你提一件事。」

胡小天笑道：「你說就是，不用遮遮掩掩的。」

唐鐵漢道：「那我就說了，胡大人救過我的性命，也救過我妹子的性命，是我們的救命恩人。」

胡小天道：「唐大哥別這麼說，過去的事情又何必總是掛在心上。」

唐鐵漢道：「當然要記得，這輩子都要記得，我這條性命是你的，不管是上刀山下火海，我唐鐵漢如果皺一下眉頭，都不是人養的。我妹子也是一樣，我看得出來，她什麼都願意給你。」

胡小天因為唐鐵漢的這句話鬧得滿臉通紅，唐鐵漢啊唐鐵漢，你說話也太直白了吧，那是你親妹妹啊。唯有苦笑道：「受不起，受不起！」

唐鐵漢道：「我們兄弟三個只有這一個妹子，從小我們全家都當她是掌上明珠，她的心思我們都明白，她喜歡你，一心想嫁給你。」

胡小天不怕聰明人，聰明人可以用心機智慧來應對，可是面對唐鐵漢這種莽貨，根本如同對牛彈琴，他認準的事情肯定要說出來，而且鍥而不捨，絕不會放棄，胡小天道：「唐大哥應該知道，我已經和永陽公主訂下婚約了。」

唐鐵漢道：「我知道，可是像你這麼出色的男子哪個不是三妻四妾？永陽公主是你大老婆，我妹子給你做妾就是。」

胡小天真是目瞪口呆，遇到了唐鐵漢這種一根筋的人物，他也無計可施了，天下之大無奇不有，還有搶著把妹妹送給別人當小老婆的。胡小天道：「唐大哥莫開玩笑，豈可委屈了你妹子。」

唐鐵漢認認真真道：「不委屈，她那晚喝多了向我吐露心跡，說若是不能嫁給心上人，這輩子寧願孤老終生，我這個當大哥的寧願她給你當小老婆，也不能讓她孤苦伶仃的當一輩子老姑娘，你說是不是？」

胡小天哭笑不得道：「唐大哥，咱們不提這件事好不好。」

唐鐵漢道：「莫非你看不上我家妹子？不是我誇我妹子，這兩年來我家說親的人踏破門檻，怎奈我妹子心中只有你，再說她嘴也被你親過，手也被你碰過，你可不能不負責任啊！」

胡小天滿臉尷尬，苦笑道：「唐大哥，咱們暫且不提這事兒，等改天我親自給唐姑娘解釋。」

唐鐵漢笑道：「就知道你是個重情重義的漢子，其實誰不是三妻四妾，你多娶一房也無妨，不瞞你說，我都有三個侍妾呢。」

胡小天知道這貨根本就拎不清，好言好語地將他勸走，不過唐鐵漢是鐵了心要跟他一起走。

送走唐家兄妹之後，胡小天回到霍勝男的房間內，霍勝男已經沐浴完畢，秀髮披散在肩頭，仍然有些濕漉漉的，胡小天來到她身後，湊在她秀髮上聞了聞道：「真香！」

霍勝男道：「客人走了？」

胡小天道：「唐家兄妹幾個想要跟我一起去東梁郡。」

霍勝男不禁笑了起來：「好事啊，唐家在養馬馴馬方面很有一手，對你以後的大業必有幫助，更何況唐輕璇長得還那麼漂亮。」

胡小天又將唐鐵漢要將唐輕璇塞給自己當小老婆的事情說了，霍勝男笑得花枝亂顫，嬌聲道：「豈不是剛好遂了你的心願。」

胡小天苦笑道：「你當我這麼濫情？」

霍勝男道：「你可不是濫情，你是多情，見一個愛一個。」

胡小天將她擁入懷中道：「最愛是你。」

「撒謊，不知跟多少女人說過這樣的話。」霍勝男馬上拆穿他。

胡小天道：「長夜漫漫，無心睡眠，馬上我就要遠行，我的好勝男是不是要給我好好送別一場呢？」說話的時候已經開始上下其手，霍勝男被他撩撥得臉紅心跳，小聲啐道：「你跟我單獨在一起的時候，難道就想著這些事情？」

胡小天道：「練功談情兩不誤，兩全其美的事情何樂而不為之。」

激情過後，兩具赤裸的身軀緊緊擁抱在一起，霍勝男的玉臂美腿仍然常春藤一般纏繞著胡小天，似乎要把他的身軀榨出汁來，嫩白纖長的手指輕輕撫摸著胡小天堅實的背脊，柔聲道：「你越來越野蠻！」

胡小天的鼻尖抵住她的鼻子，在她櫻唇之上啄了一記：「憋太久了！」

霍勝男在他肩上打了一巴掌，卻不想又點燃了這廝的熱情，在霍勝男的嬌呼聲中，再度侵入了她。霍勝男的手攀住他的脖子，櫻唇輕啟，一張一合，黑長的睫毛因為激動而戰慄著。

桌上紅燭閃爍，透過紅色的帷幔過濾之後的光線顯得旖旎而浪漫。

霍勝男附在他的耳邊小聲道：「你怎樣我都喜歡……」

清晨胡小天醒來，發現身邊已經人去牀空，他穿好衣服來到外面，看到霍勝男正在院落之中舞劍，一柄長劍揮舞得風雨不透，正如杜甫詩中所提──來如雷霆收震怒，罷如江海凝清光。

胡小天在一旁看着，並沒有急於打擾她，等到霍勝男一套劍法舞完，方才鼓起掌來。

霍勝男面不改色心不跳，還劍入鞘，舉步來到胡小天身邊，略帶羞澀道：「你醒了？」

胡小天道：「很久沒睡得那麼舒服了。」

霍勝男小聲嗔道：「你只睡了一個時辰。」想起昨晚的一夜纏綿，羞得都不敢正眼看他了。

胡小天道：「我看你的內力又增加不少。」

霍勝男道：「比起此前還要強勁了一倍不止。」

兩人交遞了一個只可意會不可言傳的眼神，顯得頗為曖昧，彼此心中都清楚霍勝男之所以內力能夠在短時間內得到如此大幅度的提升，全都因為《射日真經》的緣故，這種奇怪的修煉功夫，可以在兩人歡好之時，用以陰盜陽的方法將胡小天的內力吸取過來為她所用，提升霍勝男內力的同時，又吸取了胡小天日益膨脹的內力，幫助他減輕丹田氣海所承受的壓力，可謂是兩全其美，其實霍勝男吸走的內力只佔胡小天內力的一少部分。胡小天此前通過虛空所吸取的內力，並不是停滯不前，隨着他武功的提升，自身內力也在不斷提升。

胡小天道：「真經裏面有沒有記載落櫻宮的箭法修煉之道？」

霍勝男點了點頭道：「有的，真經若是修煉到七重境界，可以御氣為箭，殺敵於無形。」

胡小天心中暗忖，看來任何武功修煉到最高境界全都是殊途同歸。這貨笑瞇瞇道：「那不如咱們回去。我抓緊時間再多給你點內力，幫你早些突破七重境界。」

霍勝男紅着臉啐道：「貪多嚼不爛，人家受不了你了。」她知道胡小天的脾氣，所以早早地跑出來練功，害怕這廝清晨醒來再抓住自己做那種事，霍勝男自認為不是弱不禁風。只怪胡小天這方面實在是太強了，她輕聲道：「你不妨考慮一下唐鐵漢的建議。」

胡小天知道她什麼意思，不由得哈哈大笑起來，抓住霍勝男的纖手道：「再陪我一次好不好？」

霍勝男皺了皺眉頭，有些難為情地附在他耳邊道：「人家月事來了。」

胡小天哦了一聲，看來昨晚是安全期了，不過轉念一想，他和霍勝男也親熱了不少次，也從未採取過任何避孕措施。怎麼霍勝男始終沒有懷孕呢？奇怪啊，莫不是我有問題？

霍勝男有些慶幸道：「本來我還擔心呢。」她擔心的是懷上了胡小天的骨肉，現在的時機顯然不對。

胡小天笑道：「擔心什麼？」

霍勝男含羞道：「擔心懷上了你的骨肉。」

胡小天道：「有什麼好擔心。懷上了就生下來。」嘴上說得輕鬆，心中卻有些壓力，想起自己離奇的身世，這後代該不會有什麼遺傳方面的毛病吧？

霍勝男咬了咬櫻唇道：「等你在那邊安定下來，我去跟你會合。到時候安心給你生寶寶好不好？」

胡小天微笑點頭。

安定！說起來容易，可真正辦到哪有那麼容易。

胡小天離別康都之日，先去永陽王府道別，卻聽說七七並未在王府居住，準備離去之時，剛巧看到七七的座駕回來。

七七讓人停下馬車，讓胡小天進入車內。她昨晚在宮中批閱奏摺，一早方才趕回，正準備前往尚書府為胡小天送行，想不到他已經來了。

七七道：「走這麼早？」

胡小天道：「本想悄悄就走了，不想引起太多關注。可是想想還是應當跟你說一聲。」

七七道：「直接走了倒好，省得送別。」

胡小天微笑道：「捨不得我走？」

七七道：「我怎樣想並不重要，最終也改變不了你的想法。」芳心中升騰起一種難捨難離的滋味，如果可以選擇，她寧願不來送別，過去胡小天也曾多次離開康都，可是都沒有這種感覺，她忽然意識到，自從那晚水底探險之後，她對胡小天的感情產生了一些變化。

胡小天道：「困在這裏只有死路一條。」

七七嘆了口氣：「我送你出城。」

胡小天笑了笑，展開手臂很小心地落在七七瘦削的香肩之上，七七的嬌軀明顯顫抖了一下，胡小天對自己表現得越來越大膽了，可是她並沒有拒絕，猶豫了一下，嬌軀偎依在胡小天的懷中，閉上眼睛彷彿睡去了一樣。

兩人就這樣靜靜偎依在一起，誰都沒有說話，馬車離開康都東門，胡小天放開了七七，低聲道：「我走了。」

七七點點頭，比起同齡女孩她顯然要堅強許多，即便是離別之際，仍然保持着足夠的冷靜，她輕聲道：「一路保重，抵達東梁郡之後，別忘了讓人送信回來。」

胡小天道：「宮裏的事情，你有權德安幫忙，自然不用我擔心，神策府方面有黃飛鴻代為主持，他為人智勇雙全，你足可信任，我曾經將楊令奇推薦給你，此人乃是經邦緯國的大才，雖然身有殘疾，可是他卻有運籌帷幄決勝千里之能，你遇到什麼處置不了的大事，可以跟他商量。」

七七本已將自己的情緒控制得很好，可是聽到胡小天臨走之時不忘做出這樣周密的安排，將他身邊的得力助手全都留在了康都，原來在他心底果然是關心自己的。鼻子一酸，眼圈竟紅了，緊緊閉上雙眸，生怕被胡小天看到自己失態的樣子。

胡小天道：「我走之後，切記凡事都要隱忍為上。」

七七點了點頭，整理情緒從胡小天的懷中直起身子，輕聲嘆了口氣道：「你放心吧，我懂得審時度勢，他連江山社稷都不在乎了，又豈會在乎我這個孫女。」說到這裏，她笑了笑道：「反倒是你要多加小心，到了那邊人生地不熟的，凡事都要從頭開始，不但要時刻面臨大雍方面的威脅，還要應對來自朝廷的壓力。」

胡小天道：「在我上次從大雍返回經過武興郡的時候，水師提督趙登雲想要對我不利，這次我去那邊，第一個準備對付的就是他。」胡小天此次北上之前心中已經有了明確的規劃，在東梁郡站穩腳跟只是第一步，必須要掌控武興郡才能形成兩岸呼應的局面，趙登雲應該和太師文承煥有勾結，不過趙登雲的侄子趙武晟卻是姬飛花的人，從胡小天對趙武晟的瞭解，趙武晟對趙登雲也只是表面順從，叔侄兩人應該存有芥蒂。自己應該利用這一點，儘快將武興郡掌控在手中，如果能夠順利接管庸江水師，那將會如虎添翼。

七七道：「趙登雲坐鎮武興郡，號稱統領大康北方十萬水師，可實際上他手下的兵馬不過三萬，大小戰船也只有三百餘條，而且大都殘破不堪，不過你想剷除他也非易事。」

胡小天道：「眾口鑠金積毀銷骨，我是給你提個醒兒，儘量提前吹風，讓皇上對他的忠心有所懷疑，以後想要對付他的時候就可以水到渠成。」

七七點了點頭道：「看來我無需為你擔心了，你應該已經有了全盤的打算。」

胡小天微笑道：「都被逼到了這步田地，不是你幹掉他，就是他幹掉你。」他掀開車簾看了看，已經來到了康都城外，他向七七道：「送君千里終須一別，回去吧，我去鳳儀山莊那邊拜祭母親之後，今日就會北上。」

七七嗯了一聲，心中卻有些不捨之情，胡小天輕輕撫摸了一下她的秀髮，柔聲道：「放心吧，我的命向來硬得很，連你都對付不了我，更不用說別人了。」

七七因他的這句話笑了起來，宛如雨過天晴，俏臉之上陽光燦爛。

胡小天看到這小妮子嬌豔的模樣，心中大動，向她湊近了一些，七七的俏臉紅了起來，胡小天在距離她俏臉一寸的地方停下，低聲道：「遠行在即，臨別之前你是不是要給我一個禮物呢？」目光盯着七七的柔唇。

七七的俏臉紅到了脖子根兒，在胡小天這個情場老手面前，她根本沒有招架之功，她咬了咬櫻唇，小聲道：「胡小天，我知道你存得是什麼心，可是……」她閉上眼睛，揚起櫻唇，一副任君採擷的樣子。

胡小天毫不客氣地將她擁入懷中，低頭吻住她的櫻唇，大手不忘在七七的嬌軀之上揉捏了兩下，以七七的智慧，很可能已經識破自己要利用情網將她困住，讓她無法自拔，可識破了又能怎樣？女人一旦動情就會失去理智，更何況七七這個青澀的小丫頭，她雖然特別，有着超越同齡人的智慧和城府，可終究還是有弱點的。小小年紀就想當女強人？胡小天心中下定決心，一定要軟化七七骨子裏堅強的部分，發掘出她最女性的一面。

七七被胡小天摸得骨頭都酥了，好不容易才在胸前抓住他意圖撫摸自己胸膛的魔爪，嬌噓喘喘道：「你再胡鬧，我就叫了！」

胡小天呵呵笑道：「我是為你好，你知不知道這裏經常揉揉可以變大許多。」

七七羞澀難耐，啐道：「你不是好人，簡直是天下最壞最壞的大壞蛋。」說完又補充了一句：「我胸小怎麼了？我喜歡！」

胡小天笑道：「我也喜歡！」

七七高聲道：「停車！」御者聽到了她的呼喊，停下了座駕。

七七又有些不捨了，胡小天已經推開車門跳了下去。

七七掀開車簾望著他，美眸中閃爍著兩點晶瑩，她咬了咬櫻唇道：「記得你說過的話。」

胡小天向她勾了勾手指，示意她靠近一些，附在七七的耳邊以傳音入密道：「下次回來的時候，我敲鑼打鼓去娶你！」

七七的俏臉又紅了，不過這次她並沒有猶豫，用力點了點頭，輕聲道：

「好！」

胡小天辭別七七之後，前往鳳儀山莊，和手下眾人會合之後，又來到母親墳前焚香燒紙，拜祭完畢，即刻動身向北方出發。他並不想在途中引起太多關注，以他今時今日的身分，過往州縣，必然會受到當地官僚的款待，胡小天選擇隱瞞身分，一行人儘量選擇在城外留宿，經過城鎮避免停留，已經進入了冬季，隨著他們的北行，氣溫也變得越來越低，這一路之上，他們遭遇了無數流離失所的百姓，看到四野荒蕪，村落廢棄，整個大康都呈現出破敗蕭瑟的面貌。

他們行進的速度很快，半個月左右已經抵達了武興郡，從這裡坐船渡過庸江就可以抵達北岸的東梁郡。

胡小天上次來到武興郡的時候，水師提督趙登雲設計陷害於他，幸虧得趙武晟相助方才擒住趙登雲，以趙登雲為質方才順利離開了武興郡，從那時開始，胡小天就下定決心，終有一日要給趙登雲一個狠狠的教訓，不過現在他們已經成為鄰居，包括東梁郡在內的水軍駐防都由趙登雲統管，來到武興郡總不能過其門而不入。

武興郡大門的守軍越發顯得無精打采了，天寒地凍，北風夾雜著庸江濕冷的水汽毫不留情地橫掃著這座落寞的北方城池，濕冷的空氣從他們冰冷的甲冑中鑽進去，又從破舊的棉衣內滲入他們的肌膚，守衛們三五成群地聚在一起，不停在地上跺腳，一個個因為營養不良而顯得面黃肌瘦，很多人的耳朵上手上都生有凍瘡，惡劣的環境，朝不保夕的生存條件，讓這支大康曾經引以為豪的水師人數不斷下降，從巔峰時的五萬人，到現在只剩下三萬兩千人，有不少人甚至逃到了對面的大雍，大雍雖然不肯收留大康難民，對大康水師士兵卻非常寬容，只要年輕力壯的士兵逃過去，就會得到善待，至少可以保證吃飽穿暖。

胡小天一行進入武興郡，他直奔提督府而去。

讓胡小天失望的是，趙登雲並不在武興郡，他前往青龍灣操練水兵，預計七日之後方才能夠回還。不過從另外一方面來看也是好事，避免了見面的尷尬，如今在武興郡坐鎮的是趙武晟，聽聞胡小天前來，趙武晟慌忙迎了出來。

趙武晟和胡小天彼此之間也算心有默契，從某種意義上來說，他們曾經同屬姬飛花的陣營，將胡小天請入提督府的後院，趙武晟笑道：「此前就聽說胡大人要來東梁郡，估摸著這兩日你就該到了。」

胡小天微笑道：「我今次前來是特地想跟提督大人打個招呼，順便為上次冒犯之事向提督大人致以歉意。」

提起上次綁架趙登雲的事，兩人對望了一眼，不約而同地笑了起來。

趙武晟讓人去準備酒宴，和胡小天兩人單獨來到講武堂坐下，因為周圍沒有其他人在，說話自然也不用顧忌，趙武晟歎了口氣道：「胡大人，你現在來得可不是時候，東梁郡那邊的情況不妙啊。」

胡小天正想從他這裡得到一些東梁郡的情況，低聲道：「小天剛剛從大康來到這裡，對北方的情況並不熟悉，還望趙大哥指點。」

趙武晟道：「東梁郡因何回歸大康，你應當是最清楚的。大雍皇帝說是為了補償安平公主在雍都遇害之事，所以才賠了一座城池給大康，雖然名義上這座城已經歸了大康，可是咱們並未向東梁郡正式駐軍，因為東梁郡位置特殊，乃是大康唯一一座位於庸江北岸的城池，大雍其實是等於塞給了大康一個燙手的山芋。我們如果不要實在太過可惜，可收下了，又不敢投入重兵，畢竟東梁郡在大雍的包圍之中，派去多少士兵都等於送入別人的包圍圈中，一旦兩國交戰，這些將士等於白白送死。」

胡小天點了點頭道：「皇上也不會平白無故塞給我一個大便宜。」

趙武晟道：「更何況大康如今饑荒不斷，有不少人冒險渡過庸江前往東梁郡，將原本富庶安定的東梁郡搞得烏煙瘴氣混亂不堪，東梁郡原來的百姓怨聲載道，最近已經有不少百姓向大雍方面請願，要求回歸大雍，如果不是大雍皇帝薛勝康偏偏在這個時候死了，恐怕回歸之事也成為事實。」

胡小天道：「非但如此吧，如果薛勝康不死，來年春天說不定就會越過庸江進軍江南腹地。」

趙武晟歎了口氣道：「大康氣數已盡，明眼人誰都能夠看得出來，胡大人在這種時候前往東梁郡又有什麼意義？」他對胡小天前往東梁郡的前景並不看好。

胡小天道：「既來之則安之，趙大哥，我一個人或許無法讓東梁郡的局勢穩定下來，可是如果你我攜手未必沒有這種可能，只要武興郡可以給我支持，兩座城池守望相助，或許可在這非常時期趁機站穩腳跟。」

趙武晟道：「胡大人應該清楚，這武興郡還輪不到我來當家作主。」

胡小天道：「趙提督是不是因為上次我劫持他的事情，還在嫉恨我？」

趙武晟淡然笑道：「他對你的仇怨，只怕沒那麼容易化解。」

胡小天從趙武晟的種種表現，已經推斷出他和趙登雲之間雖然是叔侄，可是他們的關係並不像表面上那樣和睦，胡小天道：「既然趙大哥都看出大康氣數已盡，社稷崩塌是早晚的事情，為何不早做決斷？」

趙武晟目光一亮，此時他忽然意識到胡小天這次必然是有備而來，可是他為何選擇在夾縫中求生？以趙武晟對東梁郡的瞭解，那裡絕不是成就大業的絕佳選擇。

趙武晟道：「胡大人若是有用得上趙某之處，在下必盡力而為。」

胡小天當然能夠聽出趙武晟所說的都是客套話，趙武晟是個冷靜而理智的人，想要他心甘情願地為自己所用，必須要有充分折服他的理由。自己這次前來東梁郡，身邊只有七八個人，幾乎等同於光桿司令，很難讓人對他產生信心，更不用說看好他未來的發展了。

胡小天也不多說，微笑道：「多謝趙大哥如此仗義，勞煩趙大哥為我等準備一艘船隻渡河。」

趙武晟微笑道：「區區小事，我馬上讓人去安排。」

胡小天並未在武興郡留宿，用完午飯之後，就乘坐趙武晟為他安排的大船，從武興郡逆流而上，抵達東梁郡下沙港時已是翌日清晨，胡小天一行下船之後，就看到港口之上戒備森嚴，有近百名武士正在港口進行盤查，因為大康最近饑荒不斷，許多難民試圖通過東梁郡進入大雍境內謀生，這些武士卻並沒有大康軍中編制，而是東梁郡的富商巨賈共同出資組織的民間護衛，自從東梁郡劃歸大康之後，大康也只是象徵性地派來了一位太守和幾名文職，根本沒有駐軍的打算。過去東梁郡的駐軍全都撤回到大雍境內，僅憑著這幾名文職官員顯然無法管理好諾大的東梁郡。

一座城池若是沒有軍隊駐守，在治安上無法得到保障，雖然大雍一直信守承諾，並沒有收回東梁郡的舉動，但是東梁郡的內部卻開始發生接連不斷的混亂，有百姓悄悄越境逃往大雍的，還有大康那邊的災民渡過庸江前來東梁郡謀生的，原本一座秩序井然的城池，短時間內變得混亂不堪。太守李成明壓根就是個聾子的耳朵，他本著得過且過的念頭在這裡蒙混度日。

最後還是東梁郡的一些商人和頭面人物看不過去城市的亂象，於是眾人集資組建了這支護衛隊，維持東梁郡的治安，一可以防止東梁郡的百姓越境潛入大雍，二可以避免從大康那邊不斷偷渡進入東梁郡的難民。護衛隊開始只有五十人，可後來因為偷渡入境的情況越演越烈，隨著城中難民的爭奪，治安也變得越發惡劣，現在護衛隊的總人數已經增加到了一千人，即便如此，仍然感到人手不足。

胡小天等人上岸之後，馬上被護衛隊攔住盤查，熊天霸怪眼一翻，怒吼道：「娘的！瞎了你們的眼睛，這位是當朝駙馬爺胡大人，此次前來就是為了接管東梁郡的！」

他的這一聲如同炸雷般響徹在天空之中，一時間將下沙港無數人的目光全都吸引了過來。

可眾人只是朝這邊看了一眼，緊接著就該幹嘛幹嘛，彷彿根本沒有聽到胡小天的身分一樣。不過熊天霸的這聲怒吼多少還是起到了一些作用，至少這些護衛隊的武士不再要求對他們進行搜查。

胡小天一行頓時落入無人問津的地步，維薩小聲向胡小天道：「主人，怎麼回事？他們好像不願意搭理我們？」

胡小天望著那群遠遠避開的武士，微笑道：「看來咱們並不受人歡迎。」

唐鐵漢道：「胡大人，難道當地官府也不來人迎接嗎？」皇上已經將東梁郡賜給永陽公主作為封邑，又親自下令讓胡小天統管這裡的一切，也就是說從今天起胡小天就是這裡的最高行政長官，怎麼這幫人一點面子都不給？

胡小天笑道：「有趣！」來此之前趙武晟就提醒過他，東梁郡的老百姓根本沒有歸屬感，大多數人都認為自己仍然是大雍子民，他們對目前尷尬的境地非常鬱悶，對大康一方充滿了抵觸和抗拒，而大康方面又沒有起到很好的管理作用，最近不斷湧入的災民嚴重干擾到了東梁郡本地人的正常生活，所以東梁郡的百姓心中大都抱有怨氣，認為自己是姥姥不疼奶奶不愛，大雍不由分說就把他們割讓給了大康，而大康卻又沒有能力管理好這裡，所以唯有依靠自己了。

遠處忽然傳來一陣騷亂，卻是剛剛下船的那群難民和港口的武士發生了衝突，有難民道：「我們只是想借路前往大雍，你們憑什麼不讓我等上岸。」

那群武士只是基於職責，強行逼迫那群難民返回船隻，現場有人喝道：「都是大康的土地，憑什麼要趕咱們走？鄉親們，跟他們拚了！」

一時間群情激昂，港口的難民有近千人，這千餘名難民全都是顛沛流離忍饑挨餓奔波至今，他們好不容易才踏上了庸江北岸，以為希望就在眼前，可是來到這裡卻又遭到當地護衛隊的阻攔，強行逼迫他們坐船返回南岸，回去不是餓死就是凍死，往前衝還有一線希望，人在絕望之時任何瘋狂的事情都幹得出來，難民們一擁而上，現場雖然有兩百多名護衛武士，可和那近千名災民相比，仍然眾寡懸殊。

再加上這些武士儘量都是保持克制，並不敢輕易動用武器，現場傳來一聲哀嚎，卻是一名武士被逼無奈，一槍戳倒了一名災民，這下如同捅了馬蜂窩，災民看到同伴被傷，頓時紅了眼，不顧一切地發起瘋狂攻擊，現場亂成一團，慘叫聲，喝罵聲，夾雜著女人和嬰孩的啼哭聲。

胡小天使了個眼色，熊天霸抓起一雙大錘，一提韁繩，胯下大黑馬載著他如同一陣黑色飆風一般衝向混戰的陣營，高呼道：「奶奶的，誰敢再打，老子先把他腦袋給轟爛了！」一雙大錘左右揮舞，嚇得混戰中的雙方紛紛向兩旁閃避，硬生生從人群中撕扯出一條通道，其中有人挺刀砍向熊天霸，被熊天霸大錘一分，震得對方虎口流血，長刀遠遠飛了出去。

眾人看到熊天霸如此神威，誰也不敢輕易靠近。

熊天霸在人群中躍馬揚錘，大吼道：「爾等都給我聽著，從今日起，這東梁郡就是我三叔，當朝駙馬，胡小天胡大人統領，所有人等須得遵從胡大人號令，膽敢不敬者如同……」他雙目向周圍看了看，看到一旁高聳的木製箭塔，催馬奔了過去，一錘砸在箭塔之上，那箭塔下方合抱粗細的基柱被他一錘砸斷，箭塔緩緩向水中傾倒，箭塔上還有一名負責瞭望的武士，嚇得慘叫著從箭塔上跳入了水中。

眾人被熊天霸的勇武震住，一時間現場鴉雀無聲。

那群難民中有位老者一手牽著一個面黃肌瘦的孩子，兩個孩子最大的不過五歲，那老者顫聲道：「芽兒，給胡大人跪下！」那倆小孩子看了看爺爺，順從地跪了下去，老人也跪了下去，他含淚道：「胡大人，求您行行好，就收留俺們這些老百姓吧，若是有一分辦法，我等也不會冒險涉水而來，我死不足惜，可是我這兩個孫兒還不到五歲，如果回去，他們只能餓死啊……」兩個小孩子看到爺爺涕淚齊下，一個忙著去給爺爺擦淚，一個忙不迭地給胡小天磕頭。

胡小天的眼眶熱了，身邊維薩和唐輕璇看到此情此景，兩人都已經留下了同情的眼淚，她們翻身下馬，來到那小孩子的面前勸他們起來，可那兩個小孩子頗為倔強，說什麼都不願意起來。

近千名難民一個個跪了下去，下沙港跪倒了一片，哭得愁雲慘霧。

那些護衛港口的武士也流露出進退兩難的神情，並非是他們狠心，而是這樣的狀況如果不經控制，必然會變得不可收拾，用不了多久整個東梁郡就會因為難民的到來而混亂不堪，甚至連東梁郡本身居民的生存都會無法保障。

胡小天翻身下馬，緩緩來到那老者身邊，輕聲道：「老人家，您先起來吧！」

那老者含淚道：「胡大人不答應讓我這兩個小孫子入城，我就跪死在這裡。」

胡小天點了點頭，他環視眾人道：「在下胡小天，奉陛下之名前來管轄東梁郡。東梁郡自古以來便是大康的土地，雖然一度為大雍所佔據，可是如今已經回歸大康，東梁郡的每一寸土地都屬於大康，東梁郡的每一位百姓都是大康的子民，同為康人，何苦相殘？」

那幫護衛武士一個個羞愧地低下頭去，其實多半人都知道東梁郡的歷史，也知道他們一直都是康人的事實，可是在大康如今的窘況下，難免會生出自保的念頭，不讓這些難民登港入城也是無可奈何的自保之策。

胡小天道：「大康饑荒連年，百姓流離失所，如果不是被逼到了迫不得已的份上，誰也不會背井離鄉，誰也不會拋棄妻子，我也知道，你們辛辛苦苦一路北上逃難，為的就是一條活路，可是東梁郡一座城池不可能拯救一個大康，如果東梁郡城門大開，任憑大家進入，只怕用不了幾天，這座城就會人滿為患，糧草耗盡，然後這裡也沒了活路，大家唯有再謀求其他的生路。」

人群中一人道：「我們只是借路前往大雍，難道這都不可以嗎？」

胡小天道：「大雍已經封鎖邊境，重兵佈防，但凡擅入其境者，殺無赦！你們以為他們會善待大康的子民嗎？」

現場再度靜了下去，其實此前他們已經聽到了這個消息，可是仍然想前往那裡去親眼證實，現在胡小天這麼說應該不會錯。

人群中有人哭泣道：「這也不行那也不行，難道我們就只有餓死在這裡了……」

胡小天道：「大家不要著急，我今日是第一天抵達東梁郡，還不清楚這裡具體的狀況，我胡小天對天發誓，如有一線可能，必然會傾盡全力幫助大家，還請各位父老鄉親稍安勿躁，千萬不可做出過激之事。」他向那老者道：「老人家，您還是起來吧，天寒地凍，別凍著了孫子。」他脫下黑貂皮大氅為一旁的小孩披在身上。

那老者含淚點了點頭，顫聲道：「胡大人，您可一定要幫我們！」

胡小天點了點頭，此時有兩輛馬車迅速向下沙港的方向而來，前來的正是東梁郡的太守李成明，李成明也是聽說胡小天已經到了下沙港，這才慌忙過來相見。

他四十三歲，黑黑瘦瘦，身上的官服也打了不少的補丁，胡小天見過不少的官員，這李成明算得上是其中最寒酸的一個，李成明愁眉苦臉地來到胡小天面前，恭敬道：「下官李成明參見胡大人！」

胡小天點了點頭，轉身走到一旁無人之處，李成明慌忙跟了過去。

胡小天道：「怎麼回事？」

李成明歎了口氣道：「胡大人，您第一天來，並不知道這裡的情況，最近三個月以來，偷渡庸江前來東梁郡的難民日益增加，過去一天只有幾十人，後來就幾百人，現在多的時候已經有幾千人，開始的時候東梁郡方面也接納了一些，可誰曾想這些難民無休無止，絡繹不絕，有的說是要借路前往大雍，可大雍邊界那邊嚴防死守，杜絕任何難民入境，那些進不去的難民折返回來，又不願返回江南，全都羈留在東梁郡，現在整個東梁郡難民已經有接近三萬人，嚴重干擾到本地百姓正常的生活，而且他們為了吃飯穿衣，搶劫偷盜，殺人放火之事也層出不窮。」

胡小天知道李成明所說的都是事實，隨著難民的增多，這種事情肯定無可避免，人為了生存可以做出任何瘋狂的事情。

李成明道：「朝廷從一開始就不注重東梁郡，我是個文官，總共帶來了六名助手，來到這裡才發現，非但守城將士全都撤回了大雍，連衙役都跟著走了，東梁郡就是個空架子，朝廷不派兵，我拿什麼去管理人家，我說話也沒有任何的效用，這些護衛武士，還是城內富商想要維護他們自身的權益，自行出資組建的，連我也指揮不動他們。」說到這裡，李成明一臉的苦笑。

胡小天道：「先回城裡再說！」

第四章

新城主的智謀

胡中陽頭皮一陣發麻，胡小天這是在威脅自己，
想走可以，必須要將錢財全都留在這裡，這小子夠狠。
這位新來的城主無論智謀還是手段，都超出太守李明成太多，
跟他的交鋒中，自己很難占到便宜。

臨行之前胡小天讓梁英豪、熊天霸兩人留下，憑著他們的武力能夠暫時震住那群護衛，以免那幫武士強行將難民遣送回船，看到下沙港破破爛爛的一條條船隻，只怕不少船隻回不到中途就會被洶湧的波濤打翻。事實上在這段時間已經發生了多起沉船事件，因此而死去的難民已有千人之多，這種惡劣的狀況仍然在不斷繼續。

李成明陪著胡小天來到了衙門所在，太守府也是昔日大雍一方留下的，建築規模不小，可門庭冷落，諾大的太守府也不見幾個人出入，李成明途中就向胡小天闡明，自己在東梁郡只有其名而無其實，除了手下的幾名文職官員，其他人他根本指揮不動。

現在東梁郡當家作主的實際上是當地的幾名富商，為首者叫胡中陽，乃是赫赫有名的船運商人，輝煌時期曾經擁有二百多條大小商船，在東梁郡回歸大康之後，他大規模縮減了船運規模，仍然有五十條之多，組織城內富商集資，組建護衛隊也是他的主意。其實東梁郡在回歸大康之前，多半富商都已經遷往大雍，留下的這些人大都是故土難離，當然其中很大一部分認為大雍肯定會在短時間內收回東梁郡。

胡小天顧不上安頓下來，讓李成明去將東梁郡幾位頭面人物請到衙門，按理說胡小天今天是第一天到來，這些當地商賈理應夾道歡迎才對，可是這些人卻齊齊選擇迴避，顯然沒給胡小天這位新任城主任何的面子。

李明成也是頗為為難，他對當地的情況非常瞭解，知道即便是自己親自去請，這些人也未必肯給他面子，可胡小天的命令他又不能不從，只能硬著頭皮去辦，果不其然，沒過多長時間，李明成這位太守就垂頭喪氣地走了回來，沒人肯給他面子，一個個不是推說有事，要麼就乾脆閉門不出。

李明成苦著臉道：「胡大人，卑職實在是沒有辦法。」

胡小天點了點頭，自己初到貴地，這幫商賈居然就擰起繩來給自己一個下馬威，身為東梁郡新任城主，我請你們來你們不來，這根本就是敬酒不吃吃罰酒啊。

李明成心中暗想，你胡小天雖然是大康未來駙馬，可這東梁郡的情況特殊，就憑著你們幾個人只怕也是無能為力，到最後只能落到跟我一般下場。

胡小天道：「我本想跟他們商討難民之事，既然如此，那就不必商量了，李明成你去傳我的命令，對已經抵達下沙港的那批難民予以放行，任何人不得阻攔，否則以叛國論處。」

「什麼？」李明成驚得一雙眼睛瞪得滾圓。

胡小天道：「我的話你沒聽到？還有，那些所謂的護衛隊根本就不是大康編制，民間豈能私自組織武裝？你身為地方官居然對此不聞不問，若是追究起來，你恐怕麻煩不少吧？傳我的命令，即刻解散所謂的護衛隊，再有人膽敢以護衛隊的名稱自居，就是謀反！」

李明成倒吸了一口冷氣，他也是沒辦法才跟那幫商人達成了這方面的默契，朝廷不派兵馬過來，單靠著他和幾名幕僚根本無法管理這麼大的東梁郡。胡小天剛來東梁郡的時候還擺出一副通情達理的樣子，卻想不到他第一個決定就如此專橫，李明成唯有暗歎了，照胡小天這麼搞，不出三天，東梁郡必然陷入混亂之中。

李明成只能去下沙港傳令，胡小天所下的這兩個命令都如同平地驚雷，首先解散了護衛隊，然後任由這些難民進入東梁郡，在東梁郡的百姓眼中，這位新來的城主根本就是要火上澆油，雪上加霜，生怕東梁郡不夠混亂，要硬生生將這好端端的城池給敗壞了。

下午時分，熊天霸等人回來了，胡小天問過最新情況，熊天霸樂呵呵道：「李明成過來傳令，說即刻解散護衛隊，放那幫難民入城，整個下沙港全都是歡呼聲，那些難民都稱您為青天大老爺，有些護衛還想阻攔，被我一腳給踹到江裡去了。」

梁英豪在一旁卻未說話，臉色顯得異常凝重。

胡小天知道他為人老成持重，微笑道：「英豪，有什麼話你只管說。」

梁英豪道：「府主，東梁郡並無兵馬駐紮，那一千名護衛隊雖然是民間組織，卻是維繫治安的保障，您將他們全都解散了，這東梁郡非亂套不可。還有，雖然那些難民可憐，但是如果這樣無休無止地蜂擁而至，只怕東梁郡本地的老百姓也會被連累，東梁郡距離崩潰也不遠了。」

胡小天呵呵笑了起來，這些顯而易見的事情他怎麼會想不到？

熊天霸道：「嗨，梁大哥不用擔心，我三叔肯定有辦法。」

梁英豪瞪了這廝一眼，這小子認準了叫自己梁大哥，在輩分上自己應該高出他一輩。

胡小天道：「我沒什麼辦法，本想找幾個本地商人商量商量，可是這幫傢伙一個個都不給我面子，既然敬酒不吃，我只能給他們先送上一杯罰酒了。」

胡小天這邊話還未說完，李明成匆匆走了進來，氣喘吁吁道：「胡大人，胡大人……外面來了幾十名商人，他們要見您。」

胡小天不慌不忙道：「我請他們來他們不肯來，現在居然主動來了，這幫人是不是犯賤啊？」

李明成道：「大人見還是不見？」

胡小天道：「見，我犯不著跟這幫勢利的商人一般見識，不過讓帶頭的那個進來，其他人我沒興趣見，也沒工夫見。」

李明成現在開始明白了胡小天兩道命令的初衷，正是這幫商人漠然置之的態度，激怒了胡小天，胡小天略施手段，就讓這幫商人乖乖登門來見，雖然達到了目的，不過李明成總覺得不妥，畢竟這些商人掌握著東梁郡的經濟命脈，若是激怒了他們，保不齊會發生什麼事情，看胡小天的樣子淡定自若，似乎成竹在胸，難道這位年輕人早已有了應對之策？

胡中陽走入中堂，看到新任城主胡小天獨自一人坐在那裡靜靜品茶，李明成為胡中陽引薦道：「中陽兄，這位就是新任城主胡大人！」

胡中陽三十九歲，身材壯碩，紫色面皮濃眉大眼，走起路來虎虎生風，雙手抱拳道：「草民胡中陽參見胡大人！」

胡小天微微一笑，打量了胡中陽一眼，指了指早已為他準備好的座椅道：「請坐！」

胡中陽謝過之後坐下，悄然打量著胡小天，雖然他早已聽說過胡小天的大名，可是並沒有想到胡小天如此年輕，心中不免有了輕視之意，你胡小天無非是一個京城過來的紈袴子弟，連強龍不壓地頭蛇的道理都不懂嗎？以為朝廷將東梁郡賜給了你，就當真可以接管這裡的一切了？

胡小天讓人上茶，笑瞇瞇望著胡中陽道：「胡財東來找我，所為何事？」

胡中陽道：「胡大人，草民剛剛聽說胡大人來到東梁郡之後下了兩道命令，一是解散護衛隊，二是允許偷渡過河的難民自由進入東梁郡，任何人不得阻攔？」

胡小天抿了口茶，點了點頭道：「確有其事！」

胡中陽道：「大人難道不清楚東梁郡的狀況嗎？」

胡小天微笑道：「初到貴地，這邊什麼情況我的確不清楚。」

胡中陽暗歎，你什麼都不懂，為何要胡亂發號施令？這種話當然不能直接說出來，他歎了口氣道：「大人，東梁郡自從回歸大康之後，大康方面只派了官員並未派來任何士兵，整個東梁郡竟沒有一員守將，更不用說什麼駐軍了，東梁郡一向民風淳樸，百姓可做到路不拾遺夜不閉戶，可是近半年來，大康不斷有難民渡過庸江進入東梁郡，情況便逐漸變得惡劣起來，我等向官府申請多次，請朝廷派兵協助管理，可是朝廷方面始終沒有任何動作，無奈之下，我們唯有自己捐資，組建了一支護衛隊伍，維護城內治安，保護一方百姓的正當利益。」

胡小天道：「朝廷可同意你們這麼做？」

胡中陽道：「李大人說已經上奏了朝廷。」

李明成尷尬道：「的確上書朝廷了，可是朝廷方面並沒有批覆。」

胡小天淡然道：「那就是說朝廷沒同意你們私自組織軍隊了！」

胡中陽道：「胡大人，不是軍隊，而是護衛城內治安，保障財產安全的一支隊伍。」

胡小天道：「又有什麼分別？沒有朝廷的同意，你們私自組建軍隊，就算你們沒有謀反之心，至少也要治你們一個藐視朝廷之罪！」

胡中陽分辯道：「胡大人，若是沒有這支護衛隊伍，任憑難民不斷湧入，東梁郡只怕早已崩潰了。我們不忍心看到自己的家鄉淪落如此，方才這樣做。」

胡小天道：「有幾件事你必須要清楚，第一東梁郡是大康的土地，不是你們任何一個人的，你們無權拒絕大康百姓出現在這裡，更無權將他們拒之門外。第二，皇上將這裡賜給永陽公主作為封邑，而我被任命為東梁郡的城主，也就是說只有我才有資格決定護衛隊有無存在的必要。」

胡中陽道：「大人若是一意孤行，恐怕會讓東梁郡的百姓心冷，我等也沒有留在這裡的必要了。」

胡小天微笑道：「如果我沒聽錯，胡財東好像在威脅我？」

胡中陽臉色凝重道：「草民不敢！」

胡小天漫不經心道：「胡財東在東梁郡有多少年了？」

胡中陽道：「生於斯長於斯，我們胡家在此經營已經歷經七代人了，算起來也有一百多年。」

胡小天點了點頭道：「想必胡財東對這裡一定有著特殊的感情了？」

胡中陽點了點頭道：「故土難離，不瞞胡大人說，在草民心中已經將東梁郡當成了自己生命的一部分。」

胡小天道：「我能夠理解你這種感情，若非對家鄉有著這樣真摯的感情，也不會留戀至今，據說東梁郡半數以上的商人都已經遷入大雍，胡財東若是僅僅為了保持自身利益，只怕早已像其他商人一樣北遷了。」

胡中陽道：「多謝胡大人體恤，草民之所以不願走，的確是因為這個緣故。」

胡小天道：「知不知道咱們最大的區別是什麼？」

胡中陽沒說話，心中卻想到，你是官我是民，這就是咱們之間最大的區別。

胡小天道：「在你心中東梁郡是你的故鄉，感情深摯，而我的故鄉卻不在這裡，也就是說我對東梁郡沒有你那麼深的感情，皇上將東梁郡賜給永陽公主作為封邑，並不代表皇上重視這裡，現在的時局你們應該清楚，雖然咱們是第一次見面，可我相信胡財東是個聰明人，東梁郡於大康並沒有特殊的意義。」

胡中陽道：「草民記得當初還是大人從大雍將東梁郡帶了回來。」他心中暗自警惕，胡小天這番話分明在告訴他，東梁郡在胡小天的心中沒那麼重要，必要時他可以採取任何極端的手段，甚至不惜犧牲東梁郡的利益。

胡小天點了點頭道：「安平公主於雍都遇害，所以才有了大雍皇帝用東梁郡作為補償的這件事，我也清楚東梁郡的百姓心中對大康已沒有了歸屬感，有道是強扭的瓜不甜，既然民心不在這裡，留著這些人也沒什麼用處，明日我就會頒佈一道命令，誰想回歸大雍我絕不阻攔，但是人可以走，大康的一草一木決不允許帶走。」

胡中陽頭皮一陣發麻，胡小天這是在威脅自己，想走可以，必須要將錢財全都留在這裡，這小子夠狠，他低聲道：「大人不要忘了，民乃國之根本，若是東梁郡的老百姓全都走了，東梁郡就會淪為一座空城，也許這座城池就會不復存在了。」

胡小天微笑道：「不是說東梁郡已經有了三萬難民，我想他們不會介意成為東梁郡的常駐居民的。」

胡中陽倒吸了一口冷氣，這位新來的城主無論智謀還是手段，都超出太守李明成實在太多，跟他的交鋒中自己很難占到便宜。

胡小天道：「不過現在大雍邊境已經封鎖，沒有大雍方面的允許，任何人不得踏足大雍境內，或許胡財東有辦法打通關節重歸大雍，我看多半的百姓卻沒這個本事，若是拋棄了東梁郡卻又得不到大雍方面的接受，豈不是進退兩難？」他端起茶盞飲了口茶，靜靜等待著胡中陽的回答。

胡中陽道：「胡大人，能夠留在東梁郡的百姓大都是對這裡有感情的，如果能有一絲一毫的辦法，大家也不會選擇離去，對大康前來的難民我等也不是沒有同情心，可是難民無休無止地湧入東梁郡，已經超出了東梁郡的承受能力，如果一味接收下去，東梁郡會被拖垮，到時候大家一起完了。」

胡小天道：「依你之見，我們應當如何解決這件事？」

胡中陽道：「草民不才，此前和同行估算過東梁郡面臨的形勢，東梁郡因為地理的緣故，並未受到大康的天災波及，可是城糧有限，以東梁郡目前的情況最多可以接納三萬難民，而現在已經接近飽和。這些難民因為缺乏統一的管理和調度，來到東梁郡之後為了生存採取一切手段，最近城內作奸犯科殺人放火的事情層出不窮，正是因為這種狀況下，我們才出資組建了護衛隊。」

胡小天道：「你認為東梁郡目前最缺少的是什麼？」

胡中陽道：「一支維護東梁郡穩定的軍隊。」他停頓了一下又道：「其實東梁郡的多半百姓心中都明白，大雍早晚會將這裡收回的，東梁郡在大雍治下已經接近百年，多半百姓心中都認為自己是雍人了。」

胡小天道：「胡財東認為自己是雍人還是康人呢？」

胡中陽歎了口氣道：「不瞞大人，胡某曾經得罪了大雍的某位權貴，這也是草民不敢返回大雍的原因之一，再加上草民祖上世代都以康人自居，從未放棄過回歸大康的願望，所以草民至今不願離開。」

胡小天對胡中陽的這個理由表示滿意，點了點頭道：「護衛隊必須要解散，至於來自大康方面的難民，以後我們可以有條件的接受，對於入城者要嚴格遴選。」

胡中陽道：「若是取消了護衛隊，何人來控制眼前的局面？」

胡小天將手中茶盞緩緩放下道：「解鈴還須繫鈴人，想要將難民治理好，還要從他們的內部著手。」

胡中陽眨了眨眼睛，似乎並不明白胡小天的意思。

胡小天道：「東梁郡一直都是你們的故鄉，對我而言，從今日始，這裡就是我生存發展之地，若是想讓這塊土地在亂世之中得以保存，東梁郡的每個人就應該攜手共進，而非相互拆台，三萬難民之中應該可以遴選出一支過得去的軍隊，若是你們已經做好接納這些人的準備，那麼不妨放下戒心，以同等的眼光去看待他們。」

胡小天當然明白區區一座東梁郡根本無法接納太多的難民，他來到東梁郡的第一件事就是在東梁郡西二十里的地方劃出了一塊區域，專供難民暫時容身之用，同時頒佈命令，向難民徵兵，這樣做的原因，一是給難民一個機會讓他們得以名正言順地成為東梁郡的一員，二是因為胡小天對東梁郡本身的原住民不敢報以太多的信任，這群人多半對大康並沒有歸屬感，很難依靠他們和大雍作戰。

在胡小天頒佈徵兵令之後，難民營內報名踴躍，短短三日之內就有近兩萬人報名，根據胡小天的條件，如果符合條件被徵召入伍之後，可以帶領一名家人進入東梁郡生活，對這些難民來說就意味著暫時擺脫了困境。當然隨著訓練的展開，在軍營之中隨著職位的提升，或者是建功立業，可以獲得更優惠的條件。

雖然有近兩萬人報名，可是真正通過層層篩選，符合條件的只有五千人，初期訓練之後，又篩選掉三千人，最終剩下的只有兩千人，這兩千人一邊訓練一邊開始佈防，下沙港成為防守的重點，隨著天氣的轉冷，大康方面仍然有難民源源不斷地偷渡前來，胡小天雖然同情這些難民的遭遇，可是在現實面前不得不狠心選擇拒絕，對於其中前來投軍符合條件者予以接納，在東梁郡內特地開闢了一座童子堂，用來接納逃難的兒童，至於老弱婦人，他們已經無力兼顧。即便如此，在胡小天抵達東梁郡一個月後，難民營和童子堂已完全飽和，根本沒可能接納更多的難民了。

他嚴令手下抓捕偷運難民渡江的船夫，這些船夫通過這種方式運送難民從中牟取暴利，算得上是趁機發國難財，對於這些人必須要嚴懲。通過對組織偷渡者的懲處，從源頭上減少偷渡現象的發生，讓許多偷渡者開始選擇其他的地方作為落腳點，偷渡前來下沙城的難民果然減少了許多。

梁英豪和熊天霸兩人走入議事堂，看到胡小天正背身朝門站著，靜靜觀看著牆上的一幅地圖，兩人不敢打擾，就在胡小天身後靜靜等著。

胡小天點了點頭轉過身去：「你們找我有什麼事情？」

熊天霸笑道：「好消息，我過去在倉木的那些兄弟找過來了，兩百多人個個都是好手，其中還有一百名神射手。」最近雖然徵兵不斷，可是因為條件苛刻，到現在人數也只是剛剛突破三千，這些人過去大都沒有接觸過實戰，熊天霸為了訓練這些人也是好不頭疼，有了他過去的二百名弟兄，非但戰鬥力方面會有一個突飛猛進，而且在訓練方面他的壓力也減輕了許多。

胡小天向梁英豪道：「你有什麼消息？」

梁英豪道：「我觀察了一下東梁郡附近的地形，除了城牆以外就是庸江，和大雍接壤之處再無天險可守，想要增強防禦力，就必須在城牆上下功夫。」

胡小天搖了搖頭道：「暫時沒那個必要，就算將城牆加高加闊，一旦大雍軍隊南下，將東梁郡團團圍困，早晚都會糧草耗盡。」

梁英豪道：「最近倒沒有聽說大雍要發兵的消息，看來他們正忙於內部的事情，短時間內沒有精力考慮南下的事情。」

此時梁大壯快步走入議事堂，恭敬道：「少爺，大雍商人昝不留前來求見。」

胡小天聽說是昝不留來了，臉上不由得露出微笑，要說這個昝不留是個典型的投機商人。上次就曾經前往康都遊說自己，試圖在大康缺衣少糧的非常時期大發國難財，只可惜他的建議和想法無法解決大康的根本問題，而大康皇帝龍宣恩也另有打算。自從上次和昝不留在康都見面之後，胡小天遭遇的麻煩就接踵而至，他甚至已經無暇去考慮昝不留的提議，他所面臨的局勢也不允許他去考慮。而如今昝不留再度來到他的身邊，商者唯利是圖，昝不留也不例外，他來找自己必有所圖。

胡小天點了點頭道：「請昝先生進來。」

梁英豪和熊天霸幾人告辭離去，沒多久昝不留在梁大壯引領下來到議事堂。

昝不留微笑抱拳道：「胡大人別來無恙？」

胡小天笑著起身相迎道：「昝先生，什麼風把您給吹來了？」

昝不留樂呵呵道：「西北風，不但是西北風，還是白毛風，外面冷得很呢。」

胡小天連忙邀請他來到火盆前坐下：「昝先生快來烤烤火，大壯，去準備酒菜，今兒我要和昝先生把酒言歡，不醉無歸。」

昝不留嘿嘿笑道：「不急，不急，我和胡大人說幾句話就走。」

胡小天使了個眼色，梁大壯馬上出門去準備了。

昝不留伸出雙手在火盆上翻來覆去地烘烤，感歎道：「這庸江邊又潮又冷，比起北方的寒冷還要難受，感覺骨頭縫裡都是寒氣。」

胡小天道：「昝先生從北方來？」

昝不留點了點頭道：「經商者四海為家，哪裡有生意就得奔著哪裡去，我上次和胡大人在康都見面之後，對你我商討之事便念念不忘，親自去北方組織糧源，爭取趁著這個混亂時機，賺上一筆，怎料到不久以後就聽說胡大人出使西川的消息，等我從魔黎返回西川，又聽說胡大人要來東梁郡，世事弄人，計畫不如變化，原本打算和胡大人攜手在康都大展拳腳，卻想不到胡大人居然到這裡來了。」

胡小天笑道：「讓昝先生失望了。」

昝不留呵呵笑道：「世事難料，大康的時局也不是胡大人能夠掌控的，而我也對情況估計得過於樂觀，其實就算我的生意能夠順利進行，對大康而言也只是杯水車薪。」

胡小天道：「雖然改變不了一個國家的命運，卻能夠改變一座城池的命運。」

昝不留微笑道：「我這次前來正是為了這件事。」

胡小天道：「昝先生有無興趣，將東梁郡變成通衢之所？我可以給昝先生最優厚的條件。」

昝不留並沒有回應胡小天的問題，他的目光投向牆上的疆域圖，笑瞇瞇道：「胡大人看來始終都在關注天下形勢呢。」

胡小天道：「夾縫中求生，我每一步都走得小心翼翼，必須要搞清楚周圍的動向。」

昝不留道：「胡大人現在的處境的確不妙。」他起身來到地圖前，用手指了指東梁郡的位置：「雖然大雍將東梁郡還給了大康，可是東梁郡三面和大雍接壤，後方就是庸江，沒有任何天險可守，一旦大雍和大康之間發生戰事，大雍首先收復的恐怕就是東梁郡。大雍表面上給了大康一座城池，可實際上卻是一個燙手山芋，大康若是駐軍，一旦打起來，這些駐軍必然會被包餃子一樣消滅，所以這也是大康一直都未駐軍的原因吧。」

胡小天點了點頭，他意識到昝不留今日前來絕不是談一件普通的生意。昝不留擁有著天下聞名的興隆行，是大雍首屈一指的富商，普通的利益絕對無法將之打動。中國的歷史中不乏擁有野心的商人，奇貨可居的呂不韋就是這樣一個典型人物，難道眼前的昝不留也是一個類似的角色？

昝不留道：「聽說胡大人正在徵兵，來到東梁郡之後已經組建起一支三千人的軍隊？」

胡小天道：「昝先生的消息很靈通啊。」

昝不留微笑道：「我還知道，這三千人大都來自大康偷渡過來的災民，胡大人來到東梁郡所做的第一件事就是解散了當地自行組織的護衛隊。」

胡小天道：「因為這件事，我到現在仍然被東梁郡的百姓腹誹呢。」

昝不留道：「胡大人乃是眼光遠大之人，在解散護衛隊這件事上做得實在是明智，東梁郡的民心多半向著大雍，從東梁郡百姓之中徵集的那些護衛怎麼可能為大康出力？你正是看出了這一點，方才果斷做出這樣的決定。」

胡小天微笑道：「昝先生好像很瞭解我呢，那你說說看我心中的真正想法是什麼？」

昝不留道：「你應該是對大康徹底失望，又不願投奔大雍，所以才想立足東梁郡，成就自己的一番大業。」

胡小天哈哈大笑道：「我可沒有那麼大的野心，昝先生說笑了。」他對昝不留並不能報以絕對的信任，必須要先搞清楚昝不留來找自己的真正目的何在。

昝不留卻在這時候提出告辭，這讓胡小天頗感意外，這廝分析了一通形勢，連前來的目的都沒說居然就要走了？難道昝不留是利用這種方法，故意引起自己的好奇心？胡小天挽留道：「昝先生別急著走，酒菜都準備好了，吃過飯再走。」

昝不留笑道：「我這兩天不會離開這裡，肯定還會前來叨擾胡大人，至於中午，我已經答應了朋友，只能先行告辭了。」

胡小天聽聞他有約，也沒有強留，將昝不留送出門外，心中雖然好奇他的朋友是哪一個，可終究還是忍著沒有發問。

昝不留離去之後，胡小天讓梁英豪跟著看看他到底去了哪裡？他簡單吃過之後，叫上維薩一起去童子堂看看，這兩天天氣突然轉冷，童子堂內收留了五百多名孩童，不知他們的處境如何，這些孩童大都無人照顧，相當一部分都是孤兒。

童子堂距離胡小天所在的衙門不遠，其實就是胡小天將過去的衙門縮減了一大半，騰出的那些房間用來安置這些孩童。

北風刺骨，帶來陣陣庸江濕冷的水汽，童子堂外有不少自發前來送糧的百姓，雖然東梁郡的百姓對胡小天接納難民一事大多持反對態度，可是對他建立童子堂，收容這些可憐的孩子還是多半贊同的，最近有不少人家還提出要收養這裡的小孩，因為局勢未明，胡小天暫時未同意他們的要求。

維薩幾乎每天都要過來這裡，那些孩子跟她已經很熟，看到維薩過來，馬上都圍攏過來，一個個親切地叫著維薩姐姐，聽到孩子們歡快的呼喊，看到他們天真爛漫的笑容，維薩不禁一陣心酸，她一會兒牽牽這個的小手，一會兒摸摸那個的小臉，對這些孩子憐愛非常。

胡小天看到維薩被孩子們包圍，自己反倒無人問津，笑著搖了搖頭，獨自一人向裡面走去，走入裡面的院落，聽到一個清越的聲音道：「這個字叫人，一撇一捺，彼此支撐，屹立不倒，做人就應當堅強自立，加上一橫就是個大字，終有一天你們會長大成人，再加上一橫就是個天字，你們長大之後都要做頂天立地的男子漢……」

胡小天被聲音吸引了過去，卻見前方大堂內，一位身穿藍色儒衫的青年男子正在教一群孩童識字，他想必就相當於現代社會中的義工吧，胡小天此前過來的時候並沒有見過此人。

在青年男子身後不遠處的地方，一位布衣荊釵的少婦正含情脈脈地望著他，手中還挎著一個竹籃。

那青年男子率先發現了胡小天，他禮貌地向胡小天笑了笑，剛好此時他的課已經講完了，向那幫孩童道：「你們去玩吧！」

那群孩子一起站起身來，恭恭敬敬向他鞠了個躬道：「謝謝朱先生！」

胡小天這才知道那名男子姓朱。

那朱姓青年微笑走向胡小天面前抱拳道：「胡大人好！」

胡小天笑著向他還禮：「我過去好像沒見過兄台呢。」

那男子道：「在下朱觀棋，乃是東梁郡本地人士，她是我的妻子洪凌雪。」

胡小天向洪凌雪看了一眼，洪凌雪淡淡一笑，然後目光又回到丈夫朱觀棋的身上，充滿無限愛意。

朱觀棋道：「胡大人宅心仁厚，能夠在東梁郡設立童子堂，挽救這些孩童於水火之中，實在是功德無量。」

胡小天謙虛道：「算不上什麼功德無量的大事，只可惜我能力有限，能做的也只有這些了。」

朱觀棋道：「若是大康每一位官員都像胡大人這樣想，大康也不會淪落到今時今日的地步。」他向胡小天拱手告辭，洪凌雪跟隨丈夫準備離去之時，忽然捂住小腹，緊緊咬住櫻唇，頃刻間俏臉變得毫無血色，冷汗從額頭簌簌而落。

朱觀棋看到妻子突然變成了這番模樣，不由得大驚失色，驚呼道：「凌雪你怎麼了？」

洪凌雪捂著小腹，表情痛苦不堪，顫聲道：「我……我肚子好痛……」

朱觀棋和妻子向來情深意篤，看到妻子這番模樣，向來沉穩的他頓時變得六神無主，驚呼道：「我帶你去找醫生。」他將洪凌雪抱起，準備向門外跑去。

胡小天卻察覺有異，他向朱觀棋道：「觀棋兄儘量不要動她。」

此時維薩也聞聲趕了進來，看到眼前狀況，慌忙去請郎中，還好隔壁就有一間濟世堂，在東梁郡本地頗有名氣，沒一會兒功夫就拎著藥箱匆匆趕了過來。

胡小天已經幫著朱觀棋將洪淩雪送入一旁的房間內，洪淩雪的小腹疼痛絲毫沒有緩解的跡象，反而越來越重了。胡小天憑著他豐富的臨床經驗判斷，洪淩雪應該得了急腹症，從她描述的位置來看，疼痛位於左下腹，很可能是婦科急症。

那郎中進來後，不緊不慢道：「不必驚慌，待我為夫人診脈再說。」他是個蔫性子，做事慢吞吞，在洪淩雪手腕上摸了半天，雙眉緊皺，一言不發。

關心則亂，朱觀棋急得滿頭大汗，聽到妻子因為疼痛而發出陣陣哀號，終於忍不住問道：「先生，我妻子她得的是什麼病？」

那郎中歎了一口氣，一副莫測高深的模樣：「腹痛，這樣，待我給她開一副藥，吃了或許就會沒事。」他用詞謹慎，顯然也沒什麼把握。

洪淩雪緊緊抓住朱觀棋的手臂，顫聲道：「相公……我……我熬不住了……」

那郎中看到洪淩雪如此神情，低聲道：「我……我去開藥方。」他起身去開方子。

朱觀棋向胡小天恭敬行禮道：「多謝胡大人相助，只是賤內身體抱恙，不便招待大人了。」這是下逐客令，提醒胡小天不方便待在這裡，應該選擇迴避了。

胡小天當然明白他的意思，不過看到洪淩雪這會兒的狀況有些不妙，非但沒有絲毫改善，反而加重了，胡小天道：「觀棋兄，我也懂得一些醫術，我看嫂夫人的狀況很嚴重，若是被庸醫耽擱，恐怕會危及性命。」

朱觀棋本來就是智慧卓絕之人，他馬上就明白了胡小天話裡的意思，胡小天是在暗示這位名滿東梁郡的郎中是個庸醫，他的辦法無效。朱觀棋抱了抱拳道：「那就勞煩大人了。」

胡小天道：「不過我的看病方法和他人不同，可能需要觸碰嫂夫人的腹部。」有什麼話還是說明白得好，省得別人以為他趁機佔便宜。

朱觀棋道：「性命為大，胡大人又何必拘泥小節。」

胡小天得了朱觀棋的允許，這才走上前去，先摸了摸洪凌雪的額頭，發覺她的體溫有些偏低，再讓維薩幫忙解開洪凌雪身上的棉衣，只留下一層貼身衣，輕輕按壓洪凌雪的腹部，感到她腹部肌肉緊張，左下腹可摸及一腫物，張力較高，壓痛明顯。至於三合診之類太過挑戰當今道德觀的檢查胡小天就不能做了，他發現身邊擁有一位女助手的必要性。

胡小天初步檢查完畢之後，向朱觀棋道：「觀棋兄，嫂夫人乃是急腹症，必須剖腹探查，找出病灶所在，不然會有性命之憂。」

朱觀棋聞言大驚失色，他博覽群書，見聞廣博，可是聽到要為妻子行剖腹術的時候仍然感到震駭莫名，這位新來的城守怎麼會提出這樣匪夷所思的治療方法。

朱觀棋的反應在胡小天的預料之內，受當今時代的科技所限，不是每個人都能夠接受現代醫學的，他並沒有勸說，而是向維薩笑了笑道：「你在這裡幫忙照顧嫂夫人，我先回去，有事再來找我。」

胡小天回到衙門之後，讓梁大壯將自己帶來的手術器械消毒準備，來到這裡之後他還專門收拾了一件房作為手術室，只是從來都沒機會使用過，胡小天料定朱觀棋必然會來找自己，以當今時代的醫療水準，普遍都是內科學為主，外科學方面的知識少得可憐，那位濟世堂的郎中根本沒有救治洪凌雪的能力。

果然不出胡小天所料，約莫過了半個時辰之後，朱觀棋匆匆趕了過來，洪凌雪已經痛得昏過去了，那郎中看到這般模樣，嚇得不敢用藥，讓他另請高明。

胡小天讓梁大壯跟過去，幾人一起將洪凌雪抬到了這裡。

此時洪凌雪從短暫的昏迷中醒來，因為疼痛難忍，櫻唇都已經咬出了血泡，夫妻兩人感情很好，朱觀棋看到妻子這麼痛苦眼睛都紅了，恨不能自己替她受罪，握住洪凌雪的纖手安慰道：「凌雪，別怕，我在這裡，我哪裡都不去。」

洪凌雪含淚道：「相公，凌雪只怕是……活不成了……我這一生最大的遺憾，就是沒能給你生下一男半女……」

朱觀棋強忍眼淚：「凌雪，別這麼說，只要你能夠好起來，就算咱們這輩子不要兒女也無所謂。」兩人婚後三年始終未能懷孕，洪凌雪以為自己難逃一死，所以才會這樣說。

胡小天一旁聽著也有些感動，這兩口子還真是情真意切，他低聲向維薩交代，讓維薩催眠洪凌雪。

維薩最近的攝魂術又有提升，一雙冰藍色的美眸望定了洪凌雪，軟玉溫言道：「你累了，好好休息一下，醒來之後一切都會好的。」

洪凌雪望著她的美眸，視線漸漸變得模糊起來，不一會兒就進入了夢鄉。

胡小天那邊已經穿上了手術服，戴上手套，維薩也穿上手術服給他幫忙，望著一絲不苟做著準備工作的維薩，胡小天不禁露出會心的笑意，改日一定給維薩設計一套合體的護士服，維薩前凸後翹的身材穿起來一定性感極了。

維薩這邊將一切準備完畢，胡小天讓朱觀棋去牆邊站了，以免他看到過度血腥的場面無法承受，拿起柳葉刀乾脆俐落地劃開了洪凌雪的肚皮。

朱觀棋遠遠看著，當看到胡小天將妻子開膛破肚的景象，差點沒被嚇得暈了過去，趕緊扭過頭，熱淚嘩嘩流了下來，有些後悔為何要聽信胡小天的話，答應他為妻子剖腹療傷，可現在肚子都劃開了，後悔也晚了。朱觀棋黯然想到，若是妻子有什麼三長兩短，自己活在這世上還有何意義？她若是死了，自己也不活了。

維薩看到眼前的一幕雖也有些不忍，可是她心中明白，胡小天是為了救人，此前胡小天曾抽空給她說了一些醫學常識，還專門輔導她如何消毒，如何鋪設洞巾之類的操作，可是用於實踐還是第一次。

胡小天一旦進入手術狀態，整個人就變得認真而嚴肅，剖腹之後，首先將卵巢暴露於子宮前方。用金屬探檢棒沿卵巢內側，闊韌帶後葉向外上方小心翼翼撥起卵巢，讓子宮自然沉降至後方，使卵巢位於子宮前外方，以便於操作。

洪凌雪左側卵巢有一個成人拳頭大小的瘤體，瘤體已經變成了紫黑色。胡小天可以確診洪凌雪是發生了卵巢囊腫蒂扭轉，婦科最常見的急腹症之一，卵巢囊腫扭轉的蒂由骨盆漏斗韌帶、卵巢固有韌帶和輸卵管組成。發生急性扭轉後靜脈回流受阻，瘤內極度充血或血管破裂瘤內出血，致使瘤體迅速增大，繼而會因為動脈血流受阻，腫瘤發生壞死變為紫黑色，可破裂和繼發感染。

遇到不全扭轉可自然復位，腹痛也會隨之緩解。洪凌雪的卵巢囊腫扭轉極其嚴重，必須施行手術治療。卵巢囊腫蒂扭轉的患者，往往因靜脈淤血過多有血栓形成，為了防止血栓脫落進入血液循環，形成繼發性栓塞，胡小天先將蒂的根部用止血鉗夾緊後再鬆解。

洪凌雪的卵巢囊腫過大，胡小天先利用穿刺針接吸引管，刺入囊腫之後，利用吸引器，吸空內容液，然後拔出針頭，利用分離鉗夾住穿刺孔，提起囊壁，結紮穿刺孔，以防止其餘囊液外漏。

切開囊腫表面正常卵巢，謹慎避開血管區，用注水法小心剝離囊腫表面的包膜，將囊腫完整從卵巢上剝除。

胡小天又檢查了一下洪凌雪右側的卵巢，發現洪凌雪右側卵巢並無異樣，這才進行滲血處理，將器官納入原位，關腹縫合。在別人看來驚世駭俗的手術，胡小天做起來並不複雜，不到半個時辰已經全部完成。縫合之後還貼上了墨玉生肌膏，女人天性愛美，若是以後看到肚子上有一條蜈蚣一樣的疤痕，肯定心情大受影響，胡小天索性好事做到底。

做完手術，胡小天摘下手套走了出去，後續的事自有維薩處理。回到議事堂坐下，方才感覺有些餓了，梁大壯這會兒剛好送來一碗香噴噴的陽春麵，胡小天微笑接過，想起朱觀棋也沒吃飯呢，向梁大壯道：「你去給那位朱先生送一碗麵過去。」

梁大壯點了點頭，此時忽然聽到外面傳來一陣騷動之聲，他放下半碗麵，走了出去，梁大壯趕緊也跟了出去。

兩人方才來到門外，就看到太守李明成慌慌張張走了進來，遠遠道：「胡大人，不好了，不好了！出大事了！」

第五章

真正意圖

余天星看到胡小天笑，他也笑了起來：
「胡大人看我挨打都不仗義相救，實在不厚道啊！」
胡小天哈哈笑道：「老子教訓兒子天經地義，
更何況清官難斷家務事，你們余家的事情，我怎麼好插手？」

胡小天對這個李明成並沒有多少好感，原本李明成在東梁郡就是個聾子的耳朵擺設，現在胡小天來了，朝廷也沒有對李明成做出其他的安排，所以李明成仍然留在東梁郡，只是現在連擺設都算不上了。

其實李明成倒是個老實人，只是懦弱無用，胡小天來了一個月發現這廝根本沒有任何的主見，也難怪他被東梁郡的一幫商人要脅。

胡小天道：「你不用驚慌，有什麼了不得的大事？」

李明成道：「有商隊在城西被搶了，應該那些難民做的，商隊方面死了十二人。」

胡小天聞言一怔：「何方商隊？」

「大雍……大……大雍……」李明成已經結巴了起來。

胡小天這才意識到事情的嚴重性，大雍商隊經過自己的地盤被搶被殺，此事若是處理不當很可能成為戰爭的導火線，以如今東梁郡的狀況，連自保都困難，剛剛組建的軍隊沒有任何戰鬥力，更何況這件事道理根本就不在自己這邊。

胡小天道：「有沒有倖存者？」

李明成點了點頭道：「有……有一名傷者，其他人……已經逃走了，據稱是去搬救兵了。」他叫苦不迭道：「胡大人，麻煩大了，若是大雍方面收到消息，必然會大兵壓境，前來討還公道，你說該如何是好？」

胡小天道：「先把那名傷者送去療傷，清點他們的貨物，難民營方面，我親自去處理。」

「是……是……」李明成忐忑不安地走了。

等李明成走後，胡小天向梁大壯道：「你去把熊天霸找來，讓他帶五百名兄弟過來。」

「是！」梁大壯答應之後，又提醒胡小天道：「少爺，您還沒吃麵呢。」

胡小天擺了擺手，示意他儘快去安排，轉過身去，卻看到朱觀棋就站在身後不遠處，洪凌雪剛剛已經醒了，朱觀棋看到妻子無恙，這才想起過來向胡小天道謝，卻不想遇到了剛才的事情。

胡小天向朱觀棋微笑道：「觀棋兄都聽到了？」

朱觀棋歉然道：「胡大人勿怪，我只是專程前來向大人道謝，卻不想聽到了剛才的事情。」

胡小天道：「觀棋兄不必如此客氣，我現在就要走，咱們改天再聊。」

朱觀棋道：「胡大人打算要去難民營擒拿真凶嗎？」

胡小天點了點頭道：「必須要將這件事先搞清楚，如今的東梁郡還沒有跟人家硬碰硬的資格。」

朱觀棋道：「難民營現在大概住了近三萬人，胡大人想要從中找出兇手，只怕大海撈針吧？」

胡小天抿了抿嘴唇，朱觀棋說得不錯，他想了想道：「找到兇手雖然很難，可是找到那些失落的商品應該並不困難。」

朱觀棋道：「大人手下的這些士兵都是從難民中選拔而出，若是當真發現了兇手就是他們的父母兄弟，你以為他們會大義滅親嗎？」

胡小天聞言一怔，自己怎麼在這麼重要的事情上犯起了糊塗。

朱觀棋道：「這件事的確非常棘手，竊以為大人不應興師動眾，還是私下調查最好，即便是此事當真是那些難民所為，如果處理不當，必然會引起一場動亂，至於大雍方面，就算是交出兇手，只怕也沒那麼容易解決問題。」

胡小天虛心求教道：「朱先生認為如何將此事化解呢？」

朱觀棋道：「大人應當做好準備了，這裡距離大雍南陽水寨並不算遠，那些大雍商人最可能就是逃往南陽水寨求助，南陽水寨，坐擁五萬水師，據稱有兩百艘戰船，別的不說，到時候他們順流而下，直奔下沙港，僅憑著咱們東梁郡的軍力是根本防不住的。」

胡小天曾經到過南陽水寨，還和那裡的統領唐伯熙打過交道，對唐伯熙其人還是有著一定的瞭解的，如果單對單的比拚，胡小天絕不會害怕任何一個，可是現在他並非孤家寡人，他的決策關係到東梁郡近十萬人的生死存亡。

朱觀棋道：「大人不用擔心，我所說的只是可能發生的最壞一幕，也許事情不會演變到如此惡劣的地步，只是想提醒大人早作準備，至於大雍客商被殺的事情雖然發生在難民營附近，可是並無確切的證據表明就一定是那些難民做的，大人如果馬上派兵調查，勢必會引起難民恐慌，甚至對大人產生仇視之心，外敵未至，內部就已經產生了矛盾，這可不是什麼好事。」

胡小天越想越有道理，朱觀棋說得不錯，不能只聽李明成的一面之詞，現在誰也不能斷定就是難民搶劫殺人，如果自己從一開始就將疑點鎖定在他們身上，必然激起難民的反抗之心，話說回來，就算是難民策劃了這件事，現在找出兇手也於事無補，不是簡單將兇手交出去就能了結的。

胡小天向朱觀棋抱拳作揖道：「多謝觀棋兄提醒。」

朱觀棋道：「大人不用跟我客氣，觀棋也是東梁郡的一員，當然不想看到戰禍來臨。」

此時門外傳來戰馬嘶鳴之聲，卻是熊天霸集結了五百兵馬前來聽候調遣，胡小天舉步來到門外，梁大壯將他的小灰牽了過來，胡小天翻身上馬，那些士兵都不知道發生了什麼事情，一個個面帶驚惶之色，唯有熊天霸在隊伍前方，顯得異常興奮，他高聲道：「三叔！是要打仗嗎？」分明有些迫不及待了。

胡小天看到他身後士兵的表情，心中暗歎，就這種精神面貌還想打仗？只怕一開戰就全都成了逃兵，這也難怪，這群人本來就是逃荒過來的難民，之所以選擇入伍還不是因為想討口飯吃。有一點辦法也不想去賣命送死。

胡小天揮了揮手道：「留二十個人在這裡，其餘人回營去吧！」

「啥？」熊天霸瞪大了雙眼，心想三叔啊三叔，你確信不是逗我玩的？可熊天霸在胡小天面前極為聽話，胡小天怎麼說他就怎麼做，留下十名親信，讓其他人先返回軍營。縱馬來到胡小天身邊，低聲道：「三叔啊，不是去打仗啊？」

胡小天瞪了他一眼：「打你個頭！」他指了指西門方向：「咱們出去走走！」

幾人準備離去之時，忽然聽到身後傳來一個聲音道：「胡大人，我陪您過去看看！」

胡小天轉過身去，卻是朱觀棋從裡面走了出來，胡小天展露笑顏道：「先生願意同往，胡某求之不得！」當下讓人找來了一匹馬供朱觀棋驅策，一行十多人出了西城門徑直向難民營的方向奔去。

商隊被伏擊的地方距離難民營只有三里多路，現場已經被率先抵達的士兵封鎖了起來，十二具屍體全都並排躺在路邊，用白布臨時遮住了面部，城內義莊也派來了車輛，只等官府方面發話，就將這些屍體運回城內裝殮。

李明成帶著幾名剛剛招募來的衙役正在那裡幫忙驗屍，仵作也是臨時由義莊的老闆充當。現場周圍散亂了不少的貨品，胡小天來到現場，隨便揭開了一具屍體上方的白布，看到那屍體的脖子被一刀割開，從傷口的形狀來看應該是一刀斃命，出刀不但準確而且果斷。

李明成在一旁道：「大人，基本上都是一刀斃命，打劫者應該是高手啊！」

胡小天點了點頭，舉目向一旁望去，卻見朱觀棋下馬之後來到那些散亂的貨品旁，仔細檢查了一下，遺留在現場的貨品有不少的大米。

李明成道：「商隊運了不少的糧食和穀物，準備過境東梁郡前往大雍，一定是那些難民得到了消息，組織人手在這裡搶了他們的貨品。」

朱觀棋從地上撿起大米在手中搓了搓，然後塞了幾粒在口中咬了一下，並沒有說話。

胡小天來到朱觀棋身邊，低聲道：「觀棋兄怎麼看？」

朱觀棋道：「領隊商人還在嗎？」

李明成道：「領隊商人已經逃了，不過我聽倖存者說，他們是從下沙港接了一批糧食，準備運往雍都的，不知怎麼洩露了消息，所以在此地被人搶劫。」

朱觀棋道：「一共多少輛車？」

「七輛馬車。」

「為何不取道南陽選擇從運河北上，走船運好像成本更低，而且途中更為安

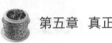

全。卻偏偏要選擇從東梁郡走陸路前往？難道他們不知東梁郡境內已經有了三萬難民嗎？」

「呃……這……」李明成這會兒也覺得有些奇怪了。

朱觀棋道：「瓷器對難民來說並沒有任何用處，至於糧食，大雍並不缺糧，這幾年全都是豐年，運糧食去大雍還不如就地賣給東梁郡的商人，請問商者誰肯做這種賠本的買賣？」

李明成的臉耷拉了下去，這麼淺顯的道理自己怎麼就沒想到呢？

胡小天唇角露出微笑，雖然只是小事，卻已經看出朱觀棋絕對是智慧超群觀察入微之人，胡小天並沒有發表意見。

李明成雖然心中承認朱觀棋說得有道理，可是在胡小天面前覺得失了面子，冷冷道：「你又是什麼人？這裡哪輪得到你說話？」

胡小天道：「朱先生是我的好朋友，李大人不可失了禮數。」

李明成臊得一張老臉通紅，胡小天顯然沒打算給自己面子，這個朱觀棋在他心中的地位要比自己高很多，也罷，自己還是少說話，省得自取其辱。

朱觀棋目光向那些屍體望去，屍體雖然被蒙住了面部，可是大多腿腳還都露在外面，朱觀棋道：「這些死去的人應該都是腳夫，你們看他們腳上穿的鞋子，就應該能夠猜到他們的身分。」

胡小天其實剛才也留意到了這一點，被殺的這些人都是普通的腳夫，商隊中的主要人物大都已經逃了，胡小天向李明成道：「那個倖存者何在？」

李明成道：「他受了傷已經送去城內治療，不過都是皮外傷應該沒有性命危險。」

胡小天點了點頭，下令讓李明成等人將那些屍體先送回義莊暫時存放，爭取儘早查清他們的身分，他和朱觀棋一起則去了安置難民的地方。

難民營當地也招募了五百名士兵負責這邊的治安管理，他們主要的任務也就是維護治安，分發救濟之類，所以年齡參差不齊，年紀大的有六十多歲，小的才十二三歲，也沒有統一著裝，武器也是就地取材的木棍、鐵鍬、菜刀之類。

難民營中也推舉了三位臨時的負責人，根據地域不同推選而出，三位臨時負責人聽說東梁郡的城主親臨，慌慌張張過來相見，這些難民對胡小天還是心存感激的，如果不是承蒙他收容，又送來糧食衣物，這難民營中的三萬難民只怕有大半已經凍死餓死了。

走在最前面白髮蒼蒼長髯飄飄的老者名叫余冬青，在難民營內德高望重，跟隨他一起前來逃難的就有兩千人之多。因為博學多才，又兼之為人公正，所以很快就獲得了眾人的推崇和認同。

余冬青率領其他兩人來到胡小天面前，恭敬行禮道：「草民參見胡大人！」

胡小天微笑點頭道：「余老先生不用多禮，我今日巡視路過此地，順便過來看看，這兩日天氣轉冷，不知你們營地的情況怎樣？需不需要添置棉被棉服？糧草夠不夠用？」

余冬青感激涕零道：「多謝胡大人慈悲為懷，收留我等，這兩天還特地讓人送來了過冬用的物資，若無胡大人，只怕我們這些人，不被餓死，也要活活凍死在前往大雍的路上了。」留在難民營的大都是老弱病殘，其中年輕力壯的一部分被遴選入伍，還有相當一部分繼續選擇北行，其實這些難民不乏眼光長遠之人，很多人都已經看出大康氣數已盡，東梁郡能否存在也是一個未知數，只要大雍決定攻打大康，這裡就會率先陷入戰火之中，想要徹底擺脫災難唯有冒險進入大雍，投奔到那裡方才可以永遠擺脫戰爭之憂。

胡小天道：「余老先生不用客氣了，大家都是一國同胞，在力所能及的情況下，胡某自然要為同胞盡力。」

余冬青卻料到胡小天此來絕非偶然，大雍商隊被伏擊的地方距離難民營只有三里多地，他們多少也聽說了一些風聲，猜到胡小天此來十有八九是和這件事有關，他們早就料到官府會前來調查，只是沒想到胡小天居然輕車簡行，並沒有帶太多人前來，這也讓余冬青等人暗自鬆了一口氣。

胡小天在難民營視察了一下，還特地關注了一下難民的伙食，現在難民的糧食統一管控，每天統一調配，這是為了最大程度地避免浪費，難民營內共有二十個特定的地點，這些地方用大鍋生火造飯，每日兩餐，開飯之後，難民排著整齊的隊伍前來領飯，千人為一屯，百人為一村，十人為一戶，成年男女每人一份，兒童和老人減半，雖然大都無法吃飽，可是這樣的飲食勉強可以維生。

胡小天特地來到大鍋前看了看，看到裡面全都煮的是稀粥，一碗稀粥，一個黑窩頭，就是成人一頓飯的口糧，魚肉是別想的，新鮮的蔬菜也見不到，在目前的狀況下，能有稀粥果腹已經算很不錯了，難民們也不敢多做他求。

胡小天向余冬青道：「余老先生最近可曾聽說了什麼不尋常的事情？」

余冬青知道胡小天問的是什麼，惶恐回答道：「胡大人問的可是難民營外商隊被打劫的事情？」

胡小天點了點頭。

余冬青雙手抱拳深深一躬道：「大人，此事和我等無關啊，我們從南方逃難來到這裡，好不容易才遇到大人肯收留我們，還賜給我等衣食，我等感激都來不及，又豈敢做出這等膽大妄為的事情？」

胡小天微笑道：「余老先生不用驚慌，我又沒說這件事跟你們有關，只是此時就發生在難民營附近，所以我才想問問老先生有沒有什麼線索？」

余冬青道：「胡大人，我等的確不知到底發生了什麼。」

一旁朱觀棋道：「原來老先生不清楚發生了什麼，距離難民營外三里多路的地方有商隊遇襲，這支商隊乃來自大雍，此次襲擊共造成十二人死亡，一人受傷。」

余冬青聞言色變：「什麼？大雍商隊？」

朱觀棋點了點頭道：「倖存之人已經逃往大雍去報信了，若是大雍方面得知他們的商隊在東梁郡出了事情，恐怕不會善罷甘休。」

余冬青嚇得面無人色，顫聲道：「怎會發生這樣的事情？」

此時一個懶洋洋的聲音道：「要打仗了嗎？早晚都要有一戰，晚來不如早來，打仗好啊！」卻是一個衣衫襤褸頭髮蓬亂的青年人正蜷曲在一口大鍋附近烤火。剛才胡小天幾人說話的時候他就在那裡一動不動地躺著，加上大鍋旁邊有不少人都湊在那裡烤火取暖，誰也沒有留意到他。

余冬青轉向那青年人，怒道：「混帳東西，你胡說什麼？」原來那青年人竟然是他的小兒子余天星。

余天星打了個哈欠緩緩轉過身來，他滿臉灰塵，形容憔悴，猶如乞丐一樣，向余冬青笑了起來，露出滿口雪白整齊的牙齒。

余冬青向胡小天賠禮道：「胡大人千萬不要計較，他是我的小兒子余天星，是個書呆子，從小就瘋瘋癲癲的，四體不勤五穀不分。」

余天星哈哈笑道：「爹爹此言差矣，我余天星乃是做大事之人，那些小事我才不屑為之。」

周圍眾人哄然大笑起來，余冬青在難民中德高望重，可是他這個兒子實在是太不成器，整天遊手好閒，無論身邊環境如何險惡，仍然是這副懶散模樣，余冬青因為眾人哄笑而老臉通紅，抓起一旁的笤帚疙瘩衝上去就想抽打余天星。

余天星慌忙就逃，卻因太過匆忙，踩住了自己的破爛長袍，噗通一聲，跌倒在了地上，抬起頭來，卻看到一隻手向自己遞了過來，余天星抬頭望去，卻見胡小天笑瞇瞇望著自己。

余天星毫不猶豫，一隻髒兮兮的右手將胡小天乾淨有力的手握住，在他的幫助下爬了起來，余冬青看到兒子和胡小天站在一起，只好停下腳步，指著兒子罵道：「醃臢東西，你離胡大人遠一些。」

胡小天微笑道：「余老先生息怒。」

余天星學著他的口氣道：「是啊！余老先生息怒！」

周圍眾人又同聲哄笑起來。

余冬青聽到眾人的嘲笑，又看到兒子沾沾自喜，渾然不覺的面孔，恨不能找個地縫鑽進去。

胡小天道：「余公子的氣質果然與眾不同！」

余天星放開了他的手道：「胡大人是笑話我了，畫虎畫皮難畫骨，知人知面不知心，原來胡大人也喜歡以貌取人。」

余冬青氣得手都抖了：「混帳東西，你竟敢這樣跟胡大人說話，你知不知道咱們這些難民若不是得胡大人幫助，早已餓死凍死了。」

余天星搖了搖頭道：「早晚都是一死，胡大人保得了咱們一時，保得了咱們一世嗎？」

「你……」

余天星道：「本來都已絕望，然後因為大人又有了希望，將來等這份希望變成了絕望，豈不是更加的悲慘更加的難過，還不如一直絕望下去的好。」

胡小天心中一動，向朱觀棋望去，卻見朱觀棋也饒有興趣地望著這個年輕人。

余冬青再也忍不住，衝上來揪住余天星的耳朵把他從胡小天身邊拽走。

胡小天望著父子兩人遠去的背影，微笑道：「這個余天星有些意思。」

朱觀棋道：「此子絕非池中之物，之所以放蕩形骸，玩世不恭，是因為志向沒有實現，在大人面前說這番話，分明是另有用意。」

胡小天哈哈笑道：「走，咱們去看看！」

熊天霸一旁道：「不就是個窮酸書生，我看不出他有什麼本事。」

胡小天道：「你懂什麼？別跟著添亂。」他讓其他幾人在原地等著，和朱觀棋一起跟了過去。沒走多遠，就聽到營帳後傳來叱罵之聲，卻是余冬青揮舞著笤帚在教訓兒子，余天星抱著腦袋蹲在那裡，任憑父親在自己身上抽打，反正他也不捨得打得太重，讓他出了這口氣就行。

胡小天和朱觀棋兩人也沒有急於上前阻止，看到余冬青打累了，將笤帚一扔，轉身離去，余天星這才站起身來，揉了揉被抽疼的胳膊，歎了口氣道：「世混濁而莫余知兮，吾方高馳而不顧！」

胡小天聽到這裡禁不住笑了起來，朱觀棋也不禁莞爾。

余天星聽到笑聲之後轉過身來，看到胡小天兩人他也笑了起來：「胡大人看我挨打都不仗義相救，實在不厚道啊！」

胡小天哈哈笑道：「老子教訓兒子天經地義，更何況清官難斷家務事，你們余家的事情，我怎麼好插手？」

余天星道：「被老爹揍了一頓倒也舒坦，感覺身上的懶懶之氣一掃而光，整個人都精神許多了呢。」

胡小天微笑道：「余公子剛剛的那番話是什麼意思？」

余天星道：「沒什麼意思，寄人籬下，隨便發幾句牢騷罷了，胡大人乃是我等的救命恩人，恩同再造，天星心中也很是感激呢。」

朱觀棋道：「聽起來陰陽怪氣毫無誠意。」

余天星雙目一翻，傲然望著朱觀棋道：「你又是誰？軍師還是謀士？」

朱觀棋微笑道：「在下朱觀棋，乃是土生土長的本地人。剛剛聽到余公子說要打仗了，不知哪裡要打仗？」

余天星笑道：「你足智多謀，又何須問我？」

胡小天道：「余公子不妨說來聽聽。」

余天星道：「兩位大人今次前來可不是為了聽我說話，你們是懷疑大雍商隊遇襲之事乃是我們難民所為吧？」

胡小天道：「沒證據的事情豈能亂說。」

余天星笑道：「胡大人是聰明人，換成別人只怕早已率領大軍過來將這難民營搜一個底兒朝天了。」

胡小天道：「余公子在這件事上有什麼好的建議？」

余天星道：「胡大人還是早作準備吧，無論這件事是誰做的，大雍方面最終問責都會到東梁郡的頭上，就算胡大人能夠及時找出真凶送到他們的手中，他們也未必答應事情就此甘休。」

朱觀棋微笑道：「在余公子看來，這場仗無可避免了？」

余天星道：「無論你們信或不信，這次大雍商隊遇襲都和難民無關，如果我們被逼到了絕路上，就算幹出任何可怕的事情都不稀奇，可是胡大人賜給我等衣食，能讓大家苟延殘喘，渡過嚴冬，我們好不容易才有了容身之所，誠惶誠恐，感恩戴德，誰又會愚蠢到搶劫商隊的地步？大人有沒有想過，大雍不肯讓難民越境，回到大康難民更是死路一條，眼前我等只有待在東梁郡，就算搶來真金白銀又拿到哪裡去換糧食？」

胡小天笑道：「我從頭到尾也沒說懷疑過你們。」

余天星道：「大人嘴上說不懷疑，可心中仍然是懷疑的。」

胡小天哈哈笑道：「你不是我，怎知道我怎麼想？」

余天星道：「大雍商團死了十二個人，這不是小事，足以成為他們兵臨城下的藉口，大人還需早作準備。」

朱觀棋道：「余公子有沒有化解危機的辦法呢？」他說的正是胡小天想問的。

余天星道：「別人過來攻打你，退讓是不可能的，唯有迎戰，可現在這種狀況，天時、地利、人和胡大人好像沒占到一樣，看來勝算渺茫。」

胡小天道：「願聞其詳！」

余天星道：「大康朝廷腐朽不堪，皇上窮奢極欲，昏庸無道，橫徵暴斂，害得四海荒蕪，民不聊生，天時早已不在大康一方。東梁郡三面和大雍接壤，南部乃是庸江，地理所限無險可守，是為失去地利。至於人和，胡大人初到東梁郡，因為接受難民之事得罪了當地士紳，東梁郡原住百姓對大人的行為也頗多不解，至於難民，雖然留在了東梁郡，可是卻並未獲得和東梁郡原住百姓一樣的對待，寄人籬下，對此地並無歸屬感。大人手中的三千兵馬，恰恰是從難民之中抽調出來，試問誰肯為他人的家園奮不顧身浴血奮戰？所以我才說大人天時地利人和皆不占，這場仗不好打。」

胡小天微笑道：「照你這麼說，我豈不是輸定了？」

余天星道：「基本上是輸定了。」

朱觀棋笑道：「余公子並未斷定，看來這世上並無絕對之事。」

余天星道：「世事無絕對，歷史之上從不乏險中求勝，以少勝多的戰例，大人雖然不占天時地利，可大雍方面若是前來征討，同樣不占天時地利人和。大雍皇上新喪，朝廷內部正在動盪之時，內部尚未平定，自然沒有做好揮兵南下的準備，現在東梁郡在大人的手中，強龍不壓地頭蛇，他們要是敢來，大人肯定要讓他們褪一層皮，更何況現在雖然民心不齊，可是一旦外敵來犯，必然激起東梁郡同仇敵愾之心，到時候人和反倒站在了大人的一邊。」

朱觀棋道：「依你來看，大雍會不會發兵東梁郡？倘若發兵會是何方派兵？」

余天星道：「大雍應該會先派出使臣遊說大人將東梁郡獻給大雍，這座城池原本就是大雍的，大人若是答應，或可免去一場戰禍，可大人若是不從，大雍方面必然會兵臨城下。南陽水寨擁有五萬大雍水師精兵，且處於庸江上游，只要唐伯熙一聲令下，戰船就會順流而下，一夜之間即可抵達東梁郡。」

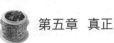

胡小天緩緩點了點頭，他並沒有繼續問下去，因為此時熊天霸找了過來，最新接到消息，大雍方面已經派使臣過來了。

一切果然讓余天星所料中，先禮後兵，大雍方面首先派來了使臣，對於大雍方面這麼快就做出了反應胡小天並沒有感到奇怪，通過今天的調查，整個事件的輪廓已經變得逐漸清晰起來，誠如余天星所言，難民應該不會做出這種冒險打劫的行為，此事很可能是大雍方面一手策劃，昔日大雍皇帝薛勝康將東梁郡送給了大康，根據最新傳來的消息，大雍大皇子薛道洪已經登上帝位，也許他對父親當初送出東梁郡的舉動不滿，上位之後所做的第一件事就是收回東梁郡，也以此來向國人證實自身的能力。

胡小天在議事廳接見了大雍使臣劉允才，劉允才並非奉大雍新君薛道洪的命令前來，而是代表南陽水寨水師統領唐伯熙前來交涉。雖然在身分地位上遠遠無法和胡小天相提並論，可是今時今日大康和大雍早已不是一個級數的對手，大康衰微，大雍卻蒸蒸日上，已經成為事實上的中原霸主，像劉允才這種低級別的水軍將領在面對大康官員時也變得底氣十足。

胡小天和劉允才並不是第一次打交道了，此前護送龍曦月前往雍都，在庸江遭遇沉船之後，就曾經被大雍水軍救起，並在南陽水寨逗留了幾日，當時就是劉允才負責接待協調。

劉允才見到胡小天之後表現得並不客氣，擺出一副興師問罪的架勢：「胡大人，我大雍商隊一行三十七人途經東梁郡遭遇搶劫殘殺，不但貨品被搶，而且有十二人被殺，一人不知所蹤，僥倖逃生逃生的二十四人有多半受傷，抵達南陽水寨之後，又有五人先後傷重不治，今日我代唐將軍而來，就是要胡大人給個公道！」他的面孔不苟言笑，氣勢洶洶望著胡小天。

胡小天淡然道：「劉將軍遠道而來，風塵僕僕，還是先坐下來喝口茶再說，事情既然已經發生，我們務必要尋求一條解決之道，你說對不對？」

劉允才聽到胡小天語氣緩和，以為胡小天心虛，在這件事上畢竟他們一方占盡了道理，劉允才道：「我沒工夫喝茶，十七條人命，胡大人準備如何處置這件事，如何給我們大雍一個交代？」

胡小天身後熊天霸鏘的一聲將佩劍抽了出來，怒喝道：「大膽狂徒，竟敢這樣跟我三叔說話，信不信我剁了你？」

劉允才怒視熊天霸道：「你敢！」

熊天霸大吼道：「有何不敢？我這就砍了你的腦袋！」他揮劍作勢向前。

胡小天沉聲道：「熊孩子，冷靜！」

熊天霸果然停下腳步，其實這都是胡小天事先交代好的，必要時候讓熊天霸衝出來煞一煞對方的威風。

劉允才雖然嘴上強硬，可是看到熊天霸如此凶悍，不由得也有些膽寒，他想在氣勢上壓倒對方，可是對方好像並不買帳，雖然己方實力遠勝胡小天一方，但是自己畢竟是個使臣，若是當真激怒了對方，肯定討不到好處，他向胡小天抱了抱拳道：「都說大康是禮儀之邦，這就是你們的待客之道？」

胡小天道：「劉將軍跟我們都是老朋友了，不得無禮，兩國交戰還不斬使臣呢，更何況咱們和大雍又是禮儀之邦，真要是傷害了劉將軍，豈不是要被天下人笑話？」

劉允才聽出他話裡有話，終於壓住心頭的火氣，在椅子上坐下。

胡小天不緊不慢道：「不知你們想讓我怎樣交代？」

劉允才這才將事先準備好的書信呈上，這封信是唐伯熙寫給胡小天的。

胡小天展開一看，唇角不由得露出一絲冷笑，唐伯熙果然目中無人，在信中遣詞用句咄咄逼人，恐嚇胡小天要乖乖打開城門，將東梁郡雙手奉上，從此向大雍稱臣。胡小天看完這封信，當著劉允才的面，輕輕撕了個粉碎，隨手扔在了地上。

劉允才看到他如此舉動已經知道了答案，他冷笑道：「識時務者為俊傑，等到大軍壓境，胡大人悔之晚矣。」

胡小天寸步不讓道：「大雍商團途經我境，出了事，我自然要負一定的責任，可是在真相尚未查清之前，貴方就前來興師問罪，以勢壓人，根本是毫無誠意，回去幫我告訴你們的唐大將軍，他心裡想什麼我都明白，若是真想解決問題大家自然好商量，可若是找個藉口想要強佔我大康的土地，那就請他只管過來試試。」

劉允才道：「胡大人既然不識時務，那麼休怪我等不念舊情。」他向胡小天拱了拱手道：「告辭了！」

胡小天冷哼一聲，拂袖道：「恕不遠送！」

劉允才離去之後，熊天霸興沖沖道：「三叔，要打仗了啊？好啊！讓我當先鋒，我殺光那幫大雍狗賊，提著唐伯熙的腦袋來見您。」

胡小天瞪了他一眼道：「就知道打打殺殺，人家坐擁五萬精兵，兩百多艘戰船，咱們有什麼？就憑著三千名剛剛招募的士兵跟人家硬碰硬嗎？」

熊天霸道：「那總不能坐著等死吧？」

胡小天叫來梁英豪，讓他即刻前往武興郡找到趙武晟尋求支援，畢竟武興郡那邊也有三萬水師，大小戰船也有三百餘艘，雖然無法和南陽水寨相比，可是如果願意出手相助，至少可以讓唐伯熙有所忌憚。又讓熊天霸在下沙港加強警戒，以免有大雍的內奸混入城內。

所有事情安排完之後已經是夜幕降臨，胡小天來到後院探望臨時留在他這裡養病的洪凌雪，洪凌雪的病情已經有了明顯好轉，現在可以在床上坐起了，正在和維薩聊天，朱觀棋卻不在房間內。

維薩看到胡小天過來，慌忙將他請了進來。

胡小天笑道：「我沒什麼事情，就是過來看看嫂夫人的病情。」

洪淩雪道：「多謝胡大人出手相救，奴家有病在身無法全禮，等我病好之後，一定拜謝胡大人的救命之恩。」

胡小天道：「嫂夫人不用跟我客氣，我和朱大哥頗為投契，您千萬別跟我見外。」

此時聞到一股清香的味道，卻是朱觀棋端了剛熬好的清粥進來，維薩走過來接過清粥，朱觀棋招呼道：「胡大人來了。」

洪淩雪道：「相公，胡大人找您有事，你陪大人好好聊聊。」

胡小天心中暗讚，洪淩雪果然是個冰雪聰明的女子，雖然自己進門後並未說什麼，可是她卻已經猜出自己前來的目的。

朱觀棋笑了笑，做了個請的手勢，和胡小天一起來到院落之中。朱觀棋猜到胡小天來找自己一定是為了東梁郡所面臨的困局，他正想開口，卻聽胡小天道：「觀棋兄餓不餓？」

朱觀棋道：「我去給胡大人盛一碗粥喝？」

胡小天笑道：「我讓人在花廳備了一些酒菜，咱們邊喝邊聊如何？」

朱觀棋點了點頭。

胡小天早有準備，已經提前讓梁大壯準備好了酒菜，酒已經燙好，菜品只有一樣，滿滿一盤熟牛肉，兩人在桌旁坐了，胡小天拿起酒壺主動給朱觀棋倒了一杯。

朱觀棋微笑道：「理當是我給胡大人斟酒才對。」

胡小天道：「這裡沒有什麼大人，你當我是朋友，咱們就隨便聊聊天。」

朱觀棋端起酒杯道：「觀棋敬大人！」從他的話不難看出，他將胡小天當成大人當成恩人，唯獨沒有當成朋友。

胡小天跟他碰了碰酒杯一飲而下，夾了塊熟牛肉塞入嘴中，他這一天都粒米未進，現在才算是坐下來好好吃些東西，空肚子喝酒感覺腹部如同一團火熊熊燃燒了起來。

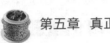

朱觀棋道：「大人忙了一天，恐怕還沒顧得上吃飯，不如先吃些東西再喝酒。」

胡小天道：「觀棋兄早就推斷出那大雍商隊的事情另有玄機了？」

朱觀棋道：「其實這件事的漏洞實在太多，只要是稍微留意一下，就會發現其中存在的問題。」

胡小天道：「同樣的一件事在不同人處理會有不同的方法，如果不是觀棋兄提醒，我可能已經帶著士兵前往難民營搜查證據了，或許已經激怒了那幫難民。」

朱觀棋道：「就算事情是難民所做又能怎樣？對大雍來說，他們要的就是一個藉口。聽說大雍大皇子薛道洪已經登基，新君上位，必然要有所作為，而這種時候也是臣子們表明忠心的時候，南陽水寨的唐伯熙應該是想將東梁郡作為賀禮送給大皇子薛道洪。」

胡小天道：「你是說這件事並非是大雍皇帝所設計？」

朱觀棋道：「應該不是，如果是薛道洪，他直接向大康提出要求就是，這座城本來就是他們送回來的，大康皇帝原本就抱著無所謂的態度，十有八九會做個順水人情，將東梁郡再還回去。」

胡小天點了點頭：「不錯！應該是唐伯熙自作主張了，剛剛才發生事情，他就派出了使臣，威脅我交出東梁郡，向大雍俯首稱臣，算起來那些商人應該沒那麼快，就算唐伯熙收到消息，再派使臣也不可能今天就抵達東梁郡。」

朱觀棋笑道：「這件事果然是漏洞百出，不過唐伯熙應該也不怕被識破，亂世之中強者為尊，弱者根本沒有申辯的機會。」

胡小天道：「觀棋兄可願助我一臂之力？」

朱觀棋道：「我曾在列祖列宗面前立下誓言，有生之年絕不會為大康效力。」

胡小天聞言暗歎，朱觀棋這麼說豈不是等於明白地拒絕了自己？他低聲道：「我已經拒絕了唐伯熙的要求，看來用不了幾天他就會發兵前來，東梁郡這場戰禍只怕無可避免了。」

朱觀棋道：「有些事情上天註定，避無可避。」

胡小天道：「不瞞觀棋兄，我對行軍佈陣一竅不通，若是和唐伯熙單打獨鬥，我或許還有些勝算，可是面對他的五萬水師，我卻連一分把握都沒有。」

朱觀棋微笑道：「在唐伯熙的眼中，東梁郡根本不是一個對手，此人自視甚高，若是舉南陽水寨五萬水師之力來攻打東梁郡，只怕在天下間都會傳為笑談。」

胡小天道：「我手下只有三千兵馬，而且這三千人還是剛剛從難民中招募而來，受訓還不到一個月，就算唐伯熙只派一萬人過來，我們也抵受不住。」

朱觀棋道：「大人的身後還有武興郡，武興郡號稱十萬水師，千餘艘戰船，就算其中有些水分，還是有些實力的。」

胡小天道：「我和趙登雲素有舊怨，只怕他巴不得我死了才好，雖然我已經派人前往武興郡求助，可是他未必肯派兵相助。」他雖然讓梁英豪前去求援，可是自己對此行的結果並不樂觀。

朱觀棋將手中酒杯落下道：「大人的身邊缺的不是兵將，而是一位運籌帷幄擅長用兵的謀士啊！」

胡小天再次提出請求道：「觀棋兄可願助我？若是城破，東梁郡十多萬百姓勢必陷入水火之中。」

朱觀棋道：「胡大人忘了，東梁郡不少百姓到現在都不認為自己是康人，如果他們心向大雍，這場仗可不好打。」

胡小天點了點頭，這件事他早已想到，以胡小天的頭腦現在也是一籌莫展，雖然斬釘截鐵地回絕了唐伯熙的無理要求，可是他卻沒有應對對方大軍的方法。

朱觀棋道：「余天星倒是個不錯的人才，大人何不將他請來問問他的意思？」

胡小天聽朱觀棋這樣說，已經知道朱觀棋暫時不會答應輔佐自己，既然別人不肯，也不能強人所難。

朱觀棋辭別胡小天回到妻子身邊，看到妻子洪凌雪氣色已經恢復了一些，心中大感安慰，微笑道：「看樣子明天咱們就能夠回家去了。」

洪凌雪道：「你和胡大人談得如何？」

「很好！」朱觀棋微笑道。

知妻莫若夫，從丈夫的眼神中，洪凌雪已經覺察到了什麼，柔聲道：「你是不是遇到了特別為難的事情？」

朱觀棋來到床邊，握住她的柔荑道：「早些睡吧，沒什麼事情。」

洪凌雪道：「你騙不了我，一定有事。」

朱觀棋道：「大雍想收回東梁，胡大人正在為此事憂心忡忡，他想我幫忙。」

洪凌雪道：「你想報恩，卻又不想違背了自己的誓言對不對？」

朱觀棋轉過身去，雙手負在身後來到窗前，佇立了一會兒方才道：「我這一生是絕不會為大康做事的。」

洪凌雪道：「你不肯為大康做事，也不願為大雍效力，難道你這平生所學全都荒廢了不成？」

朱觀棋緩緩轉過身去：「我沒什麼雄心壯志，能夠和你白頭偕老，長相廝守，此生足矣，再也沒有其他的要求。」

洪凌雪搖了搖頭道：「你肯我也不肯，若是因為我而讓你放棄了心中的抱負，我寧願去死，也不願讓你庸碌一生。」

朱觀棋回到妻子身邊，再度牽起她的手道：「說什麼傻話，你不是答應過我，要陪我共度一生，永不分離嗎？」

洪凌雪歎了口氣道：「相公，我知道你疼我愛我，可是我也知道男人大丈夫絕不可以一生只為一個女人而活，這些年來，你韜光隱晦甘於平淡，可是如果任憑自己的才學就此埋沒，那又是一種怎樣的罪過？你雖然不說，可是我看得出，你心中一定是不甘心的。」

朱觀棋輕聲歎道：「我祖上為大康建功立業，鞠躬盡瘁忠心耿耿，可是到後來，終於還是被龍氏所猜忌，若非上天眷顧，我諸葛一脈早已斷絕。祖訓有言，讓我諸葛後人不得復仇，我不敢違背祖訓，可是總不能再去為大康效忠。」原來朱觀棋竟然是大康曾有兵聖之稱的諸葛運春的後人，真名卻是諸葛觀棋。

洪淩雪道：「東梁郡有難，咱們總不能眼睜睜看著這裡的老百姓陷入水火之中。」

朱觀棋道：「胡小天絕非尋常人物，就算我不出手，他興許也會有化解危機之法，今日我陪同他去難民營的時候，遇到了一個年輕人非常有趣，如果我沒看錯，那人倒是一個不可多得的人才。」

余天星被連夜請到了胡小天的官衙，胡小天一直未睡，擺好了酒菜等著他，余天星向胡小天見過禮之後，看到熱騰騰的牛肉頓時雙眼冒光，不等胡小天招呼，就毫不客氣地坐下來大快朵頤，直到吃得飽嗝連連，方才住手，拿起一旁的汗巾，擦去嘴上的油漬，嘿嘿笑了一聲道：「胡大人不要見怪，我有大半年沒見過肉了。」

胡小天笑道：「吃飽了沒有？如果沒有我再讓人送來。」

余天星道：「飽了，飽了，回頭我能不能帶回去一些給我爹吃？」

「當然可以！」

余天星卻又搖起頭來：「不成，我若是帶牛肉回去，雖然是一片孝心，可最後的結果必然是樹敵無數，匹夫無罪懷璧其罪，原本是好事反倒變成壞事了。」

胡小天不禁笑了起來，的確，在難民營中普遍見不到肉食的狀況下，若是余天星帶牛肉回去，恐怕要引起無數嫉恨了。

余天星道：「胡大人找我過來，可是為了打仗的事情？」

胡小天點了點頭道：「南陽水寨守將唐伯熙派人過來問責，要求我打開城門，將東梁郡交給他們作為賠罪。」

余天星道：「胡大人一定不會答應。」

胡小天道：「那是自然。」

余天星道：「看來整件事就是一個陰謀，什麼商隊被人打劫殺害，根本就是大雍製造出來的一個藉口罷了，現在他們終於有了向東梁郡發兵的理由。」

胡小天道：「南陽水寨有五萬水師，戰船兩百餘艘，我們只有不到三千人，就算他們訓練有素驍勇善戰也不可能擊退近二十倍於自己的敵人，更何況他們受訓還不足一月。」胡小天對麾下的這些士兵並無信心。

余天星道：「南陽水寨不可能傾巢而出，照我看，唐伯熙最多出動三萬人。以三千人對三萬人，未必沒有把握。」

胡小天聽他說得如此充滿信心，心中將信將疑，這世上不乏恃才傲物的大才，一樣也有志大才疏紙上談兵的庸才，想要鑒別兩者最有效的途徑就是實踐，可留給他的時間已經不多了，他已經沒有太多時間去評判余天星的能力。

胡小天道：「那使臣明日就可返回南陽水寨，唐伯熙得知我回絕了他之後，必然惱羞成怒，用不了太久時間就會組織大軍，順流而下，直抵下沙港，我看三天之內對方的戰船或許就會來到東梁郡。」

余天星道：「他沒那麼快，雖然兵貴神速，可是發動一場戰爭，不僅僅是動員將士，揚帆起錨那麼簡單，他最快也要準備兩天，唐伯熙被委以重任絕非偶然，能有今日的地位全因無數戰功而得來，他應該會考慮到對岸的武興郡，那裡駐紮著大康三萬水師，假如他攻打東梁郡，武興郡方面會不會前來營救？」

胡小天搖了搖頭道：「我已經派人去武興郡求援，水師提督趙登雲昔日和我素有仇隙，只怕他未必肯出兵幫我。」

余天星道：「無論他幫還是不幫，唐伯熙都會有所顧忌，這就決定他此次發兵會極其慎重，很可能在全面搜集情報之後，才敢發兵，也就是說大人還有足夠的時間來應對。」

胡小天低聲道：「依你之見，我還有幾天的時間？」

余天星道：「少則七日，多則十日。」

胡小天道：「假如武興郡方面拒不發兵，僅憑著我們這些人，又當如何應對？」

余天星道：「按照常理而論，三萬水師，五十艘戰船足以拿下東梁郡，唐伯熙常年在庸江練兵，應當對這一帶的環境和氣候極為熟悉，現在正是北風最強的時候，等過了這個月的望日，就是西風最勁之時，南陽水寨位於東梁郡以西約有一百五十里水路，無風之時需要一個日夜的行程，若是趁著望日西風最勁之時，一夜之間就可抵達。今日已是初六，我看他們若是發動進攻應該會選擇望日。」

胡小天聽到這裡，已經能夠判斷出余天星才華橫溢絕非凡人，心中不由得暗暗欣喜，當真上天助我，雖然朱觀棋不願為大康效力，可是又讓他遇到了余天星，余天星雖然不如朱觀棋深沉內斂，可也是不可多得的大才。

胡小天道：「就算咱們有了九天時間去準備，可是唐伯熙一方擁有壓倒性的優勢，咱們甚至連一艘像樣的戰船都沒有，根本沒可能正面作戰，難道只能任由他們上岸，咱們龜縮在城內嚴防死守？」

余天星搖了搖頭道：「守城是下下策，也是最不可取的辦法，別的不說，單單是東梁郡的民心普遍傾向於大雍，只怕大雍軍隊一旦兵臨城下，城內就先亂了起來，東梁郡的不少百姓恨不能打開城門敲鑼打鼓地歡迎他們進來。」

胡小天最頭疼的就是這件事，民心根本就不在他這一邊，守城根本就不現實。

余天星微笑道：「所以真要是打起來還需要依靠康人，只有這一仗打出威風，打出氣勢，才能讓東梁郡的那些百姓對大康產生信心，對大人產生信心，才能讓他們記起自己曾經是大康的子民。」

胡小天道：「三千人對三萬人，這場仗可不好打。」畢竟是冷兵器為主導的年代，如果能夠有幾門火箭炮這場仗就容易得多，直接擺在下沙港，對著前來攻打自己的大雍水軍一陣狂轟亂炸，保管他們屍骨無存。

余天星道：「不好打並不意味著不能打，既然守城不現實，就只能在庸江裡面跟他們展開戰鬥。」

胡小天苦笑道：「怎麼戰鬥？難道用漁船去跟他們戰鬥嗎？」

余天星點了點頭道：「有何不可？大人請借我紙筆一用。」

胡小天讓梁大壯取來紙筆，余天星提筆飽蘸墨汁之後，在紙上筆走龍蛇，畫了一條大江，然後迅速畫了一排排戰船，畫好戰船之後，余天星在下沙港位置畫了一條條小小的漁船。

胡小天道：「以漁船迎戰？對方的戰船只要一到，必然摧枯拉朽般將漁船碾壓成渣。」他心中暗歎，余天星怎麼會連這麼基本的常識都沒有想到。

余天星道：「漁船乃是浮橋！船船之間用鐵索相連，上面搭起木板，便於城內百姓撤離。」

胡小天道：「棄城而出嗎？」

余天星搖了搖頭道：「製造逃回大雍的假像，浮橋可以攔住大雍水師前行的道路。」

胡小天不由得想起赤壁中的火燒連營，低聲道：「你該不會是想用火攻？」

余天星微笑道：「正是如此！」

胡小天道：「不太現實，就算點燃這些漁船，也未必能夠燒到他們的戰船，不可能給他們造成太大的損失。」

余天星道：「漁船形成的浮橋只是阻攔之用，我們在庸江狹窄的江面，利用漁船和鐵鍊建成三座浮橋，九天的時間應該可以將之全部完成，在完成第一座浮橋之後，可以指揮民眾撤離，造成我們要棄城的假像，等到大雍水師抵達之時，他們會被這三道浮橋所阻，我方則可派出軍隊包抄到他們的上游，讓燃燒的漁船和浮排順流而下，火借風勢，必然可以重創大雍戰船。大雍水師遭遇突襲之後，會強行突破浮橋，大船吃水頗深，我們可以在浮橋下方佈置鐵鉤，他們若是強行衝撞，只會受創更重，這些士兵落水之後，有不少人會湧上河岸，到時候，我們疏散到兩岸的百姓就可以趁機將之一舉擒獲。」

胡小天聽到這裡，雙目發亮，余天星果然厲害，他用力點了點頭道：「好！若是這次我們能夠退去雍軍，我給你記上頭功。」

余天星搖了搖頭道：「我不要什麼頭功，我只要大人答應我一件事，讓所有難民入城安家，從此對我等一視同仁！」

胡小天盯住余天星的雙目，用力點了點頭道：「不過我也有一個條件，從今日起，你就留在我的身邊，做我的軍師可否？」

第六章

大康軍人的悲哀

趙武晟心中黯然，
看來不但是趙登雲放棄了東梁郡，連大康朝廷也放棄了東梁郡，
昔日雄霸中原的大康帝國如今竟然淪落到這樣的地步，
看著別人佔領自己的土地、屠殺自己的人民，卻不敢有絲毫反抗，
這對一位大康軍人來說是怎樣的悲哀？

余天星雙手抱拳深深一揖道：「承蒙大人厚愛，天星必鞠躬盡瘁死而後已，以報大人知遇之恩。」

胡小天道：「明日我就對所有人宣佈這個消息。」

余天星卻道：「大人不用急著宣佈，天星雖然出謀劃策，可是寸功未立，難以服眾，若是此次能夠成功退去雍軍，大人再頒佈任命也無妨。當務之急，乃是徵集漁船漁夫鐵匠，根據我的推算，咱們很可能只剩下九天的時間，在九天之內想要建起三座浮橋，時間也是相當緊迫，必須要集合所有工匠日夜不停地趕工。至於隱蔽在上游進行伏擊之人，必須要篩選親信，決不可在事先將消息洩露出去，一旦雍軍有了準備，咱們的計畫必然全盤落空。」

夜色深沉，胡小天回到自己居住的院落，看到房間內亮著燈，從門縫中望去，卻見維薩伏在桌前已經睡著了，胡小天悄悄走了進去，脫下大氅為維薩披在肩頭。

維薩卻因為他這輕微的動作而驚醒，睜開美眸，慌忙站起身來，垂首歉然道：「維薩不知主人回來，居然睡著了。」

胡小天微笑道：「這兩日你也辛苦得很。」

維薩搖了搖頭道：「比不上主人辛苦，我去給主人打熱水過來。」

胡小天阻止她道：「不用，你回去休息吧，我自己來。」

維薩咬了咬櫻唇，先去給胡小天泡了杯茶送到面前，胡小天喝了口茶，看到維薩仍然未走，滿臉關切地望著自己，不由得笑道：「你還有事嗎？」

維薩道：「主人最近瘦了，好像有很多心事呢，不如說出來，維薩或許可以為你分擔一下。」關切之情溢於言表。

胡小天搖了搖頭道：「沒什麼事情，你放心吧。」

維薩點了點頭，這才離開了房間。

胡小天關上房門，想起七七送給自己的那本兵聖陣圖，找出來在燈下翻閱，雖然知道這本兵聖陣圖頗為玄妙，可是他在軍事上並不在行，看不出這本書對自己目前到底有什麼幫助，無論任何時代，人才都是最為可貴的，朱觀棋的睿智深沉，余天星的恃才傲物都給他留下了深刻的印象，然而朱觀棋淡泊名利，又明確表示不願為大康效力，余天星今晚的計畫雖然讓自己感到驚豔，但是真正實施起來也並非那麼容易。胡小天感到前所未有的壓力，倘若在過去，他自然不會有那麼多的顧忌，無論對手如何強大，放手一搏縱然未必能夠取勝，可是他相信自己還有自保的能力，但是現在他身為東梁郡的城主，還要保護城內的十多萬條性命。

讓胡小天感到為難的是，這東梁郡的百姓和自己並不齊心，大雍軍隊打來的時候，有不少人甚至求之不得，打這場仗的主力只能靠那些難民了。可以說胡小天內心壓力空前。

躺在床上輾轉反側，半夜時分又披上衣服來到院落之中，抬頭仰望夜空，明月半彎宛如薄冰般靜靜掛在黑天鵝絨般的天空中，再過九日就是望日，如果余天星推測得不錯，那麼月圓之夜就是大雍水師大舉攻城之時。三千對三萬甚至更多，雖然理論上可行，但是真正打起來卻未必容易。恍惚中，月光中出現了龍曦月的倩影，想起她珠淚漣漣的模樣，胡小天的內心忽然感到一陣悸動，一種難言的酸楚和內疚充斥著他的心胸。他甚至不敢去想龍曦月現在的下落，自己一直以為她背棄了自己，卻沒有料到真相卻是她被自己的結拜兄長周默所害。

不知伊人現在是否無恙？胡小天緊緊閉上了雙目，強迫自己不去想，夜風清冷吹面微涼，胡小天這才意識到自己的臉上竟然流出了淚水，慌忙抬起手背擦去淚痕。他聽到遠處輕柔的呼吸聲，馬上判斷出維薩正在遠處悄悄觀望著自己，輕聲道：「你為何還不去睡？」

維薩知道胡小天已經發現了自己的蹤影，怯生生從廊柱後走了出來，小聲道：「主人！」

胡小天緩緩轉過身去，望著月光下的維薩，輕聲道：「去睡吧！」

維薩道：「維薩願意為主人做任何事。」

胡小天微笑道：「我明白你的心意，你放心，需要你的時候，我一定會告訴你。」

清晨終於到來，黎明的時候一場冬雨不期而至，因為天氣寒冷，雨落在地上很快就凝結成冰，氣溫驟然下降了許多。熊天霸一大早就過來稟報，卻是有一條漁船從對岸過來，前來的是一幫乞丐，因為胡小天有令在先，東梁郡暫時不再接納難民，可是對方口口聲聲要見胡小天，還說是他的老朋友，於是熊天霸才過來報訊。

胡小天聽說有乞丐找自己，思來想去自己有關係的乞丐也就是外公虛凌空了，莫非是他老人家來了？馬上隨同熊天霸一起過去。

來到下沙港，看到碼頭上停著一艘破破爛爛的漁船，約有五十名乞丐站在漁船上，碼頭上的駐軍嚴陣以待，並沒有允許他們靠岸。

胡小天縱馬來到近前，舉目望去，那船頭之上站著的一名乞丐卻是朱八，當初在康都之時朱八曾經率領乞丐圍攻過自己和七七，他們因此而結識，後來在胡小天護送龍曦月前往大雍的時候，朱八還專門送上了一張綠林勢力分佈圖給自己。

胡小天坐在馬上哈哈笑道：「我當是誰，原來是朱兄來了！」心中暗忖，朱八絕不會無緣無故地前來，上次他送綠林勢力分佈圖給自己應該是受了外公的委託，這次十有八九也是如此。想到外公虛凌空，胡小天心中又不由得暗自苦笑，真不知應當叫他什麼了。

朱八笑道：「胡大人，您好大的排場，我等風塵僕僕地過來找你，到了這裡卻連船都無法靠岸，這可不是待客之道。」

胡小天趕緊下令讓那幫士兵散去，朱八帶著幾十名衣衫襤褸的乞丐這才上岸。朱八咧嘴一笑，露出滿口焦黃的牙齒：「胡大人，我的這幫兄弟還沒吃飯呢。」

胡小天馬上讓熊天霸區安排軍營生火造飯，招待這幾十名乞丐。

等到那幫乞丐跟著去吃飯的時候，胡小天向朱八道：「朱兄今次來到東梁郡有何指教？」

朱八道：「聽說你遇到了麻煩，大雍水師不日就要前來攻城，所以我帶著一些兄弟過來幫忙。」

胡小天道：「朱兄消息還真是靈通。」他壓低聲音道：「誰讓朱兄過來的？」

朱八嘿嘿一笑道：「總之我答應了人家不說，反正你也猜得到。」

胡小天斷定必然是虛凌空無疑，心中對這位老人多了幾分敬意，在虛凌空心中仍然是關心自己的，他在丐幫肯定擁有著相當尊崇的地位，不然不會說動朱八過來幫忙，只是單單是朱八這幾十人恐怕也無濟於事，胡小天道：「朱兄的好意我心領了，不過大雍水師人多勢眾，兵力數十倍於我們，你們還是不必蹚這趟渾水了。」

朱八道：「嫌棄我們人少是不是？」他向胡小天湊近了一些，附在他耳邊低聲道：「多了沒有，兩千人會陸續到來，我們的這幫兄弟可全都是以一當十，膽色過人的好漢。」

胡小天聽說他居然能調來兩千人，心中大喜過望。

朱八嘿嘿笑道：「讓我說中了，反正你別想讓我們走，我是來償還人情的，跟你沒有一丁點的關係。」

胡小天道：「朱兄快去吃飯吧，待會兒回到城內，咱們再好好聊敘。」

朱八向他抱了抱拳，大搖大擺地走了。

朱八剛剛離去不久，前去武興郡求援的梁英豪就返回了下沙港，聽說胡小天就在下沙港，馬上第一時間過來相見。

胡小天看到梁英豪沮喪的臉色就猜到他此行並不理想，沒有馬上詢問此趟求援的結果，而是關切道：「還沒吃飯吧？先吃飯再說。」

梁英豪搖了搖頭，雙手抱拳向胡小天深深一躬道：「府主，屬下有負重托，還請您治罪。」

胡小天握住他的手臂道：「英豪，你不必這樣說，武興郡那邊如何回應都跟你沒有任何關係。」

梁英豪道：「府主，我這次去武興郡見到了水師提督趙登雲。」

「他怎麼說？」

梁英豪義憤填膺道：「那趙登雲簡直混帳，我將南陽水寨唐伯熙逼迫我們交出東梁郡的事情說了，趙登雲聽完非但沒有同意派軍增援，還說東梁郡乃是雞肋之地，當初就是大雍的地方，如今人家要拿回去也是理所應當。」

胡小天怒道：「他當真這麼說？」

梁英豪點了點頭道：「千真萬確，他還說陛下當初就已經提及過東梁郡的事情，一直沒有在東梁郡駐軍的原因就是害怕大雍反悔，現在國家正處於非常時期，沒必要因為一座本來就不屬於自己的城池和大雍開戰。」

趙登雲有這樣的反應，胡小天並不意外，他舉目向對岸看了看，因為空中細雨翻飛的緣故，江面的可見度很差，江面上始終聚攏著一團白霧，以胡小天的目力也看不到對面的情景。他低聲道：「有沒有見到趙武晟？」

梁英豪道：「見到了，我也將咱們這邊面臨的情況向他說了，只是他也沒什麼反應。」

胡小天點了點頭，看來趙武晟也不想蹚這趟渾水，他拍了拍梁英豪的肩膀道：「辛苦了，先去吃點飯好好休息一下。」

趙登雲既然明確拒絕了己方求援的要求，那麼一切只能依靠自己了，至少情況比起剛開始的時候已經好轉了許多，這幾日丐幫的兩千人馬就會陸續到達，加上自己已有的三千，總人數已經達到了五千，雖然隊伍良莠不齊，可畢竟在人數上的劣勢有所好轉。

遠處有一名騎士向這邊而來，卻是余天星到了，他今天一早過來是想實地考察一下沿江的狀況，沒想到胡小天比他來得還要早。

胡小天聽說余天星要在沿江看看，馬上決定陪同他一起前往，兩人沿著庸江岸邊向上游的方向並轡而行，余天星在附近江面最為狹窄的地方停下，指了指前方江面道：「大人，這裡叫小蠻腰，乃是附近水域最狹窄的地方，說是狹窄也只是相對而言，南北兩岸相距大概在五十丈左右，我們可以在這裡搭起一座浮橋，船和船之間利用鐵鍊相連，鐵鍊下方墜以鐵錨，形成鐵索橫江之勢。」

胡小天道：「你是要在這裡布下三座浮橋嗎？」

余天星道：「浮橋之間必須分隔開一定的距離，每隔五十丈設立一座浮橋，等到敵方戰船駛入預定範圍，我們派人從後方包抄，以輕舟推動浮排，浮排前部削尖，浮排表面塗滿桐油，點燃之後，順流而下，火借風勢衝擊對方船隊。」

胡小天點了點頭道：「武興郡方面已經明確拒絕了我求援的要求，咱們唯有依靠自己了。」

余天星道：「人數上雖然不足，可是我們可以動員難民來捆紮浮排。」

胡小天道：「也不全都是壞消息，這兩天我們會有兩千援軍過來相助，也就是說咱們的兵力勉強可有五千人。」

余天星道：「五千人足矣！三千人留在這裡負責守城，兩千人負責從敵人後方包抄，一旦上游火起，敵人必加速靠岸，他們會全速撞擊浮橋，試圖重開一條缺口，速度越快他們的損失也就越大，有幸通過第一道浮橋攔截的，未必可以成功通過第二第三道，那種狀況下，他們唯有強行登岸，我們在他們預定登岸的地方設下埋伏，給予他們第二次伏擊。經過這兩次伏擊，他們的人數應該會損失大半，剩下的兵力，咱們應該足可與之一戰。」

胡小天道：「短時間內恐怕無法完成三道浮橋。」搭建浮橋的漁船好找，可是串聯漁船的鐵鍊在九天內未必可以打造完成，胡小天已經下令讓全城鐵匠集結起來去做這件事。

余天星道：「大人不必擔心，每艘漁船都有鐵鍊鐵錨，我們可以直接將鐵錨鐵鍊截來使用，鐵匠需要做的只是將這些鐵鍊熔化相連，至於那些鐵錨可以直接和鐵鍊相連，這樣的話自然事半功倍。只是即便如此，單靠城內的鐵匠也非常緊迫，需要調動軍營的士兵幫忙了。」

胡小天道：「這有何難，我回頭就下令，讓他們全都聽從你的調遣。」用人不疑疑人不用，既然決定採納余天星的意見，胡小天就要給予他充分的信任。

余天星聞言不由得面露激動之色，士為知己者死，他雖然滿腹經綸，才華橫溢，怎奈一直以來都無人賞識，空有一番抱負，卻報國無門，想不到居然在東梁郡遇到了胡小天，並得到了他的賞識，余天星為胡小天出謀獻策之後，本沒有寄予太大的希望，卻想不到胡小天竟然全都採納，還對他給予這樣的信任，余天星充滿感動道：「天星必竭盡所能為大人打贏這場仗。」

胡小天拍了拍他的肩膀道：「不是為我打贏這場仗，而是為了東梁郡的百姓，守住東梁郡等於守住了咱們的家園，如果丟了這裡，就算咱們能夠保住性命，只怕也無處容身了。」他的內心中湧起萬丈豪情，大康不肯給他任何的支持，唐伯熙想借此機會奪下東梁郡送給新君當賀禮，越是如此，我便越不讓你們如意，打就打，想要凝聚民心，想要雄霸一方，必須要依靠戰爭來樹立威嚴，如果這次能夠以少勝多，擊敗大雍水師來犯，或許天下的格局會從此改變。

南陽水寨大營內，唐伯熙靜靜觀看著桌面上的地圖，東梁郡這座城池對大雍而言沒有任何的秘密，唐伯熙本以為派出使臣之後就足可以讓胡小天屈服，不費一兵一卒即刻拿下東梁郡，卻想不到胡小天居然如此不識時務。

此時劉允才求見，進入營帳之後，劉允才滿面喜色道：「恭喜將軍！賀喜將軍！」

唐伯熙皺了皺眉頭道：「何喜之有？」

「剛剛收到武興郡那邊的消息，趙登雲已經拒絕了胡小天求援的要求。」

唐伯熙並沒有感到任何的意外，淡然道：「趙登雲那個人極度自私，他現在軍糧嚴重不足，真可謂是泥菩薩過江自身難保，哪還有精力顧得上東梁郡的事情。」

劉允才道：「那胡小天實在是不識抬舉，我好言好語地勸他投降，他竟然一口拒絕了我，區區三千難民組織的烏合之眾，難道也妄想跟我大軍對抗，簡直是不知死活，愚蠢透頂。」

唐伯熙道：「胡小天並不是一個愚蠢的人，他看來是想利用這三千人堅守東梁郡了。」在他看來胡小天唯有固守城門不出，方才能夠抵擋一時。

劉允才道：「東梁郡根本就無險可守，城牆也算不上高闊，將軍若是信得過我，給末將一萬兵馬，十艘戰船，末將不出一日就能將東梁郡攻下來雙手呈上。」

唐伯熙呵呵冷笑道：「你那麼本事？我怎麼不知道？」

劉允才被他這句話說得滿臉通紅，心中卻認為如果唐伯熙真答應了自己的請求，拿下東梁郡絕無問題。

唐伯熙道：「兩軍交戰，最忌輕敵，雖然他只有三千人，可是背水一戰，必然會激發出所有的潛力和勇氣，他一定以為你回來之後，我聽說他不肯開門投降必然雷霆震怒，馬上就要揮兵東進。」他緩緩搖了搖頭道：「我從不打無把握之仗，趙登雲既然不願意增援，那麼他就已經沒了後路，再過幾日就是十五，每年這個時候西風最勁，我們的戰船隨著西風順流而下，一夜之間就可抵達東梁郡，等他們發覺，我們已經兵臨城下了。」

劉允才道：「將軍果然運籌帷幄，深謀遠慮。」

唐伯熙道：「你去準備，一定要讓咱們的將士保持在最佳的戰鬥狀態，到時候，留下兩萬士兵守營，其餘三萬人隨同我一起攻克東梁郡！」

武興郡白虎堂內，氣氛也是極其壓抑，大康水師提督趙登雲臉色陰沉，冷冷望著侄兒趙武晟道：「你說什麼？」

趙武晟道：「叔父大人，若是咱們坐視不理，只怕在朝廷那邊交代不過去。」

趙登雲呵呵冷笑道：「你是建議我出兵嘍？兵馬未動，糧草先行，我們還剩下多少軍糧？你去軍港看看，咱們的士兵一個個面黃肌瘦，弱不禁風，憑著他們還怎麼打仗？東梁郡原本就是大雍的地盤，自從回歸大康之後，咱們一直都未曾駐軍，那也是皇上的意思。三面和大雍接壤，背後就是庸江，稍有常識的人都明白，若是我們在東梁郡進駐軍隊，一旦發生戰事，那是有多少死多少。皇上早就看透了其中的奧妙，我此前去京城朝拜之時，皇上曾經親口告訴過我，若是大雍發兵東梁郡，乾脆就聽之任之。」

趙武晟道：「叔父，東梁郡畢竟是咱們大康的土地，裡面住著十多萬百姓，難道咱們放任他們不管？」

趙登雲道：「你當他們是大康的百姓，可他們心中卻不那麼想，他們巴不得返回大雍。」

趙武晟道：「難道咱們就眼睜睜看著大雍軍隊長驅直入，攻佔東梁郡而無動於衷？」

趙登雲歎了口氣道：「我們現在自身難保，還哪有時間兼顧他們的事情？更何況咱們若是前去營救很可能引發兩國之間全面開戰，到時候誰來承擔這個責任？」

趙武晟心中黯然，看來不但趙登雲放棄了東梁郡，連大康朝廷也放棄了東梁郡，昔日雄霸中原的大康帝國如今竟淪落到如此地步，眼睜睜看著別人佔領自己的土地，屠殺自己的人民卻不敢有絲毫反抗，這對一位大康軍人來說是怎樣的悲哀？

趙登雲道：「你派人嚴密監視東梁郡的動向，有任何異動，馬上向我稟報。」

「是！」

趙武晟離開白虎堂，在外面等待的一幫將領聚攏過來，關切道：「趙將軍，怎樣？提督大人怎麼說？」

趙武晟搖了搖頭，眾人從他的表情已經猜到結果，一個個喟然長歎，他們從軍之初就立下志願，要保家衛國，要馬革裹屍，可如今大雍軍隊即將入侵己方國土，他們卻要作壁上觀。

一名將領憤然道：「我們去找提督大人，總不能將東梁郡雙手奉送給雍人。」

一名年長的將領歎了口氣道：「算了，這東梁郡原本就是大雍送給咱們的。」

那將領怒道：「你豈可如此說話？東梁郡自古以來就是大康的領土，是大雍強行從咱們手中搶了過去。」

又有一人道：「大雍搶走的地方又不止東梁郡一座城，整個大雍的土地過去幾乎都屬於大康，那又如何？現在大康不一樣被趕到了庸江以南？」

眾人都不再說話。

趙武晟道：「算了，提督大人也有他的難處，他心情不好，這種時候大家還是別去自尋晦氣了。」一句話打消了眾將前往白虎堂的念頭。

眾人散去之後，趙武晟叫住其中一人：「永福！咱們去喝兩杯。」正是剛才情緒最為激動的那員武將，他也是趙武晟的刎頸之交。

李永福跟趙武晟一起出了提督府，兩人來到街角的一座酒樓坐下，大康四處饑荒，酒樓的生意也蕭條得很，二樓之上空空蕩蕩，只有他們這桌客人。兩人叫了兩樣小菜，要了罈酒，對飲起來，可能是因為太熟悉的緣故，又或是他們的心情都不好，彼此都沒有說話，只是你一杯我一杯地喝著，眼看那一罈酒已經下肚，李永福忽然揚起手來，照著桌面就是重重一拍，震得杯兒碟兒都跳了起來，他咬牙切齒道：「娘的！我實在咽不下這口氣，被人欺負到了門口居然連吭都不敢吭一聲，今天是東梁郡，明天或許就是咱們了！」

趙武晟沒說話，默默給他斟滿了面前的酒碗，李永福道：「提督大人是你叔叔，有些話我本不該說，可是他這樣只求自保，不顧同胞的做法實在讓人心冷。」

趙武晟歎了口氣道：「在多數人的心中，東梁郡只是大雍硬塞過來的一片土地，沒有任何戰略價值，形如雞肋，食之無味棄之可惜，為了一個東梁郡就擺開架勢和大雍開戰，並不明智，更何況以咱們今時今日的狀況，並不是人家的對手。」

李永福道：「武晟兄，咱們也是七尺男兒，咱們也是熱血兒郎，眼睜睜看著國人陷入水火之中，我們卻無動於衷，還有何顏面自稱大康之將領？還有何顏面去面對皇上？」

趙武晟道：「皇上或許早已不在乎咱們是否忠誠，更不會在乎百姓的疾苦。」

他向外望去，滿目蕭條。

李永福黯然道：「難道咱們大康就怎麼完了？先是東梁郡，下一個或許就會輪到咱們，民心散了，軍心也散了。」

趙武晟道：「永福，你可願替我前往東梁郡一趟？」

李永福目光一亮，他點了點頭道：「你我乃生死之交，別說是去東梁郡，就算是上刀山下火海，我李永福也絕不會皺一下眉頭。」

趙武晟道：「我的一舉一動都在叔父大人的監察之內，而且你負責艦船調度，相對來說更方便一些。」

李永福道：「你想讓我找他談什麼？」

趙武晟道：「首先要搞清楚胡大人的意圖，他究竟是想戰還是想棄城而逃？只有搞清楚他的真正意圖，我們才好決定下一步應當怎麼做。」

整個東梁郡陷入空前的繁忙之中，胡小天集合城內的鐵匠，並徵集所有的鐵匠鋪，正如預料中一樣，在命令頒佈之後馬上遭到了城內鐵匠的反對，非常時期胡小天唯有採用非常之辦法，他下令將城內鐵匠的家人控制起來，以此來控制這幫鐵匠聽話，非常時期必須採用非常之手段。在守城方面難民比東梁郡的百姓表現出更大的積極性，有了余天星的幫助，身為老爹的余冬青在動員難民方面不餘遺力，在全力架設起第一座浮橋之後，東梁郡的難民開始向江南撤退。

雖然戰爭的陰雲越來越重，但是東梁郡的原住民卻少有願意離開逃避這場戰禍的，一是源於他們故土難離之情，還有一個重要的原因是因為多數人心底期待大雍收復東梁郡，重新回歸大雍的版圖。

昝不留的到來多少讓胡小天有些意外，他本以為昝不留已經離開了東梁郡，卻想不到他一直都沒有離去，這次和昝不留一起過來的還有商人胡中陽。

胡小天和胡中陽雖然都姓胡，可是兩人之間卻沒有本家的親切，胡小天上任伊始就解散了以胡中陽為首組建的護衛隊，給了這幫東梁郡的商人一個下馬威，又不顧這些商人的反對，收留了三萬名難民。

胡小天見到兩人同來，馬上明白昝不留所說的在東梁郡的朋友就是胡中陽。寒暄之後胡小天請兩人入座，昝不留笑道：「胡大人，剛才我們去下沙港看到庸江之上已經搭起浮橋，難民也開始向南岸轉移了。」

胡小天道：「南陽水寨唐伯熙已經向我方下了最後通牒，大軍不日即將兵臨城下，為了避免傷亡，我才動員那些難民撤離。」他向一旁眉頭緊鎖的胡中陽道：「其實我同樣動員了城內百姓，可惜他們大都對撤離之事表現得極其抗拒，不願離開東梁郡。」

胡中陽道：「如果有一線機會，誰會願意離開自己的故鄉，想走，當初大雍將東梁郡送給大康的時候就走了，何須等到現在？」

胡小天向沓不留道：「我以為沓兄早已離去，卻沒有想到你仍然留在城內，這些天我忙於疏散百姓撤離，沒有顧得上招呼沓兄，怠慢之處還望見諒。」

沓不留道：「我今次前來就是向胡大人告辭的，其實我和唐伯熙還算是老相識，準備前往南陽水寨一趟勸說他打消進攻東梁郡的念頭。」

胡小天道：「沓兄的心意我領了，只是唐伯熙這次來勢洶洶，分明是要將東梁郡拿下送給大雍新君當賀禮，只怕誰的話也聽不進去。」

沓不留道：「胡大人可知道唐伯熙麾下擁有五萬精銳水師？」

胡小天歎了口氣，故意拿捏出一副愁眉苦臉的模樣。沓不留雖然多次向自己示好，可是此人畢竟是大雍商人，很難說他的立場是什麼？自己的真實意圖不能告訴他知道。

沓不留道：「沓某說句不中聽的話，胡大人為何要執迷不悟，雙方實力實在太過懸殊，胡大人難道真要和他硬拚嗎？」

胡小天道：「他雖然擁有五萬精兵，可是想要攻破我東梁郡的城牆也沒那麼容易。」他故意透露出這個資訊，讓昝不留以為自己要固守城內不出。

昝不留也沒有繼續勸他，點了點頭道：「我這就去南陽水寨，希望唐伯熙能夠給我幾分顏面，或許能夠讓百姓免除這場戰禍。」

胡小天道：「昝兄不必做這種徒勞無功之事。」

昝不留向他拱了拱手，起身告辭。

胡小天送出門外，昝不留走了，胡中陽卻沒有離去。他向胡小天道：「胡大人，您當真決定守城嗎？」

胡小天道：「總不能將東梁郡白白送給唐伯熙。」

胡中陽道：「大人既然決心守城，中陽有些東西想要送給大人，或許對大人有些幫助。」

胡小天心中一怔，胡中陽前來居然是要送給自己東西，幫助自己守城，他笑道：「什麼東西？」

胡中陽看了看周圍，胡小天知道他的心意，將他請回自己的房間內，胡中陽這才從懷中拿出一張圖冊遞給了胡小天，胡小天展開圖冊，翻開第一頁就看到了一台投石機。不由得心中一震，其實胡小天這兩天就在琢磨投石機，根據印象已經畫出了草圖，正準備讓工匠去做，可惜他過去的專業並不是機械工程，在這方面並不是特別的擅長，估計建成難度不大，可是威力方面卻很難保證。

胡小天道：「投石機？」

胡中陽道：「這和普通的投石機不同，這本圖冊也是我遠渡重洋經商之時高價購得。」

胡小天向後翻去，單單是投石機就有好幾種，還有攻城弩，雲梯，攻城錘各種大型戰爭器械，胡小天難掩心中的激動，這本圖冊絕對是價值連城啊，胡中陽竟然在這種時候拿出來，可見此人內心中果然是向著大康的。

胡小天道：「中陽兄，你這本圖譜實在是太珍貴了，我馬上就讓工匠去打造。」想想如果能夠抓緊時間趕工製作出幾台投石機，就可以遠距離攻擊大雍的戰船，己方豈不是更多了幾分的勝算，想想都激動。

胡中陽道：「大人不用找工匠趕工，其實我此前已經讓人做了一些。」

胡小天愣了，乖乖哩格隆，這位本家還真是厲害，敢情給我看的不僅僅是圖譜，人家有現貨啊。商人！果然是商人！奇貨可居，想要趁火打劫？趁著這時候賣個好價錢，姥姥的，買！這種殺傷力奇大的武器，多少錢我都買，胡小天道：「中陽兄有多少？」

胡中陽道：「投石機十台，攻城弩六台！」

胡小天激動的聲音都抖了起來：「多少錢，中陽兄只管開價！」

胡中陽道：「大人想買？」

胡小天點了點頭道：「我買！」

胡中陽卻呵呵笑了起來：「我本來想將這些東西全都送給大人的。」

胡小天心中盤算著，天下間哪有這樣的好事？胡中陽是個商人啊！更何況這廝跟自己的關係好像也沒那麼近，他怎麼會白白便宜自己？

胡中陽道：「若是能夠守住東梁郡，大人請我喝頓酒就行。」

胡小天抿了抿嘴唇，低聲道：「今日之事，我必永銘於心。」

胡中陽笑道：「胡大人一定懷疑我的動機，我只能告訴胡大人，東梁郡和我的利益息息相關。」

如果說胡小天此前對胡中陽的動機還有所懷疑，現在已經不存在任何疑問了，胡中陽將壓箱底的武器全都送給了自己，這足以證明他和自己站在同一陣線上，這些威力巨大的武器顯然就是他的投名狀。

胡小天對這場即將到來的戰爭已經開始擁有了信心，剛剛開始的時候，他做好了失敗的準備，也下定決心，萬一失敗，他會不惜代價幹掉唐伯熙，隨著時間的推進，他開始明白了一個道理，戰爭絕不是憑藉個人英勇能夠解決問題的，他現在雖然是一城之主，但是空有其名卻無其實，東梁郡的百姓多半心向大雍，那些難民對他也沒有太大的信心，想要真正站穩腳跟，首先要獲取民心，現實條件決定，他無法用政績來證實自己的能力和才德，想要儘快樹立起威信，最快的辦法就是用一場酣暢淋漓的勝利來證明自己，在這個強者為尊的時代，沒有人會同情弱者，而幾乎所有人都習慣於仰視強者。

諸葛觀棋已經搬走了多日，今天是妻子洪凌雪拆線的日子，胡小天帶著維薩一早就來到了他的住處，諸葛觀棋正在院中清掃落葉，看到胡小天這麼早過來，慌忙迎了上去，微笑道：「草民不知胡大人前來，有失遠迎，恕罪恕罪！」

胡小天笑道：「說好了今天要為嫂夫人拆線，本來想中午過來，可回頭還要去下沙港視察，於是就一早過來了，希望沒影響到觀棋兄休息。」

諸葛觀棋道：「我一向雞鳴而起，已經起來半個時辰了。」

胡小天道：「嫂夫人醒了沒有？」

諸葛觀棋道：「已經醒了，傷口也完全癒合了。」

胡小天讓維薩進去給洪凌雪拆線，畢竟這是個男女授受不親的年代，這種接觸對方肌膚的事情還是能免則免。

諸葛觀棋引著維薩進去，不一會兒就出來了，來到胡小天身邊道：「胡大人百忙之中還要兼顧賤內的病情，草民實在感激涕零。」

胡小天道：「觀棋兄不用客氣，我和你一見如故，從心底覺得親切呢。」

諸葛觀棋心中暗自慚愧，自己的確欠了胡小天一個大大的人情，他知道胡小天想什麼，可是若是出山幫助胡小天卻又與他昔日的誓言相違，諸葛觀棋實在是左右為難。

胡小天道：「拆完線了？」

諸葛觀棋點了點頭道：「好得很，維薩姑娘正在陪賤內聊天。」

胡小天笑道：「嫂夫人痊癒我也就了了一樁心事，觀棋兄，你若沒什麼事情，陪我去下沙港走走如何？」

諸葛觀棋自然不好拒絕，當下陪同胡小天一起出城來到下沙港。

下沙港以西兩里的地方已經架起了一座浮橋，第二座浮橋正在緊張施工中，浮橋之上已經有難民開始撤離，按照余天星的計畫，這些難民的撤離只是在故布疑陣。

諸葛觀棋陪著胡小天來到江邊駐足，胡小天道：「如果順利的話，五天之內三座浮橋就可以全部完工。」

諸葛觀棋低聲道：「為何大人一定要堅守東梁郡？」

胡小天道：「我也不知道！」

他的回答讓諸葛觀棋感到錯愕，諸葛觀棋本以為胡小天會有一個光明正大的理由，或是為國，或是為民，可是他居然給了自己一個這樣的答案。

胡小天深深吸了一口氣道：「皇上派我過來東梁郡，真正的用意卻是放逐，東梁郡在大康所有人眼中都是雞肋，甚至連武興郡的水師提督趙登雲趙大人都不願出兵相助，他和我雖有舊怨，可是在大事面前應不敢如此自私，想必是皇上的意思，任憑我在東梁郡自生自滅，我若是走了，從此以後就是大康的罪人，我若是留下，敗了，同樣還是大康的罪人，皇上一樣會追究我的責任，所以我只剩下一條路可走，不但要打，而且這場仗一定要打勝。」

諸葛觀棋道：「如果皇上的初衷就是對你不利，那麼大人就算打贏了這場仗，他一樣會治你一個藐視朝廷挑起戰事，破壞兩國和平的罪名。」

胡小天點了點頭道：「那又如何？將在外君命有所不受，我這次面對的敵人不僅僅是大雍。」

諸葛觀棋道：「大人乃是大康駙馬，為何會落到如此處境？」

胡小天道：「大康之所以落到如此處境，是因為皇上已經不在意大康的興衰存亡，他連國家都可以不在乎，又怎會在乎區區一個駙馬？」他向諸葛觀棋笑了笑，其中飽含了苦澀的滋味。

諸葛觀棋道：「大人有沒有想過，這場仗打贏之後，接下來要怎麼做？」

胡小天的目光投向庸江的對岸：「三面環敵，一面臨水，東梁郡乃是一座孤城，可是如果有了後援，就會完全不同。」

諸葛觀棋道：「草民不明白。」

胡小天道：「此戰我若是能夠取勝，我就會直取武興，掌控武興郡，控制庸江水師，扼住大康北部門戶，皇上就算心中再想害我，也得三思而後行。」在諸葛觀棋面前胡小天並沒有隱瞞自己的野心，其實無論勝敗與否他都已經做好了拿下武興郡的準備，沒有武興郡，東梁郡只是一座孤城，在戰略上沒有任何的意義，就算可以擊敗唐伯熙此次的進攻，那麼下次或許面臨的就是水陸夾攻，到時候他就算有通天之能也無法戰勝數倍於自己的敵人。

諸葛觀棋目光一亮，低聲道：「草民沒有聽錯的話，大人是要自立？」他說得委婉，其實已經看出胡小天已經生出反心。

胡小天微笑道：「如今的時局，自己不管自己，還有誰會關心你的死活？」

諸葛觀棋道：「大人眼光遠大，武興郡的確是立足之地。」不知為了什麼，聽說胡小天想要割據自立，諸葛觀棋的內心卻突然感到豁然開朗，一度最讓他感到困擾的就是，報答胡小天就是為大康效力，而現在因為胡小天的反心而不復存在了。

兩人舉步走上浮橋，諸葛觀棋的目光落在連接漁船的鐵鍊之上，他馬上就猜到了余天星的計畫，低聲道：「鐵索橫江，三道鐵索攔得住大雍的戰船嗎？」

胡小天眉峰一動，明白諸葛觀棋已經猜到了他們的計畫：「總得嘗試一下。」

諸葛觀棋道：「大雍水師擁有多條破甲船，這種戰船特製而成，船體用甲板覆蓋，船頭處擁有五丈長度的巨刃，借著下衝之力，劈風斬浪，即便是江心礁石也可輕鬆破開。」

胡小天倒吸了一口冷氣，如果諸葛觀棋所說屬實，那麼自己精心佈置的三道防線豈不是就形同虛設？

諸葛觀棋道：「望日往往是西風最勁之時，可凡事皆有例外，我夜觀天象，五日之後風向應該是西北。」

胡小天和余天星此前制訂的計畫全都是按照最為理想的狀態準備，雖然兩人也將種種因素考慮其中，但是他們也沒有太好的應變方法。胡小天道：「謀事在人成事在天，具體的事情要看天意了。」

諸葛觀棋道：「唐伯熙剛愎自用，自視甚高，難免會犯下輕敵的毛病，他們認為大軍壓境，大人唯有選擇守城，大人現在做好了迎戰的準備已經出乎他的意料之外。如果我沒猜錯，大人應該是利用三道浮橋製造障礙，等到雍軍進入攻擊範圍之時，從後方以輕舟和燃燒的浮排順水火攻，擾亂大雍水軍的陣營，讓他們陷入這三道浮橋的包圍之中。浮橋之下應該藏有鐵錨，對方的戰船在衝撞中不慎撞上鐵錨，會嚴重受損，甚至會有船隻沉沒於江水之中。」

胡小天點了點頭，諸葛觀棋雖然並沒有參與他們的謀劃，可是已經將他和余天星的計畫全都猜到，足見此人智慧之高。

諸葛觀棋道：「計畫上並無破綻，只是在具體的施行上或許會產生偏差，一，唐伯熙若是派出破甲船打頭陣，那麼這三道浮橋就不會成為阻礙，破甲船可摧枯拉朽般將之扯斷，當天的風向可以影響船行的速度，你們的輕舟和浮排未必能夠追逐得上他們的戰船。三，不要忽視唐伯熙一方的戰鬥能力，任何水師都會針對這種水上火攻進行戰術演練，每條戰船之上都會備有礌石和長桿，利用礌石可以擊沉輕舟和浮排，利用長桿可以將靠近的輕舟撐開。如果這樣，大人一大半的攻擊都會落空，一旦雍軍登岸，大人剩下的也唯有守城了。」

胡小天道：「這城守不住！」

民心不在他的一方，如何守城？

第七章

有來無回

余天星將最後一支令箭拿到手中，胡小天微笑向前。

余天星道：「城主，剩下的五百人由您統領，守住下沙港。」

胡小天接過令箭，目光投向庸江的上游，沉聲道：

「這次一定要讓唐伯熙有來無回！」

諸葛觀棋道：「大人明智，城的確守不住，我既然能夠看透大人的計策，大雍也不乏高明的謀士，他們同樣可以猜到大人的意圖，這並非代表余天星的計畫不好，而是這個計畫在細節上還有欠缺。」

胡小天深深一躬道：「先生請指教！」

諸葛觀棋指了指一旁的蘆葦灘，時值冬日，蘆葦蕩如今已經變得一片枯黃：「鐵索橫江需要七日的時間準備，霧鎖橫江卻只需一把火的功夫，大雍戰船來臨之前，大人讓人點燃這片蘆葦蕩，當日風向西北，這片北岸的蘆葦蕩所產生的煙霧全都被吹向庸江，不但可以掩蓋三座浮橋的位置，還可以為大雍船隊製造障礙。一旦這片蘆葦蕩點燃，他們就不會選擇從這裡強行登陸。」

胡小天點了點頭，這一點他的確沒有想到。

諸葛觀棋又道：「按照唐伯熙用兵的習慣，他習慣佈置三艘破甲船在船隊的最前方，以應對前方阻礙，可這世上萬事萬物皆有弱點，破甲船可以衝斷鐵鍊，破開暗礁，但是卻擺脫不開磁石的吸附，大人可讓人預先在鐵鍊之上吸附磁石，破甲船周身的鋼鐵甲板就會被磁石和鐵鍊牢牢吸附住，到時候唐伯熙用來開路的破甲船反倒成為了他船隊的阻礙。」

胡小天面露喜色，其實諸葛觀棋所說的都只是一些簡單的道理，但是真正在戰術的施行之中，卻很少有人能夠將之運用得如此巧妙，從諸葛觀棋對事情的處理上就看出他和余天星的差距所在。

胡小天道：「多謝先生指點。」

諸葛觀棋道：「大人，草民有個不情之請，我今天所說的一切，還望大人為我保守秘密，余天星那個年輕人實在是不可多得的人才，大人一定要給予重用。」

胡小天心中對諸葛觀棋更多了一分敬重，他為人謙虛低調，更難得的是毫不貪功，極力向胡小天保薦賢能，胡小天道：「不瞞先生，我剛剛得到了十多台攻船利器，先生有沒有興趣一起看看？」

李永福悄然抵達東梁郡，他所看到的是難民通過浮橋向南岸撤退的情景，第一感覺就是胡小天有棄城的打算，在大康水師之中，李永福無疑是最強硬的主戰派，可是他在軍中的地位並沒有太大的影響力，他無法左右趙登雲的決斷。今次前來乃是受了趙武晟的委託，東梁郡的那些剛剛招募的士兵大都在浮橋維持秩序，幫助難民撤退，單單是三萬難民撤到南岸就需要不少的時間，更不用說還包括一些願意暫時離開躲避戰火的東梁郡的原住民。

整個上午李永福都在下沙港和東梁郡內打探消息，他是個務實派，相信自己親眼所見，親耳所聞。胡小天對外已經喊出了要和雍軍決戰到底的口號，可是當地百姓多半卻對這場即將到來的戰爭漠不關心。

李永福前往去見胡小天的時候，只說是前來提供情報，並沒有一開始就說明自己的身分。

跟隨梁大壯來到演武堂，卻見胡小天正和余天星兩人聊著什麼，聊到開心之處，兩人還同時哈哈大笑起來。

胡小天從李永福走入大門的時候就已經意識到了他的到來，抬起頭雙目盯住李永福，李永福頓時感覺他深邃而犀利的目光似乎可以看透自己的心底，內心不由得感到奇怪，胡小天的年齡還不到二十，怎麼氣場如此之強大，在他的面前，自己居然有種透不過氣來的感覺。他本想見到胡小天的時候先兜幾個圈子，試探一下他的真正意圖，然後再表明自己的身分，可真正見到胡小天之後，卻又猶豫是否有那個必要。

胡小天開門見山道：「這位兄台有什麼情報？」

李永福抱拳行禮道：「可否和胡大人單獨說兩句？」

胡小天微笑道：「這裡沒有外人，你不用有什麼顧忌。」

余天星本來想要走開，可是聽到胡小天這句話，心中頓時一暖，胡小天對自己果然報以充分的信任，士為知己者死，別人都笑他瘋瘋癲癲，此前始終找不到欣賞他的人，施展抱負更是無從談起，現在遇到了胡小天，總算得遇明主了。

李永福聽胡小天這樣說也不便勉強，低聲道：「胡大人，我乃武興郡水軍青龍營統領李永福。」

胡小天聽到他的自我介紹，目光不由得一亮，唇角露出笑意，抱拳還禮道：「原來是李將軍，我聽說過你的大名，不過見面還是第一次。坐！快請坐，大壯，上茶！」

梁大壯應了一聲，不多時就送上了茶水。

李永福奔波了這麼久的確也有些渴了，接過茶盞喝了幾口茶，喘了口氣方才道：「不瞞大人，我是受了趙武晟趙將軍的委託來東梁郡的。」

胡小天道：「多謝趙將軍掛懷，李將軍回去一定要幫我轉達謝意。」

李永福點了點頭道：「胡大人，我今晨就已經到了，剛才在下沙港和城內都轉了轉，看到的戰備情況不容樂觀啊。」他性情爽直，有什麼就說什麼。

胡小天道：「自從東梁郡回歸大康以來，朝廷始終都沒有加大這裡的城防力度，缺兵少將，短期內想要組織一支像樣的隊伍很難。」他心中暗忖，李永福既然是受了趙武晟的委託前來，想必絕不僅僅是過來看熱鬧的，他特地強調趙武晟而非趙登雲，由此可以推斷出他這次前來應該沒有獲得趙登雲的首肯，至於趙武晟為何沒有親自前來，想必是不想引起趙登雲的注意。

李永福道：「我看到有不少難民已經通過浮橋向南岸撤退，胡大人該不是想棄城吧？」

胡小天微笑道：「依李將軍之見，我是應當棄城呢？還是應當負隅頑抗呢？」

李永福沉默了下去，因為胡小天的這個問題很難回答，按照他的想法即便是戰死也不能放棄一寸國土，這是一名軍人的職責和底線，可是他又憑什麼要求別人這樣做？

胡小天道：「李將軍不用拘謹，心中想什麼只管說出來，或者我換一種方式說話，如果你處在我的位置，你會做出何種選擇呢？」

李永福抿了抿嘴唇道：「城在人在，城亡人亡！」他沒有猶豫，這正是他內心的真實想法。

「城在人在，城亡人亡！」胡小天呵呵笑了一聲：「城在人在我見過，可是人亡城在我見得更多，東梁郡從古到今不知更換了多少守將，因為守城而死的將士更是不計其數，他們誓死捍衛的城池，最後無非是城頭變換大王旗罷了，又有幾人記得他們的犧牲？」

李永福無言以對。

胡小天道：「堅守東梁郡，抗爭到底，是李將軍的意思還是趙提督的意思？」

李永福道：「只代表末將的意思。」

胡小天道：「我此前派人去武興郡求援，趙提督無動於衷，看來就算大雍的水師打來，他也只會按兵不動的。李將軍今次前來應該是想問我到底做何決斷，那麼我現在就告訴你，依然是城在人在，城亡人亡！朝廷既將東梁郡賜給了永陽公主，又讓我管轄此地，對我而言，就算拚掉性命，也不會當一個臨陣脫逃的孬種！」

李永福內心如同被針刺了一下，他的面孔騰的一下漲紅了，大康的軍人一樣有血性，在接到趙登雲不得妄動袖手旁觀的命令之後，包括李永福在內的許多軍人在心底是極其憤懣的，眼睜睜看著國土被人侵略，看著同胞被人殺死，卻無動於衷，這對他們這些大康軍人來說是怎樣的悲哀，也許這將成為他們心底終生難以泯滅的恥辱。

李永福脫口道：「胡大人，不是我等不願出兵，而是趙大人下令，我等不得不從……」他的內心在激烈交戰著。

胡小天點了點頭道：「李將軍不必為難，我這樣說並沒有針對你和任何人的意思，提督大人當然有提督大人的打算，各人自掃門前雪，哪管他人瓦上霜，只是我想不明白，雖然東梁郡和武興郡隔著一條庸江，可兩座城池都是屬於大康的土地，因何在他們的心中，東梁郡就可以隨意割捨和放棄？大康之所以淪落到今日的地步，因為什麼？」

李永福搖了搖頭，他不知道，事實上很多將領都像他一樣，內心充滿了迷惘，他們並不明白，為何曾經雄霸天下睥睨列國的大康竟然淪落如斯？淪落到被人打到了家門口卻仍然只能當縮頭烏龜？

胡小天道：「一員將領，不在乎他的士兵，不在乎他的下屬，還憑什麼打贏對手？一個國君不在乎他的土地，不在乎他的人民，又怎能治理好國家，我當然知道，朝廷拋棄了我們，可是我們卻不能放棄，我若放棄了，還有誰管這城內十萬百姓？如果每個人在戰爭到來之前都選擇放棄，那麼我們的防線必然一擊即潰，也許在世人的眼中，我是螳臂當車，我是以卵擊石，可即便是敗，我也要敗得堂堂正正，我要讓天下人看到康人的血性，我要讓所有人知道我們不好欺負，我要用我們的鮮血喚醒所有大康人的鬥志！」

胡小天這番話說得擲地有聲慷慨激昂，不但李永福的熱血為之沸騰，就算旁聽的余天星和梁大壯也感覺到心曳神搖，李永福道：「大人，我等絕不當縮頭烏龜，我回去之後聯合眾將再向提督大人請戰！」

胡小天搖了搖頭道：「趙登雲不會同意你們出戰。」

一旁余天星道：「李將軍，提督大人是不是要求你們加強南岸的警戒？」

李永福點了點頭。

余天星道：「他雖然不同意你們出戰，可是一旦有大雍士兵在南岸登陸，你們就有了對付他們的理由。」

李永福微微一怔，唐伯熙這次進攻的是東梁郡，怎麼可能在南岸登陸？南岸有三萬多大康水軍駐防，唐伯熙應該不會想雙面作戰。

余天星道：「我們擊敗雍軍之後，必然有一部分雍軍向南岸逃竄，李將軍只需在對岸布下伏兵，一旦發現雍軍撤退，就封鎖沿岸。」

李永福心中暗忖，這書生莫非是腦子糊塗了，面對十倍於他們的雍軍竟然還妄想取勝，他仍然點了點頭道：「若是戰爭打起，南岸防線必然成為我軍重中之重，我們絕不會讓雍軍從南岸登陸。」

胡小天道：「還有一件事，最近有難民陸續撤往南岸，希望李將軍回去幫忙協調此事，能夠說服趙大人同意難民入城。」

李永福道：「好，此事我會盡力。」

康都城內烏雲密佈，七七匆匆來到勤政殿，卻被門外的王千攔住：「公主殿下，皇上正在和洪先生商談大事，還請稍待。」

七七怒道：「讓開！什麼事情能夠比得上北疆戰情更加重要？」她大步向前，王千不敢硬攔，只能無奈高聲道：「公主殿下，公主殿下！」

龍宣恩和洪北漠已經聽到了外面的動靜，洪北漠微笑道：「公主來了！」

龍宣恩歎了口氣道：「一定是為了東梁郡的事情。」

洪北漠點了點頭，此時七七已經來到他們的面前，顧不上向老皇帝行禮，急匆匆道：「陛下！大雍唐伯熙厲兵秣馬準備進攻東梁郡，為何武興郡方面沒有出兵增援？」

龍宣恩皺了皺眉頭道：「你哪來的消息？我們和大雍乃是友邦，他們怎麼可能發兵攻打東梁郡？」

七七怒道：「我剛剛收到加急戰報，南陽水寨統領唐伯熙集合麾下水師隨時向東梁郡發動進攻，東梁郡告急，武興郡水師提督趙登雲面對求援竟然拒不發兵。」

龍宣恩道：「真有此事？」

七七道：「千真萬確！」

龍宣恩道：「你且退下，此事朕自有對策。」

七七才不相信他會有對策，大聲道：「懇請皇上即刻傳令，讓趙登雲率領水師支援東梁郡，共同抗擊大雍入侵。」

龍宣恩冷笑道：「你是想向大雍開戰嗎？」

七七道：「陛下，別人都已經殺到了家門口，難道我們不應該反抗嗎？」

龍宣恩道：「朕說過，此事朕自有對策，你就不必費心了。」

七七道：「可是……」

龍宣恩面色一凜：「沒什麼可是，以後沒有朕的允許，你不得擅自闖來這裡，否則朕必治你不敬之罪。」

七七咬了咬櫻唇，氣得跺了跺腳，她知道再說下去也是無用，轉身憤然走了。

龍宣恩望著七七離去的背影，搖了搖頭道：「這妮子當真是被我寵壞了。」

洪北漠道：「攻打東梁郡是唐伯熙自己的主意，他要拿下東梁郡送給新君薛道洪做登基賀禮。」

龍宣恩道：「東梁郡本來就是他們硬塞給朕的，拿走就拿走嘍！」

洪北漠唇角露出一絲奸笑：「臣現在才明白皇上為何要將胡小天派去東梁郡，皇上的智慧臣不能及也。」

龍宣恩的臉上浮現出得意之色，他呵呵笑道：「七七應該是喜歡上了那小子，胡小天若是棄城而逃，朕要治他臨陣脫逃之罪，他若是堅守城池，必然是個城破人亡的下場。」

洪北漠道：「聽說胡小天已破釜沉舟準備和唐伯熙來一場硬碰硬的戰鬥。」

龍宣恩不屑道：「螳臂當車，他始終都是不知死活。」

洪北漠道：「他的運氣一直都不錯，或許這場仗未必輸呢。」

龍宣恩哈哈大笑起來：「怎麼可能？東梁郡連一支像樣的隊伍都沒有，就憑著他和那些百姓能夠打贏訓練有素的大雍水師？」他搖了搖頭道：「沒可能，沒有任何可能！」

七七走出宮門，迎面遇上了前來面聖的丞相周睿淵，周睿淵慌忙向她行禮道：

「微臣參見公主千歲千千歲！」他第一眼就留意到七七的眼圈有些發紅，暗自猜測這位公主應該剛剛在皇上那裡受了委屈。

七七道：「周丞相，你來得正好，你去幫我勸勸皇上，讓他即刻下令庸江水師出兵幫助胡小天守城。」

周睿淵眉頭緊鎖，歎了口氣道：「殿下，難道您到現在都不明白皇上派胡大人前往東梁郡的真意嗎？」

七七咬牙切齒道：「我知道，我當然知道，只是我沒有想到他會這麼狠心。」

周睿淵向周圍看了看，壓低聲音道：「公主殿下，這裡並非談話之地，咱們換個地方說。」

兩人一起來到了紫蘭宮，七七心繫胡小天的安危，焦急萬分道：「周大人，這次你一定要幫我，大雍唐伯熙要拿下東梁郡，胡小天手下缺兵少將，如何與大雍水師抗衡？」

周睿淵道：「這場仗卻不能不打啊，胡大人若是不打，棄城而逃，那麼皇上必然會降罪於他，臨陣脫逃，放棄國土，無論哪一條都是死罪。」

七七道：「可他若是留在那裡守城，也是死路一條啊！怎麼打？難道一個人去跟大雍幾萬水師去拚？」

周睿淵道：「所以胡大人只有一條活路。」

七七歎了口氣道：「我寧願他降了，至少還能保住性命。」

周睿淵道：「胡大人一向運氣好得很，或許這次一樣可以逢凶化吉。」

七七道：「一個人不可能每次都走運。」

周睿淵道：「老臣覺得，胡大人絕非逞匹夫之勇之人，他既決定守城，或許就有應對的辦法，公主現在身在康都，又無法調動大康軍隊，就算著急也是無用。」

七七道：「他若是出了什麼事情，我絕不會饒了趙登雲。」

圓月當空，月光照亮了庸江兩岸，西風呼嘯，大雍南陽水寨，五十艘戰船排成整齊的陣列，揚起風帆，順流而下，戰船之上旌旗招展，甲板之上站著盔甲鮮明的將士，唐伯熙親自統領三萬大軍，他要以一場酣暢淋漓的勝利作為對新君的獻禮。

唐伯熙站在指揮戰船的船頭，青黑色的鑌鐵甲在月色下透出深沉的反光，西風捲起他的紅色披風，宛如火一樣包裹著他魁梧的身軀，唐伯熙的面孔微微揚起，望著空中的那輪明月，右手抬起，身上的鎧甲沙沙作響，骨骼粗大的手指輕輕撫弄頷下黑漆漆的虬鬚，內心中充滿著昂揚的鬥志，他用力揮了揮手道：「出發！」

劉允才來到唐伯熙身邊，抱拳道：「將軍，剛收到最新戰報，胡小天在下沙港以西布下三道浮橋，用來難民撤離，看來他們是想撤走了。」

唐伯熙冷笑道：「現在撤走是不是已經太晚？」

劉允才道：「那三道浮橋乃是用鐵鍊串起，他們應該是利用這種方法阻攔我軍推進。」

唐伯熙不屑道：「螳臂也敢擋車？」他的目光投向船隊最前方齊頭並進的三艘破甲船，這三艘破甲船是南陽水寨攻無不克的武器，船頭五丈長度的巨刃可以輕易破開敵方的船體，唐伯熙在南陽水寨練兵多年，今次攜三萬水師攻打東梁郡實在有些牛刀殺雞的感覺。可縱然勝券在握，一樣不能輕敵，唐伯熙暗自提醒自己，輕敵乃交戰之大忌，此戰必須要勝得漂漂亮亮。

旌旗獵獵作響，唐伯熙抬頭望去，發現風向忽然改變，原本是西風卻突然轉成了西北。

劉允才低聲道：「風向變了？」

唐伯熙點了點頭，計畫再為周密，在實際作戰中仍然會遇到種種不可預知的因素，比如眼前的風向改變，這會影響到他們船隊行進的速度，想要在黎明之前抵達東梁郡的願望或許會落空了。不過在壓倒性的絕對優勢面前，這些小小的狀況根本影響不到什麼。

劉允才道：「將軍還是去休息吧，等到了東梁郡屬下會叫醒您。」

這個夜晚對胡小天一方來說卻是一個不眠之夜，前方探報已經證實唐伯熙率領五十艘戰船，三萬多名精銳水軍將士從南陽水寨氣勢洶洶而來，按照他們的進程最遲明天上午就可抵達東梁郡。

余天星陪同胡小天站在高崗之上，他們的身邊已經佈置了兩台投石機，共計十台投石機分別被佈置在庸江沿岸的高地，操作投石機的匠人全都是胡中陽委派，這位東梁郡的富商在這次的守城戰中給予胡小天不遺餘力的幫助。

此時熊天霸縱馬來到兩人身邊，翻身下馬道：「三叔，全都準備好了！」

胡小天點了點頭，和余天星一起來到下方的點將台，胡小天請余天星去點將台坐了。

眾人望著這位年輕的書生，從他所在的位置就已經明白，胡小天已經奉他為軍師了，這場大戰由他全權指揮。

兩千名乞丐由朱八統領繞行到距離下沙港五里的上游預先埋伏，在雍軍抵達之後，他們負責從後方利用輕舟和浮排發動火攻。

余天星拿起令箭道：「梁英豪聽令！」

梁英豪上前抱拳道：「末將聽令！」

余天星道：「你率領五百在蘆葦蕩埋伏，在雍軍抵達之後，即刻點燃蘆葦蕩，製造煙霧，封鎖雍軍視野，然後前往鴨子口支援。」

梁英豪接過令箭，率領五百人去了。

余天星又道：「胡中陽聽令！」

胡中陽身穿青銅鎖子甲，威風凜凜走上前來，余天星道：「你率領一千精兵分別守護住攻城弩和投石機，務必保護這些武器的安全，阻止雍軍強行破壞。」

「末將聽令！」胡中陽也領了一支令箭，攻城弩和投石機本來就是他提供給胡小天的，由他來保護自然非常合適，他所統領的這一千人也是過去組建的護衛隊，因為大戰來臨，正值用人之際，胡中陽向胡小天請命之後，胡小天同意他重新將這支護衛隊拉起來，這也讓胡小天的可用兵力增加到六千人。

余天星又道：「唐鐵漢、唐輕璇聽令！」

唐鐵漢、唐輕璇兄妹兩人舉步上前，雙雙抱拳行禮。

余天星道：「你們兩人率領一千士兵於城內駐守，戰鬥開始之後，城內或許會發生不可預知的狀況，你們務必要嚴控城內形勢，發現百姓異動要及時制止，如有人膽敢造反，格殺勿論！」

唐家兄妹也領命去了。

熊天霸此時已經按捺不住了，看到每個人都有事情可做，偏偏沒有提到他，他叫道：「我！我！還有我，別把我忘嘍！」

余天星唇角露出一絲微笑道：「熊天霸聽令！」

熊天霸忙不迭道：「來了！來了！」

余天星道：「你率領一千精兵在鴨子口埋伏，雍軍受阻之後，必然強行從鴨子口搶灘登陸，你要盡一切可能阻止他們登陸，梁英豪完成任務之後會前往鴨子口增援，你們要以一千五百人阻擋對方數倍甚至數十倍的軍力，可有信心？」

熊天霸呵呵笑道：「有！別說是十倍，就算是一百倍我也用大錘把他們轟到庸江裡餵王八去！」

聽到他這麼說，眾人都同時笑了起來。

余天星將最後一支令箭拿到手中，胡小天微笑向前。

余天星起身道：「城主，剩下的五百人由您統領，守住下沙港。」

胡小天接過令箭，目光投向庸江的上游，沉聲道：「這次一定要讓唐伯熙有來無回！」

突然轉變的風向讓唐伯熙的船隊行進速度減慢了不少，原本打算在黎明前抵達東梁郡，現在卻晚了整整兩個時辰，大軍來到東梁郡境內的時候已經是正午了。

唐伯熙起來之後就來到穿透甲板就坐，陽光很好，他悠閒自得地曬著太陽，手下前來稟報道：「將軍，還有五里水路就到東梁郡了。」

唐伯熙點了點頭，傳令道：「加快行進速度，咱們今晚在東梁郡吃飯！」

眾將笑了起來，從他的這句話就能夠知道唐伯熙對短時間內拿下東梁郡充滿了信心。

風向仍然是西北，此時北岸的大片蘆葦蕩內梁英豪率領五百士兵開始點火，火借風勢，蔓延很快，烈焰和濃煙很快就從蘆葦蕩內升騰而起，濃煙滾滾，被風一吹，向東南飄去，迅速籠罩了江面，並向下方不斷擴散。

唐伯熙方面很快就發現了沿江的變化，唐伯熙聽人稟報之後，望著岸邊不斷向江心擴展的濃煙，冷冷道：「他們想要利用煙霧來影響咱們的視線，傳令下去，加快速度，儘快抵達下沙港登陸。」

劉允才匆匆來到唐伯熙的身邊，低聲道：「將軍，後方發現敵情，有數十條漁船正在向咱們的船隊逼近。」

唐伯熙不慌不忙道：「這胡小天還算有些膽子，居然擺出應戰的架勢，好，我這次就讓他見識一下仗是怎麼打的。」

一名將領快步來到近前：「將軍，後方出現了近百條漁船，還有無數浮排，幾乎排滿江面，正在順流衝向我們的船隊。」

唐伯熙道：「準備長桿礌石，只要他們膽敢靠近，就將之擊沉！」

在大雍船隊的後方，百餘條漁船正在拚命追趕著，在他們的前方漂浮著密密麻麻的浮排，朱八率領那幫乞丐按照計畫是要點燃船隻浮排，撞向大雍船隊的，可是他們的行進速度顯然無法和大雍方面相比，眼看著大雍船隊加快了行進的速度，將他們越拉越遠。

唐伯熙來到船尾處，望著在他們身後成為小黑點的漁船不由得哈哈大笑，漁船對抗戰艦，簡直是前來送死，他現在沒興趣對付這些小船，下沙港已然在望，三萬士兵只要成功登陸，就等於成功了一半。

濃煙擴散的速度很快已經將後方的追兵籠罩，唐伯熙搖了搖頭，對方想要製造煙霧給己方造成困擾，現在看來，先受到困擾的是他們自己人。

下沙港就在前方不到三里的地方，唐伯熙已經看到了那三道浮橋，他揮舞手中黑色令旗，三艘破甲船排列在隊伍最前方，順水全速行進，高速向浮橋衝撞而去。

破甲船外蒙鐵甲，船頭長達五丈的巨刃猶如無堅不摧的巨斧，撞擊在浮橋之上，組成浮橋的漁船頓時被撞得支零破碎，木屑亂飛。串聯浮橋的鐵索也被破甲船強大的衝擊力撞斷。

唐伯熙看到遠方的情景，樂得哈哈大笑，胡小天真是不自量力，試圖以這樣簡陋的防線阻止自己船隊的進擊，簡直是鼠目寸光，不自量力。

破甲船在撞開第一座浮橋之後，速度有所減緩，水師全力划槳，向第二道浮橋挺進。

三艘破甲船很快就撞擊在第二座浮橋之上，依然如同摧枯拉朽，浮橋斷裂，大雍船隊整體已經推進到了第一道浮橋。

胡小天站在箭樓之上遠眺大雍船隊，第二座浮橋才是暗藏磁石的地方。破甲船雖然成功撞開了第二座浮橋，可是磁石帶著鐵索被吸附在破甲船的鐵甲之上，三艘破甲船船身之上一時間吸附了數十塊巨大的磁石，而磁石又和浮橋的鐵索緊密相連。

遠方余天星揮動手中小旗，身邊士兵吹起牛角。

庸江上游的煙霧之中，數以百計的浮排被點燃，和近百艘燃燒的漁船一起順流而下，直奔大雍船隊而來。

唐伯熙也發現前方破甲船出現了狀況，還沒有搞清到底怎麼回事的時候，聽聞後方有無數燃燒的浮排逼近，他傳令下去，戰船改變方向，就近登岸。

就在唐伯熙傳令之時，聽到對面岸上戰鼓激越，兩塊足有磨盤大小的巨石從天而降，正砸在其中一艘戰艦之上，數名躲避不及的士兵被當場砸成肉醬，巨石帶著死者的血肉，直接洞穿了甲板，一直砸入底艙撞碎船底，江水從破裂的大洞中狂湧而出，船上士兵驚呼不斷，他們顯然對大康方面的戰鬥力估計不足。

十台投石機同時發射，巨石在天空中呼嘯而來，大雍士兵根本沒有搞清狀況，就遭到了巨石的連番攻擊。

唐伯熙慌忙傳令散開隊形，船隊聚集在一起目標太大，他也搞不明白對方是用了什麼方法將巨石拋入江心，短時間內已經有五艘戰船被巨石擊沉，慌亂之中，還有三艘戰船撞在了一起，蘆葦燃燒引起的濃煙已經蔓延到他們所在的江面，而此時燃燒的浮排已經逐漸逼近了他們。

唐伯熙大吼道：「靠岸，強行登陸！」四十多條戰艦同時向北岸靠近。

余天星揮舞藍色小旗，鼓聲節奏改變，守在鴨子口的六台攻城弩紛紛施射，一支支燃燒的巨大火箭向江中戰船射去。

煙霧越來越濃，唐伯熙此時方才意識到對方絕不是像自己想像的那樣毫無反手之力，難怪胡小天膽敢留下來和他決一死戰，原來他擁有如此厲害的武器。

一艘戰船終於靠近岸邊，士兵放下舷梯，從戰艦上衝了下去，踏上岸邊的土地，可是他們沒走幾步，就感到腳下一空陷入預先挖好的地洞之中，這片河岸被事先埋下了無數的竹劍，因為煙霧籠罩的緣故，他們並沒有留意地面的狀況，許多士兵已經踩在竹劍之上，腳掌被立時洞穿。現場慘叫聲哀嚎聲響成一片。

早已埋伏在鴨子口多時的熊天霸一聲令下，眾人向慘叫傳出的方向連連施射，又有不少大雍水軍倒在亂箭之下。

靠岸的戰船只是少數，更多的戰船仍然被困在庸江中心，此時已經被密集的浮排包圍起來，浮排引燃了戰船，現場的煙霧更大。有幾艘戰船沒頭蒼蠅一樣逃到了庸江南岸，此時南岸傳來戰鼓聲聲，卻是早已埋伏在那裡的大康水師在對岸展開堵截。雖然趙登雲命令手下不得前往東梁郡增援，可是以趙武晟、李永福為首的三千將士他們和胡小天達成默契，在庸江南岸構築起一道防線，只要雍軍膽敢靠岸，馬上就展開追剿。

唐伯熙被煙霧熏得涕淚直下，耳邊聽到兩岸戰鼓陣陣，心中不由得恐慌起來，難道自己的情報有誤，趙登雲竟然率軍前來增援？

西北風變得越發猛烈，火借風勢變得越發強烈，不過大風卻加速了煙霧消散的速度，已經有七艘戰艦強行抵達了鴨子口，近五千名大雍士兵成功登陸，岸上隱藏的地洞和竹劍等埋伏讓他們不少人在登岸開始就受傷，對方射來的冷箭又殺死了近千人。

遊擊將軍唐方騎在一匹烏騅馬上，手中方天畫戟在空中一揮，大吼道：「不用驚慌，兄弟們，弓箭手準備！」混亂的現場逐漸冷靜了下來，他們畢竟是訓練有素的軍人，在唐方的指揮下重新組織陣型，五百名弓箭手開始向對方隱藏的地方發起攻擊。

熊天霸等人埋伏在高地，此時梁英豪率領五百名兄弟在點燃蘆葦蕩之後前來和熊天霸會合，熊天霸呵呵笑道：「梁大哥來了！」

梁英豪白了他一眼道：「叫叔！」

熊天霸道：「打得過我就叫你叔，你在這裡守著，我去殺了那帶頭的將軍。」

梁英豪一把將他拖住，低聲道：「軍師讓咱們堅守陣地。」

熊天霸道：「等不及了，擒賊先擒王，不殺了那混帳，上岸的只會越來越多。」他已經掙脫開梁英豪的手臂，翻身上馬，雙手揚起大錘，大吼一聲道：「呔！兒郎們，給本將軍掩護，我去拿那廝的人頭去也。」說話之間雙腿一催馬鐙，胯下大黑馬嗚律律一聲長嘶，拖著熊天霸，猶如一道黑色旋風般向敵人衝去。

梁英豪再想阻止已經不及，他轉身道：「傅通，你領三百人從地洞暗渠進入江中，搶了他們的戰艦！」

「是！」

眼看己方的弓箭手漸漸控制住了局面，唐方和另外一名將領呂大成兩人都是心中一鬆，唐方正準備指揮手下向前推進佔領高地，只要佔領了高地，就能成功控制鴨子口的形勢，後續的戰船也可以順利從這裡登陸。

突然隊伍內傳來了驚呼之聲，兩人循聲望去，卻見一道黑色旋風從高地之上高速衝下，卻是一名又黑又醜的將領揮舞一對大鐵錘單槍匹馬殺入他們的陣營，正是驍勇無比的熊天霸，他根本無懼四處翻飛的羽箭，手中一對大錘來回飛舞，因為身上穿了胡小天送給他的磷火甲，只需用大錘護住面門和前胸，開始的時候弓箭手想將他射翻在陣前，卻想不到連續施射盡數落空，這才想起射人先射馬，向他胯下黑馬射去，那匹黑馬身中數箭，所幸沒有傷及要害。

說時遲那時快，熊天霸已經衝入陣營之中，手中大錘左右狂轟，如入無人之境，那些士兵沾上死，遇上亡。

呂大成大吼一聲，縱馬從隊伍中殺了出去，揮舞手中雁翎刀向熊天霸頸部砍去，熊天霸身體向後一仰，後背幾乎平貼在馬背之上，雁翎刀掠過之後，迅速坐直了身體，一錘砸在呂大成的胸口，這一錘將呂大成砸得胸骨盡碎，身體從馬背上輕飄飄飛了出去，在空中就已經口吐鮮血而亡，落入人群之中已經斷氣。

唐方看到呂大成在對方手上連一招都沒走過去，暗自吸了一口冷氣，此時熊天霸已向他衝了上來，剛才唐方指揮作戰的時候，熊天霸就認準了他，這次殺出目的就是要將這個帶頭的傢伙幹掉，熊天霸雖然魯莽，但是也懂得擒賊先擒王的道理。

唐方無奈挺起手中方天畫戟向熊天霸衝了上去，他胯下駿馬頗為神駿，人馬合一宛如一道黑色飆風閃電般衝向熊天霸，手中方天畫戟鋒芒森寒，在他的前方形成一道筆直的電光。

熊天霸雙腿一夾，坐騎向唐方迎去，他並不急於發動攻勢，在兩人即將接近之時，左臂張開，雙馬一錯蹬，唐方原本刺向他心口的這一擊，被他躲了過去，方天畫戟從熊天霸左側腋下刺空而出，熊天霸左臂一夾，右手錘揚起，瞄準了唐方的面門就是一下，蓬！唐方的腦袋被這一錘轟得爆炸開來，腦漿和血霧四處飛濺。

周圍士兵完全被熊天霸給嚇傻了，這廝什麼人，兩位主將都沒能在他的手下走上一個回合，熊天霸哈哈大笑，此時周圍的那群庸兵一擁而上，長矛想要刺殺他的坐騎，被熊天霸揮錘擊飛。

身後殺聲陣陣，卻是梁英豪率領一千名士兵從高地殺下來增援，一方士氣如虹，一方損兵折將，頓時陣營大亂，熊天霸趁機殺入對方弓兵陣營之中，他越戰越勇，渾身浴血宛如天神下凡，所到之處無不披靡。

那些雍軍剛剛上岸就被他們的阻擊嚇得望風而逃，有人沿著江岸向西逃竄，有人想重新逃回大船，而傅通率領的三百名弟兄已經從事先挖好的地洞暗渠中潛行到庸江岸邊，他們分別佔領了兩艘戰船，從船上居高臨下射殺下方折返的雍軍。

這幫雍軍已經徹底亂了陣腳，雖然他們還有三四千人，可是面對熊天霸和梁英豪為首的一千五百人竟然毫無還手之力，兩員主將被殺之後，更是群龍無首，一個個各自為戰，根本無心戀戰。

三艘破甲船被鐵鍊和磁石困住，原本應當充當排頭兵為船隊開闢道路的破甲船，如今反倒成為了船隊前行的阻礙，前有破甲船和浮橋阻擋，後方卻有源源不斷的燃燒浮排順流而下，整個船隊都被包圍在一片火海之中，天空中不停有巨石墜落，五十艘戰船幾乎全都著火，不到半個時辰，已經有十七艘戰船因為失火或被巨石擊穿底艙而沉入江心。

唐伯熙望著四周到處都冒著黑煙燃燒著火焰的戰船，感覺頭腦一陣隱隱作痛，他不斷提醒自己不要輕敵，可是最終仍然犯了大忌，他根本沒想到會遭遇如此強勁的反抗和阻擊。

蓬！的一聲巨響將他拉回到現實中來，卻是一塊巨石擊中了左側戰艦的甲板，從高空墜落的巨石破壞力驚人，竟然直接貫通了船體，江水從大洞中狂湧而出，士兵們一個個慌忙從甲板跳入庸江之中，此時已經有不少人被凍死在冰冷的江水中，還有士兵剛剛跳入水中就被燃燒的浮排撞上，現場慘不忍睹。

唐伯熙狂吼道：「給我撞開！」他揮動令旗，鴨子口強行登陸受阻，後方的浮排又源源不斷順水漂來，前方的通路被三隻破甲船所阻，而他們困在這個地方已經完全暴露在對方投石攻擊的範圍內。想要扭轉戰局就首先要擺脫目前的困境，以戰船撞擊浮橋，對戰船來說無疑是一種自毀的行為，但是他們必須付出代價才能從這裡衝出去。

唐伯熙下令之後，三艘戰艦齊頭並進，全速衝撞在破甲船旁邊的浮橋之上，其中一艘戰艦正中鐵錨，前方船體破出一個大洞，江水迅速湧入，眼看船頭向江心沉了下去，唐伯熙隨即下令，又是一艘戰艦撞擊在這艘將沉戰艦的尾部，接連不斷的衝擊終於成功將浮橋撞斷，三道浮橋全部被攻破，而唐伯熙一方也付出了兩艘戰艦的代價。

三艘破甲船仍然被鐵鍊和磁石吸附動彈不得，唐伯熙指揮倖存的二十一艘戰艦，依次通過重新貫通的水道，向下沙港挺進。

唐伯熙望著遠方的東梁郡咬牙切齒，目眥欲裂，他心中暗暗道，今日我只要攻佔東梁郡，必然要將你們這些康軍殺光，一個不留。

胡小天站在箭塔之上，望著逐漸逼近的大雍水師，他抬起右手做了一個向下揮舞的動作，五百名士兵同時動作起來，將早已堆積在岸上的木桶打開之後，將其中的桐油倒入江中，江面之上很快就染滿了浮油。

胡小天心中暗歎，這下造成的生態破壞不知要多久才能恢復，只是生死關頭來不得半點猶豫，只能採用這些極端的手法了。

投石機和攻城弩調整方向之後，重新向江中的船隊發起攻擊，雍軍對這種威力巨大的武器根本沒有任何應對的辦法，從浮橋到下沙港短短的距離又有五艘船被擊沉，唐伯熙聽到戰情稟報之後臉色變得鐵青，他一共帶來了五十艘船三萬精銳水師，還沒有登臨下沙港，如今就已經損失大半，剩下的戰艦只有十六艘，將士不足一萬人了，這在唐伯熙帶兵征戰的歷史上還從未發生過，今天縱然能夠僥倖取勝，這一仗付出的代價也前所未有，必將成為他有生以來最大的恥辱。

浮油已經佔據了小半江面，胡小天看到那十六艘正在靠近的戰船，唇角露出淡淡的笑意，余天星乃是不可多得的謀士，此次的計畫多半都是他所設計，朱觀棋更是經天緯地的奇才，如果不是他事先就考慮到余天星計畫中的瑕疵，並提出了建議，今天的這場戰鬥很難說結果如何。胡小天從身邊士兵手中接過長弓，搭上火箭，那士兵用火炬將火箭點燃。

弓如圓月，胡小天的箭法雖然不成，可是射擊的目標卻是那江面上的油污帶，這麼大的目標，他就算閉上眼睛也能達到百發百中。

東梁郡數以千計的青壯男子揮舞棍棒刀叉，他們正在逼近南門，唐鐵漢和唐輕璇兄妹二人站在城樓之上率領一千名士兵嚴陣以待，這些東梁郡的民眾卻是要強行打開南門迎接大雍軍隊的到來，他們並不清楚外面的戰況，在他們看來東梁郡根本守不住，大雍的軍隊今天就可以收復這裡，面對這群情洶湧越聚越多的百姓，唐家兄妹不由得有些慌張了，唐輕璇低聲道：「大哥！怎麼辦？」

唐鐵漢額頭上都是冷汗：「還能怎麼辦？胡大人說了，只要他們敢反，格殺勿論！」他吩咐下去：「兄弟們，弓箭準備，誰敢再向前一步，射殺當場。」

唐輕璇咬了咬櫻唇，小聲道：「可是若是殺了他們，豈不是會激起公憤？」

唐鐵漢道：「婦人之仁，現在管不了那麼多了。」

現場百姓越聚越多，局面越來越不受控制了。

此時人群中一人道：「鄉親們，咱們原本就是大雍子民，為何要為大康昏君賣命？現在朝廷派軍隊來解救我們，讓我等重歸大雍旗下，咱們現在就衝出城去迎接咱們的軍隊。」

此人一呼百應，眾人再度向前，唐鐵漢怒吼道：「我看誰再敢向前？」

此時一員士兵擠到唐鐵漢身邊，低聲在他耳邊說了句什麼，唐鐵漢哈哈大笑道：「誰要迎接大雍軍隊的？他們已經敗了，連唐伯熙都已經被殺了！」唐鐵漢此言一出，眾人皆驚。

人群中有人叫道：「別聽他妖言惑眾，大雍水師何其厲害，怎麼可能敗給他們這群烏合之眾。」聽到這句話，人群再度沸騰起來，眼看一場民亂就要發生，城樓之上卻傳來了一陣悠揚的笛聲。

眾人都是一驚，這種時候怎麼還有人會有閒情逸致來這裡吹笛子，舉目望去，卻見一位衣袂飄飄的異族美女吹響玉笛，笛聲輕柔，宛如春雨一般潤物無聲，悄然滲入每個人的心田，人們的情緒原本都已激動非常，正處於爆發的邊緣，可是聽到笛聲之後，在場人多半都感覺心中的憤怒舒緩了許多，一個個似乎忘了自己想要做什麼。

諸葛觀棋將一支剛剛折下的梅花插入白壁無瑕的花瓶之中，洪凌雪充滿柔情地望著丈夫，柔聲道：「我還以為這個時候你會在他的身邊。」

諸葛觀棋淡淡笑了起來：「我在與不在都不重要，無論誰統領東梁郡，我們還是一樣生活下去。」

洪淩雪道：「你從未像今天這樣緊張過。」

諸葛觀棋呵呵笑了起來，握住妻子柔嫩的纖手：「我緊張嗎？」

洪淩雪點了點頭道：「東梁郡這一戰關乎到胡小天未來能否在這裡站穩腳跟，而你不但將他當成了恩公，也將他視為明主，在他的身邊，你可以施展自己的抱負。」

諸葛觀棋的目光落在那枝梅花上，輕聲道：「我不喜歡戰爭，可是沒有戰爭哪會有和平？」

洪淩雪道：「你對他還不夠信任，無法確定他是否有力挽狂瀾的能力。」

諸葛觀棋道：「不是我對他沒信心，是我對自己沒信心。」

洪淩雪伸出手去撫摸著丈夫的面龐，柔聲道：「天下間沒有任何事可以難得住你。」在她心中沒有任何人比得上丈夫的智慧。

諸葛觀棋道：「我還沒有做好準備，我甚至沒有說服自己走出這個院子。」

桐油在水面上很快燃盡，雖然起到了阻擋對方戰艦的作用，可只是延緩了對方登岸的時間，無法對對方的戰艦造成重創。七艘戰艦已經衝破尚未熄滅的燃燒帶，強行靠岸。

此時朱八引領一千名乞丐在完成任務之後迅速趕來下沙港增援，加上胡小天統領的五百人，下沙港的防守人數達到了一千五百人，南岸十艘戰艦已經渡過庸江中心，全速向下沙港而來。

指揮大康戰船前來援助的正是李永福，雖然胡小天此前已經跟他強調過，讓他嚴守南岸防線，不必派船增援，可是李永福在看到對面戰況之時已經無法按捺住心中的激動，同樣都是大康士卒，胡小天率領區區三千將士就敢硬撼大雍三萬水師，眼看對方戰艦已經強行突破封鎖抵達下沙港，李永福再也無法坐視不理，他下令麾下將士集合十艘戰艦前往下沙港增援。

胡小天和朱八會合到了一處，朱八一共帶來了兩千人，還有一千人正乘著漁船輕舟在庸江之上追殺那些落水的大雍將士。這些乞丐組織嚴密，進退有度，在朱八的指揮下表現出強大的殺傷力。

胡小天向朱八道：「你來指揮，我去抓唐伯熙！」

朱八道：「公子小心！」

卻見胡小天已經重新攀援到箭塔之上，從高處俯衝而出，宛如一頭大鳥一般掠過眾人頭頂，向碼頭的方向飛去，胡小天施展馭翔術一次就能在虛空中掠過二十餘丈的距離。

雍軍陣營之中有人留意到空中的狀況，數十名弓手齊齊向空中施射，胡小天揮動手中藏鋒，將射向自己的羽箭絞碎，隨即在空中虛劈一劍，凜冽的劍氣外放而出，直奔那群弓手而去，七名弓手同時中招，被無形劍氣從中切斷胸腹，一時間鮮血四濺，場面慘不忍睹，胡小天中途在碼頭船隻的桅桿上足尖一點，身軀再度飛出，直奔唐伯熙所在的指揮船。

戰船之上，眾人看到空中飛來一人，慌忙護住唐伯熙，劉允才大叫道：「弓箭手準備！」

弓箭手剛剛彎弓搭箭，胡小天就是一劍居高臨下劈落下去，今天他的內息格外給力，居然達到了收放自如，今天的劍氣外放成功率高達百分之百。

無形劍氣縱向劈落在人群之中，血漿殘肢四處紛飛，慘叫聲不絕於耳。

唐伯熙被激飛的鮮血濺了一臉，他這才認出這從空中俯衝而來的竟然是胡小天，胡小天的武功竟然如此強悍，幾十名士兵舉矛向胡小天刺去，胡小天足尖在長矛上一點，越過士兵頭頂直奔唐伯熙而去，一劍向唐伯熙劈去。

唐伯熙已經見識到他劍氣的厲害，不敢硬撼其鋒，抓住身邊的一名副將向前推去，那名副將被劍氣砍了個正著，腦袋凌空飛起，鮮血從斷裂的腔子裡噴射而出，陽光之下宛如一道瑰麗的紅色噴泉。

唐伯熙大吼道：「頂住！快快頂住！」趁著胡小天被士兵所阻，他在幾名親信護衛的保護下匆匆下了戰艦。

胡小天又豈能放任他逃走，連續幾劍劈開一條血路，緊隨唐伯熙而來。

此時李永福率領十艘戰艦也已經趕到下沙港，七千名大康水軍從後方展開包夾，和大雍水軍激戰在了一起。

唐伯熙逃得匆忙，頭盔不知何時也失落了，雙腳落入泥地之中，劉允才率領一支百人的隊伍來到他的面前，扶著唐伯熙上馬，劉允才道：「大人，大康水軍到了，大勢已去，咱們只能向下游走，離開下沙港再說。」

唐伯熙舉目望去，卻見火光處處，黑煙陣陣，到處都是喊殺之聲，一時間不知道對方到底有多少人進行埋伏，此時他方才意識到大勢已去，點了點頭道：「就依你所言……」身後傳來陣陣慘叫，卻是胡小天殺出一條血路追趕而至。

唐伯熙已經被胡小天的凶悍嚇破了膽子，縱馬揚鞭，率領著這支不足百人的隊伍沿著庸江北岸拚命向下游逃去。

主將只顧著自己逃離，現場的大雍水軍已經無人指揮，陷入一場亂戰之中，他們本來抱著必勝之心前來，卻沒想到在東梁郡遭遇如此強勁的反擊，聽聞大康水師從對岸趕來增援，大雍將士已經無心戀戰，不少人已經主動棄械投降。

唐伯熙縱馬狂奔，總算逃出了下沙港的範圍，轉身望去，卻見身後只剩下十幾名騎兵跟著自己，再看下沙港的方向，只見下沙港硝煙瀰漫，自己帶來強行登陸的十多艘戰船如今又折去了大半，原本用來指揮的主艦已經被火點燃。唐伯熙內心中懊喪到了極點，他有生以來從未經歷過如此慘敗，三萬精銳水師，五十艘戰艦，其中還包括三艘無堅不摧的破甲船，竟然被胡小天率領三千名烏合之眾打得潰不成軍，此戰結束之後，傳出去自己還有何顏面去面對朝廷，有何顏面立足於這世上。

唐伯熙越想越是心傷，他猛然從腰間抽出佩劍，心中只有一個念頭，乾脆自戕死在這裡算了，也好過回去面對千夫所指。

一旁劉允才始終都在留意唐伯熙的動向，看到他想要自殺，慌忙伸手抓住他的手臂，大聲道：「將軍不可！」

唐伯熙怒道：「混帳，放開我！」

劉允才正想勸他之際，卻看到前方一支隊伍迎面而來，為首一人黑盔黑甲，手握兩柄大錘，正是在鴨子口成功阻擊登陸雍軍的熊天霸，熊天霸和梁英豪聯手將鴨子口登陸的雍軍擊退，又接到余天星的命令，熊天霸率領一百名騎兵急速來到下沙港下游堵截，避免敵軍主將逃離，看到唐伯熙果然匆匆逃來，熊天霸又驚又喜，對余天星也是佩服得五體投地，這位窮書生還真是有些本事，料事如神，算準了唐伯熙會從這裡經過。

第八章

當斷則斷

胡小天拆開信封，抽出信箋，
卻見上面寫著一行鸞漂鳳泊的大字——當斷則斷！
胡小天唇角露出微笑，他將信搓成一團，投入庸江之中，
朱觀棋顯然已經猜到了自己的下一步想做什麼。

熊天霸認得唐伯熙，他手中大錘一揚，大笑道：「唐伯熙，娘的！還不快快束手就擒，老子要活捉你向三叔請功！」說話間已經催動胯下駿馬衝了出去，這廝向來就是個猛貨，立功心切，無所畏懼，再看到唐伯熙的隊伍還不如自己人多，更是毫無顧忌。

劉允才道：「將軍快走！」兩名副將衝了出去，兩人揮舞大刀向熊天霸迎去，熊天霸豈會將他們放在眼裡，雙錘一分，噹的一聲已經將兩人手中大刀磕飛，旋即大錘一抖，分別砸中兩人面門，如同砸西瓜一樣將兩人的腦門轟了個稀巴爛，兩匹坐騎馱著兩具無頭屍首落荒而逃。

唐伯熙看到這廝如此勇武，嚇得目光都直了，也忘記了自己剛剛還想自殺，調轉馬頭向後方逃去，可剛剛逃了幾步，卻見遠方一騎追風逐電般向這邊追來，正是胡小天騎著小灰到了，劉允才道：「將軍快走，我擋住他們……」說話的時候聲音都抖了。

前有埋伏後有追兵，向南是滾滾庸江，向北是東梁郡。唐伯熙不由得產生了上天無路入地無門的絕望，就在此時，一艘小船來到近前，船上幾名士兵身穿大雍水軍服飾，幾人叫道：「將軍快來，將軍快來！」

唐伯熙沒想到這種時候居然會有自己的船出現，這艘小船正是每艘戰艦都配備的小艇，危機時用來救生之用，唐伯熙此時腦中完全忘了自殺之事，人在生死關頭都會因本能而激發求生的意志，他縱馬向江邊衝去，終於在胡小天和熊天霸趕到之前，爬上了那小艇。

熊天霸一錘砸碎了劉允才胯下的馬頭，劉允才慘叫著從馬背上跌落下去，摔得骨骸欲裂，一時間從地上無法起身，這邊熊天霸的手下已經衝了過去，將他反剪雙臂五花大綁。

胡小天和熊天霸會合一處，看到唐伯熙已經上了那小艇，熊天霸急得破口大罵，幾乎就要縱馬衝入江中，可惜坐騎並不聽話，來到江邊定住四蹄，無論熊天霸如何叱罵都不願向前。

胡小天卻笑了起來，微笑道：「你看！」

熊天霸舉目望去，卻見小艇上的雍軍士兵全都跳了下去，那小艇卻漸漸沉了下去，唐伯熙站在船上面無人色，他雖然水性不錯，可是身穿盔甲又怎能自如游動，更何況船上冒充雍軍士兵的水性全都是百裡挑一，唐伯熙縱然一身武藝，在水中也無法施展。

熊天霸樂得哈哈大笑：「哈哈，我還以為是雍軍，搞了半天是自己人！」

沒過多久，那幾人就拖著被灌了一肚子水的唐伯熙上岸，為首一人向胡小天拱手道：「胡大人，我等都是丐幫弟子，奉余先生之命前來捉拿唐伯熙。」

胡小天笑道：「有勞幾位兄弟了！」

熊天霸摸了摸後腦勺道：「三叔，這余天星真是厲害啊，他莫非有未卜先知之能，所有事情都好像在他的計算之中呢。」

胡小天微笑道：「以後見到余先生你要放尊重一些。」

熊天霸連連點頭，他翻身下馬，來到唐伯熙面前一把抓住他的髮髻，唐伯熙被人拖上岸之後就馬上五花大綁了起來，他墜入江中喝了不少的江水，此時也無力掙扎，說起話來也是有氣無力：「胡小天……你竟敢與我大雍為敵，等著受死吧……」

熊天霸一拳將他打得暈了過去，罵道：「敗軍之將也敢囂張！」

胡小天讓熊天霸將他先押回去，又讓人將唐伯熙被抓的消息馬上散播出去。

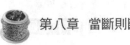

大雍水軍原本就已經處於崩潰的邊緣，只有少數人還在負隅頑抗，聽說主將都已經被俘，所有人頓時喪失了反抗的勇氣。

胡小天回到下沙港，戰場的局面已經完全被他們控制住，李永福率領康軍也來到下沙港會合，現場俘虜的大雍士兵竟然有一萬人之多。李永福抑制不住內心的激動，看到胡小天三步併作兩步，快步來到他的面前抱拳深深一躬：「末將參見胡大人！」強者為尊，如果在過去他還對胡小天的能力有所懷疑，可今天親眼見證了胡小天率領三千士兵兩千乞丐擊敗了三萬大雍水軍，他對胡小天已經心悅誠服，可以說這場戰役是近十年以來，大康打得最酣暢淋漓的一次勝仗，長期以來他們大康水師始終都活在大雍水師的陰影下，今天總算能夠揚眉吐氣一次。

胡小天哈哈大笑，握住李永福的手臂，讓他直起身子，大聲道：「多謝李將軍雪中送炭，助我擊潰雍軍入侵。」

李永福道：「末將可不敢居功，我等最多算得上是錦上添花，可稱不上雪中送炭。」他心中還有那麼一些的遺憾，若是從一開始就加入這場戰爭中，那該是怎樣的榮光。

胡小天向李永福道：「李將軍，有句話我不知當講還是不當講？」

李永福道：「大人只管說。」

胡小天將他叫到一旁，低聲道：「李將軍今天不該前來下沙港直接參與戰鬥啊！」

李永福道：「胡大人，我一人做事一人當，身為大康軍人，豈能眼睜睜看著大雍入侵東梁郡而無動於衷，就算回去被趙帥治罪，我也問心無愧了。」

胡小天道：「李將軍高風亮節忠心為國，實乃大康之幸，只是趙登雲那個人我還是瞭解的，將軍這次回去恐怕會惹來不小的麻煩。」

李永福道：「大人不必為我擔心，我既然決定率軍過來，就擔得起這個責任，胡大人，既然這邊形勢已定，我就先回去了。」

胡小天道：「李將軍請稍等，我和你一起返回武興郡說明這件事，希望能夠說動趙登雲對你網開一面。」

李永福道：「胡大人不必如此，這件事全都是我自作主張，胡大人又何苦為我出頭？」心中對胡小天卻感動萬分，胡小天果然是仁義之人，預料到自己回去會有麻煩，所以決定親自前往武興郡為他解釋，只是李永福也知道趙登雲和胡小天積怨頗深，這次胡小天擊敗唐伯熙，或許會因此而引發兩國戰事，胡小天若是跟隨自己一起回去，只怕會有大麻煩。

胡小天道：「我跟你一起返回武興郡，不僅僅是為了說明這件事，還有重要事情要和趙提督商量，雍軍經此慘敗，必不甘心，說不定他們很快就會捲土重來，一雪前恥，這次我們雖然勝了唐伯熙，卻是因為唐伯熙過於自大，輕敵犯戒，而下次我們可就沒那麼好運。」

李永福知道他所說的都是事實，點了點頭道：「大人所說極是，但願提督大人能夠看清形勢，和大人攜手抗擊大雍入侵。」

戰爭過後，胡小天顧不上收拾戰場，就帶上熊天霸率領二十人，押著唐伯熙上了李永福的戰艦，隨同這些援軍一起前往武興郡。

余天星看到胡小天親自前往武興郡，自然勸說他不必親自前去犯險，胡小天笑道：「我這次去武興郡又不是打仗，他趙登雲再大的膽子也不敢公然對我下手。」

余天星道：「趙登雲此前就拒絕出兵，他的態度非常堅決，這次或許會借著挑起戰事之名對付城主。」

胡小天望著對岸喃喃道：「這一趟我必須要去。」

余天星歎了口氣道：「屬下也知道這趟勢在必行，若是無法獲得武興郡的支持，只怕下一仗就不好打了。」他心中明白，大雍方面必然不甘心這次的失利，在唐伯熙兵敗的消息傳出去之後，周圍幾座城池的守將不會無動於衷，南陽水寨更不會無動於衷。不排除他們會對東梁郡來個多方圍剿，到時候想打贏就難了。

胡小天拍了拍余天星的肩膀道：「天星，這邊的事情就交給你了，關鍵是要平復城內百姓的情緒，這種時候千萬不能發生內亂。」

余天星恭敬道：「天星必不辱使命。」

胡小天道：「我去武興郡最多兩日，事情解決之後即可返回。」

此時遠方一輛馬車來到近前，駕車的是梁大壯，車內坐著的是維薩，胡小天特地讓人將維薩叫來，這次前往武興郡，其他人都可以不帶，維薩卻不能不帶，她很可能會起到一錘定音的作用。

余天星看到維薩前來也有些不解，實在不明白為何胡小天前往武興郡辦正事還要帶著一位美人前往，只是他也沒有懷疑胡小天貪圖享樂，雖然打贏了一場仗，可是東梁郡仍然沒有從危機中擺脫出來，胡小天應該不會放鬆警惕。

維薩雖然穿著男裝，可是明眼人仍然可以一眼就看出她是女兒身，她來到胡小天身邊，柔聲道：「主人！」

胡小天微笑點了點頭道：「走吧！」

兩人登上戰艦，維薩悄悄將一封信遞給胡小天，小聲道：「朱先生讓我給您的。」

胡小天拆開信封，抽出信箋，卻見上面寫著一行鸞漂鳳泊的大字——當斷則斷！胡小天的唇角露出一絲微笑，他將信搓成一團，然後投入庸江之中，朱觀棋顯然已經猜到了自己下一步想做什麼，早在大戰之前，朱觀棋就已看到了他戰後的困境，這場仗打贏了並不代表他能夠守住東梁郡，也許這場勝利會刺激到大雍朝廷上下敏感的神經，挫傷大雍舉國的自尊，也許用不了多久，大雍就捲土重來大兵壓境。

胡小天的困境在於他的背後沒有援軍，雖然東梁郡是大康的一部分，可是朝廷卻根本不重視這塊土地，老皇帝更是想藉故將他除去，恨不能殺之而後快。

胡小天對老皇帝的心思揣摩得很透，這一仗無論勝敗，都會將自己推到一個無路可退的境地，逃是死罪，戰勝大雍，又會給自己扣上挑起戰爭的帽子，想要老皇帝服軟，就必須迅速在庸江站穩腳跟，唯有掌控武興郡，控制住大康駐紮在這裡的三萬水師，方才能夠讓龍宣恩對自己生出顧忌，才能讓他不敢輕舉妄動。

朱觀棋送給他的四個字就是讓胡小天堅定信心，一舉拿下武興郡。李天福率眾在最後關頭的增援，讓朱觀棋看到了人心，也讓他對胡小天的號召力產生了前所未有的信心。

維薩望著江面上仍在燃燒的戰船，從眼前的情景已經可以猜測到剛才戰事之激烈，她小聲道：「主人想讓我做什麼？」

胡小天附在維薩的耳邊低聲耳語了幾句。

維薩點了點頭。

李永福表面雖然開心，可是他的內心深處是極其沉重的，跟隨趙登雲身邊多年，他知道趙登雲的脾氣，正是因為對趙登雲的瞭解，才讓他對這位統領越來越不滿，趙登雲過於自私，戰術上採取守勢，而且對待手下將士過於苛刻，現在庸江水師甚至連軍糧都要斷供了，趙登雲面對目前的窘境卻沒有任何辦法解決。

這次李永福率領麾下將士前往東梁郡救援，等於公然違抗了趙登雲的命令，他們的戰船剛剛抵達武興郡，李永福馬上就被抓起，負責前來查辦李永福的正是趙武晟。

李永福對此早有準備，勒令手下不得做任何反抗，束手被擒，趙武晟讓人將李永福抓起，只是他並沒有想到胡小天會親自過來。

胡小天不但前來，還帶來了一名重要的戰俘唐伯熙。

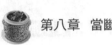

趙武晟來到胡小天面前，拱手行禮道：「胡大人，您來得好像不是時候。」

胡小天微笑道：「趙將軍好，我有要事前來和提督大人商討。」

趙武晟臉色凝重，向周圍看了看，確信無人在左右方才低聲道：「大人何苦隻身犯險，難道大人不怕朝廷責怪大人挑起了兩國戰火。」

胡小天道：「趙將軍心中什麼都明白，我本以為和趙將軍可以無話不談。」他對趙武晟擁有著很大的信心，此次前來，趙武晟也是他爭取的主要將領之一，趙武晟不但有膽有識，而且他在庸江水師中的影響力僅次於趙登雲，如果能夠獲取他的支持，那麼這次自己前來的計畫必然事半功倍。

趙武晟壓低聲音道：「胡大人還是請回吧，一旦入城後悔就晚了。」他給胡小天的提示只能如此明顯了，雖然趙登雲沒有明確的表示，可是從趙登雲下令李永福一到就將他抓捕來看，趙登雲一定不會善待胡小天，朝廷方面也不會放過公然挑起兩國戰事的胡小天。

胡小天不慌不忙道：「多謝趙將軍關心，有什麼話，我還是見到提督大人再說。」

趙武晟看到他如此堅持，唯有歎了口氣道：「胡大人還需謹慎從事。」

胡小天道：「有件事我始終沒有問過趙將軍，當初我送安平公主渡江之時，趙將軍因何沒有登船？」

趙武晟道：「因為收到軍情通報，所以才不得不趕回武興郡。」

胡小天笑了起來：「你我之間還是有著很多的共同秘密的。」

趙武晟心中一凜，胡小天說這句話的意思難道是威脅自己？他們之間的確有著共同的秘密，當初他們都是為姬飛花做事，可是自從姬飛花蒙難之後，這些事已經被他們埋在心頭深處，胡小天提起這些事又有什麼意義？當初胡小天在武興郡遭遇困境，還是自己助他離開，難道胡小天會恩將仇報？

胡小天道：「趙將軍不必多想，只是我對你和趙提督的關係有些好奇，當初庸江沉船之事若是追究責任，趙提督肯定會首當其衝，後來你又助我離開武興郡，兩次都將趙提督推入危險之中，看來趙將軍並不在意這位叔叔的性命呢。」

趙武晟面色一凜：「我的家事並不需要向胡大人解釋。」

胡小天道：「國家存亡之際，家事和國事哪個更重要？其實我剛剛所說的正是我期望發生的。」

趙武晟心中暗忖，他應該是看透了我和叔叔之間的關係不睦，所以才故意用這番話來試探我，胡小天今天前來絕不是為了跟趙登雲談判那麼簡單，不過他大敗雍軍之後，勢必會招來更為猛烈的報復，也許他的確到了無路可退的地步。

趙登雲根本沒有想到胡小天居然帶著三千名烏合之眾打敗了唐伯熙的三萬精銳

水師，讓他惱火的是李永福竟然不顧他的警告，率領麾下十艘戰艦前往下沙港支援，李永福跟隨在他身邊多年，作戰勇猛，也立下無數戰功，只可惜他卻看不清形勢，朝廷根本不想打仗，區區一個東梁郡根本沒被皇上放在心上，他是要利用這次的機會剷除胡小天這個眼中釘肉中刺，而剛巧趙登雲和皇上的目標一致，他和胡小天素有舊怨，本以為這次可以將胡小天剷除，卻想不到形勢在最後關頭竟然出現了驚人逆轉。

提督府內戒備森嚴，趙登雲聽聞不但李永福回來了，而且胡小天也跟著過來了，還帶來了他們抓獲的戰俘唐伯熙，趙登雲心中暗忖，胡小天啊胡小天，天堂有路你不走，地獄無門你闖進來，你打贏了雍軍不好好待在東梁郡，居然跑到武興郡來了，難道以為我當真不敢動你不成？

趙登雲端坐長案之後，沉聲道：「來人！請他們進來！」

趙武晟押著李永福在前，走在後面的是胡小天和維薩。

其實胡小天擊敗大雍水師的消息剛剛傳來的時候，武興郡的這些大康將領著實興奮了一陣子，可隨機他們就意識到，東梁郡的這場勝利或許會成為兩國全面戰爭的導火線，大雍必然不肯善罷甘休，也許用不了太久時間，大雍的兵馬就會一舉越過庸江，拿下東梁郡之後，首當其衝就是武興郡，胡小天無疑將戰火帶給了他們。

趙登雲彷彿沒看到胡小天一樣，怒視李永福道：「混帳！誰讓你擅自出兵？你在我麾下多年，難道不清楚違抗軍令擅自出戰的後果？你可知罪？」

李永福道：「提督大人，永福知罪，但不服！」

「大膽狂徒，你為何不服？」

李永福道：「身為大康將領保護大康土地，抗擊外敵有何過錯？提督大人治我抗命不尊之罪，我認！可是永福認為自己出兵救援並無錯處！」

趙登雲怒道：「你擅自出兵，挑起兩國戰火，知不知道你的行為給大康帶來了什麼？若是因此而引起兩國交戰，不知要害死多少無辜性命，不知要讓多少城鎮血流成河，要讓多少百姓流離失所。你不但有罪，而且罪大惡極！來人！給我拖下去斬了！」

眾人聽說他要殺李永福，一個個慌忙上前求情，趙武晟道：「提督大人，李永福在軍中多年，戰功無數，還請大人念他是初犯，饒他一次。」李永福在大康水師之中威望很高，因為他平時注重情義善待下屬，自然結下不少的善緣，所以眾將紛紛為他說情。

趙登雲看到眾人都在說情，胡小天卻如同一個沒事人一樣站在後面冷眼旁觀，心中怒火更熾，怒吼道：「都給我退回去，誰再敢說情，軍棍伺候！」

眾人瞬間靜了下去，兩名兇神惡煞般的武士過來抓住李永福推向門外，此時胡小天鼓起掌來，眾人被他的掌聲吸引了過去，胡小天道：「提督大人好大的官威，端得是威武霸氣，可惜這份霸氣用在了自己人的身上，不知提督大人面對敵人的時候，能否表現出同樣的勇氣呢？」

趙登雲冷冷望著胡小天道：「我當是誰？原來是未來的駙馬爺啊！您不是在東梁郡指揮作戰，什麼風把您給吹到我武興郡來了？」

胡小天笑瞇瞇道：「今兒刮得是西北風，我循著歪風邪氣就過來了，本來因為大敗雍軍之事正在高興，準備來和李將軍，來和諸位將軍分享一下喜悅，開懷痛飲一番，卻沒有想到原來打了勝仗惹提督大人不高興了。」

趙登雲冷笑道：「胡大人恐怕並不明白何謂匹夫之勇何謂大智大勇，若是因一城之得失而引起兩國失和，引發兩國戰火，這個責任誰人來承擔？」

胡小天哈哈笑道：「提督大人好厲害的口才，別人打到家門口難道還要將自己的家園雙手奉上？你身為大康庸江水師提督，說出這番話難道不覺得羞愧？皇上對你委以重任，讓你鎮守大康北疆門戶，為的是讓你保住一方安寧，確保國土不失，維護國之尊嚴，可是大敵來臨，你非但閉門不出，冷眼旁觀，眼看著同胞百姓陷入水火而置若罔聞，現在居然還要治李將軍的罪，要殺有功之人，請問提督大人到底是站在哪一方？你是大康的臣子還是大雍的臣子？」

趙登雲拍案怒起道：「混帳！胡小天，你信口雌黃！想誣我清白！」

胡小天歎了口氣道：「提督大人高看了自己的位置，卻小看了我的眼界，我對你還真是沒多少誣陷的興趣，我今天前來，無非是想解釋清楚，東梁郡抗擊雍軍之事和你們無關，提督大人要殺李將軍，說什麼他違抗軍令擅自出戰，罪大惡極，我實在是不明白，李將軍縱然抗命也擔不起罪大惡極這四個字，就算他應該治罪，也罪不至死，提督大人這樣做豈不是仇者快親者痛，讓諸位將軍何其寒心？」

他的目光在現場環視了一下，看到眾將一個個眼中充滿同情和不解，知道自己的這番話說到了他們的心坎裡，胡小天道：「我剛巧也帶來了一位俘虜，大家有沒有興趣聽他說些什麼？」

停頓了一下，方才揚聲道：「將唐伯熙給我帶進來！」

熊天霸聞聲將唐伯熙推了進來，唐伯熙再也不復昔日的威風模樣，頭髮蓬亂狼狽不堪，目光渙散，來到現場被熊天霸一腳狠狠踹在膝彎，撲通一聲跪了下去。

趙登雲和唐伯熙也算得上是多年宿敵，看到南陽水寨的統帥唐伯熙如此狼狽地出現在自己面前，心中也不由得有些快意，只是想起唐伯熙卻是被胡小天抓獲，此子當真了不得，竟然以區區三千人擊敗了唐伯熙的三萬大軍，只可惜這份榮耀和自己毫無關係。

胡小天向唐伯熙道：「唐大將軍，當著大家的面，你把剛才的話再說一遍。」

唐伯熙道：「我說……我說……」呆滯的目光望著趙登雲。

胡小天道：「你為何會突然出兵攻打東梁郡？」

唐伯熙道：「是因為我要想攻下東梁郡，將東梁郡獻給新君做賀禮。」

胡小天道：「區區一個東梁郡好像不夠分量吧。」

唐伯熙道：「還有武興郡，趙登雲答應我攻下東梁郡之後，他就率部向我大雍俯首稱臣。」

趙登雲聽到這裡目瞪口呆，怒道：「唐伯熙，你放屁！」唐伯熙的這番話讓他忍不住爆粗。

眾將聽到這裡全都是內心一怔。

唐伯熙道：「你說過，你和胡小天素有積怨，你讓我拿下東梁郡，殺掉胡小天為你復仇，你還說武興郡已經山窮水盡，眼看連士兵都要斷糧了，你說要歸順大雍，為了表達誠意，你還將庸江南岸的佈防圖送給了我……」

趙登雲聽到這裡，氣得拔劍而起，怒吼道：「匹夫竟敢誣陷於我，我殺了你這顛倒黑白的老匹夫！」他正準備衝向唐伯熙的時候，維薩搶在唐伯熙身前將他擋住，趙登雲的目光投向維薩，看到她冰藍色的美眸，頓時感覺腦海中一片空白，一個聲音在他的腦海中迴盪：「你明明做過了，為何不敢承認？」

趙武晟趁著趙登雲發愣的時候衝上前去，將他的手臂握住，大聲道：「提督大人，您冷靜一些，千萬不可衝動啊！」

趙登雲道：「那又怎樣？我就算做過又能怎樣？將士們連飯都快要吃不上了，

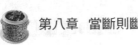

這樣下去不戰即潰，還有什麼資本去打仗，大康完了，若想活命唯有投靠大雍，識時務者為俊傑……」

眾將想不到趙登雲突然說出這種話，當面承認他和唐伯熙勾結，一個個目瞪口呆。

胡小天冷笑道：「趙登雲，你果然早有反心，難怪你眼睜睜看著我東梁郡陷入戰火之中而不顧，原來你和大雍方面早有勾結。」

趙登雲用力咬住嘴唇，似乎在竭力掙扎著，維薩的攝魂術雖然有所提升，可是趙登雲也是意志力極其強大之人，剛才因為一時不察中了維薩的圈套，現在又憑藉著強大的自制力竭力找回自己的意識。

胡小天看到趙登雲的表情暗叫不妙，趙登雲霍然睜開雙目，怒道：「卑鄙小人居然設計害我！」他掙開趙武晟的手臂，揮動佩劍向維薩刺去，胡小天一把將維薩拉開，然後就勢將唐伯熙推了出去。

唐伯熙雙手被縛，兼之他的意識本來就處於渾渾噩噩的情況之下，被胡小天這一推，徑直衝了出去。

趙登雲本來想殺的是維薩，可唐伯熙卻突然衝了上來，他手中長劍想要躲閃已經來不及了，竟然一下戳入了唐伯熙的胸膛，這一劍透胸而出，唐伯熙雙目圓瞪，臉上充滿了不甘和痛苦，死前的一刻，他方才看清了殺死自己的是誰，咬牙切齒道：「趙登雲你這匹夫……竟敢殺我……」

這下所有人都聽得清清楚楚，是趙登雲把唐伯熙給殺了，全都選擇性地忽略了胡小天推唐伯熙的那一下。

胡小天指著趙登雲故作驚駭道：「哦！你果然做賊心虛，竟然殺人滅口！」明明是他親手把唐伯熙推到了趙登雲的劍鋒之上，現在全都推了個乾乾淨淨。

趙登雲將長劍從唐伯熙的胸膛內拔了出來，他愣了一下方才從震駭中清醒過來，大吼道：「來人！來人！把胡小天這奸賊給我抓起來！」

眾將面面相覷，此時又幾人走了上去。

胡小天向熊天霸遞了個眼色，當斷則斷，眼前唯有控制住趙登雲方才能夠控制住局面，不然一旦外面將士擁入，情況不堪設想。

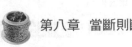

就在此時，一柄利劍從後方刺入趙登雲的胸膛，趙登雲身軀一震，低頭望去，正看到一截帶血的劍尖從自己的前胸透出。卻是趙武晟從他的背後出劍，一劍刺穿了他的心臟，趙武晟充滿悲憤地大吼道：「亂臣賊子人人得而誅之，你雖然是我叔父，可是你背叛大康，勾結外敵，殘害同胞，我豈能容你，今日我要大義滅親，為國除害，為我們趙家清理門戶！」

現場的變化實在太快，眾將看得目瞪口呆，本來眾人就已經被這突然變化的事態搞得目不暇接，卻想不到身為趙登雲親侄子的趙武晟竟然在關鍵時刻暗算了趙登雲，趙登雲對背後的這一劍毫無防備，他想要轉過身去，雙目中充滿了驚恐和不甘，身體緩緩向地面倒去。

眾將之中兩人從中衝了上去，一人道：「趙武晟你竟然謀反……」

那兩人方才衝出人群，趙武晟使了個眼色，在他們身後幾名將領同時抽出佩刀，亂刀齊下將兩人砍死當場。

胡小天大聲喝道：「趙登雲勾結敵方，出賣大康利益，陷害同僚，荼毒百姓，人人得而誅之！」

此時外面傳來喧鬧之聲，卻是外面駐守的士兵聽到裡面的慘叫一個個蜂擁而至。

胡小天使了個眼色，熊天霸大踏步走了出去，一把將門外重達千斤的銅獅子舉了起來，宛如魔神降世般威風凜凜立在演武堂之外的台階之上，高喝道：「都給我站在那裡，誰敢上前一步，老子砸爛他的腦袋！」他這一聲暴吼猶如晴空霹靂，震得那幫士兵耳膜嗡嗡作響，一個個面面相覷，被熊天霸的威勢嚇住，竟然無人敢上前一步。

演武堂內，李永福也掙脫開兩名武士的控制，大聲道：「兄弟們，你們全都聽得清清楚楚，趙登雲勾結唐伯熙，意圖出賣武興郡，投靠大雍，其心可誅，這老賊死有餘辜！」

趙武晟將染血的佩劍從趙登雲的後心猛地抽了出來，他將佩劍一橫，雙手托起，來到胡小天面前，垂首黯然道：「胡大人，是屬下一時衝動殺了趙登雲，請胡大人治罪！」

胡小天接過那柄染血的佩劍，向趙武晟點了點頭，然後環視眾將，眾將之中已經有人明白了過來，今天這場局面應該是蓄謀已久，拋開趙登雲是否和唐伯熙有所勾結不談，趙武晟根本不給趙登雲解釋的機會，單憑著唐伯熙剛才的口供就背後一劍穿心，將趙登雲刺殺，現在將佩劍交給胡小天，顯然在告訴所有人，他從今以後聽從胡小天的號令。其實眾將之中多半對趙登雲都有不滿，尤其是趙登雲拒絕援助東梁郡之後，不少人已經開始懷疑趙登雲是否在公報私仇，畢竟胡小天當年劫持趙登雲，以他為人質逃離武興郡的事情廣為人知。

趙登雲一直引以為奇恥大辱，這次唐伯熙率軍攻打東梁郡，趙登雲拒絕出兵，在很多人看來原因就是如此，不過很少有人懷疑趙登雲在暗中和大雍勾結，現在唐伯熙死了，趙登雲也死了，可謂是死無對證，趙登雲謀反之名只怕要坐實了。

胡小天原本準備親自動手，制住趙登雲，他之所以敢前來武興郡，是因為他從李永福那裡得知，庸江水師內部多半將領都對趙登雲拒不發兵之事頗為不解，而且趙登雲在內政管理方面存在著很大的欠缺，因為糧草告急甚至開始苛扣將士軍餉，自然搞得天怒人怨。胡小天抵達武興郡之後，並沒有急於向李永福透露自己的真正目的，甚至在見到趙武晟之後，也只是旁敲側擊，試探他的意圖，而趙武晟也沒有給他明確的答覆，剛才趙武晟卻用行動給予了他堅定的支持，應該說趙武晟出手殺死趙登雲，要比自己出手更有說服力。

胡小天從腰間取出五彩蟠龍金牌，出示給眾人，雖然這東西並沒有多大的價值，可是象徵性的意義卻是超出一般的，關鍵時刻亮出來擁有著極強的說服力，眾將之中不乏有見識之人，趙武晟率先跪了下去，李永福緊跟著，然後一幫將領都趕緊跟著跪了下去，齊聲道：「吾皇萬歲萬萬歲！」

胡小天道：「這塊五彩蟠龍金牌，乃是我離開京師之時皇上親手所賜，你們應該知道這塊金牌代表的意義，見到金牌有若見到吾皇親臨，意味著我有先斬後奏的權力！」這番話說得斬釘截鐵霸氣十足，其實老皇帝何嘗給過他這樣的權力，反正誰也沒有親眼見證，本來大家對這塊五彩蟠龍金牌都心存敬畏，胡小天再這樣說，多半人都不會懷疑胡小天的話。

胡小天做戲做足全套，又拿出一張聖旨，在眾人眼前晃了晃：「趙登雲勾結大雍出賣大康利益之事，皇上早有所聞，只是因為缺少證據所以一直都沒有公開，但是天機局從未停下對他的暗中調查。皇上為何要派我前來武興郡？就是要徹查趙登雲投敵叛國之事，武興郡乃是我大康北方門戶，不容有失，若是失了武興郡，敵國大軍就可輕易渡過庸江天險，揮軍長驅直入，庸江危矣，大康危矣，皇上為此深感不安，特地委託我前來徹查清楚，剷除隱患，趙將軍、李將軍兩人臥薪嚐膽，忍辱負重，冒著被趙登雲加害的風險調查證據，如今證據確鑿，不容抵賴。」

趙武晟和李永福對望了一眼，趙武晟心中明白，胡小天是把自己徹底拖下水的節奏，明白地告訴眾將，他一直都是皇上派來的臥底，李永福心中卻暗忖，武晟兄啊武晟兄，你藏得可夠深的啊，難怪你讓我替你去東梁郡見胡小天，搞了半天你們早就聯絡好了，看來你還是不信任我，為何不早點對我說明白。

胡小天道：「這份秘旨我就不當眾宣讀了，如果哪位將軍心有疑慮，可以找我單獨驗證。」他有個屁的聖旨，根本就是忽悠，可胡小天也算準了這幫將領的心思，沒有人敢找自己驗證，誰也不是傻子，就算看出毛病來了，這個時候出頭還不是等著被滅口的下場。

趙武晟道：「吾皇萬歲萬萬歲！」他一叫所有人都跟著叫了起來。

胡小天心中暗讚，趙武晟果然是聰明人，跟聰明人配合就是默契十足，根本不用花費太大的腦筋，胡小天道：「大家都起來吧！今天的事情趙將軍立下頭功，至於所發生的事情，我會寫下詳情，讓人連夜送往京城，皇上得知我們順利剷除奸賊之後，必然會重重犒賞咱們！」

趙武晟心中明白，只怕皇上得知了這件事會被氣得七竅生煙，犒賞？他不興兵討伐就算燒高香了。

眾將起身之後，趙武晟下令讓他們各自約束自己麾下的將士，將趙登雲謀反，皇上下旨清剿之事廣為傳達出去。至於趙登雲的心腹親隨，剛才有兩人已經被殺，還有三名將領，被趙武晟特地留了下來，現在軍心未穩，決不能輕易冒險，這些人統領的兵馬暫時由李永福進行接管。

趙武晟和李永福兩人在軍中擁有著極強的威信，若無兩人的支持，胡小天今天就算能夠控制住趙登雲，也不會如此順利地將場面鎮住，趙武晟安排好一切之後，獨自一人來到胡小天面前，深深一躬道：「胡大人，武晟不才，從今以後願意在大人麾下出生入死，盡職盡責。」

胡小天上前抓住他的手臂道：「武晟兄，在我心中始終都將你當成自己人，以後你我攜手鞏固庸江防線，保住這方百姓安居樂業。」他話中根本沒有提大康。

趙武晟已經明白，胡小天這是要跟朝廷對著幹了，早在胡小天前來上任之初，趙武晟就看出東梁郡絕非立足之地，他雖然知道胡小天有過人之能，卻也沒有料到，胡小天居然以區區三千兵馬戰勝了南陽水寨的三萬精銳水師，還俘獲了對方主帥唐伯熙，當然唐伯熙如今已經被趙登雲誤殺了。在胡小天戰勝大雍水師之後，馬不停蹄地來到武興郡，他下船之時和趙武晟說的那番話已經表白了他的心跡，趙武晟那時起就明白胡小天準備對趙登雲下手了，唯有剷除趙登雲儘快掌控武興郡，方能真正在北方站穩腳跟。

趙武晟道：「朝廷那邊胡大人準備怎麼說？」胡小天雖然口口聲聲說奉旨鋤奸，瞞得過別人卻瞞不過趙武晟。

胡小天微笑道：「武興郡軍餉發不出，軍糧也快用光了，皇上能不能幫忙解決這件事？」

趙武晟搖了搖頭，此前趙登雲已經因為這件事多次請求朝廷送糧，可是現在康都自顧不暇，哪還顧得上他們。

胡小天道：「皇上管不了的事情，我們做臣子的當然要代勞。」

趙武晟道：「唐伯熙被殺之事很快就會傳到大雍，只怕大雍集結大軍捲土重來。」

胡小天道：「有些事不是你想躲就躲得開的，如果註定要用戰爭解決，那麼咱們需要做的就是準備迎戰！」

趙武晟內心劇震，望著眼前的胡小天，從他的臉上看到強大的信心和一往無前的勇氣，趙武晟雖然不知胡小天的這份信心來自何方，可是他卻相信胡小天擁有這樣的能力。

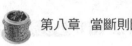

胡小天道：「東梁郡的糧草可支持三個月，我回頭會下令他們分一半的糧草給武興郡，解決將士們的燃眉之急。」

趙武晟聞言心中大喜，如果能夠解決將士們的吃飯過冬問題，無疑為胡小天收服人心創造了最大的便利條件，可是東梁郡的存糧也不多，冬天方才剛剛開始，如果沒有分給武興郡糧草，東梁郡無疑可以順利度過這個嚴冬，可是如今糧草減半，雖然解決了燃眉之急，可是很快他們都將面臨糧草短缺的問題，趙武晟提出了心中的顧慮。

胡小天微笑道：「好日子先過，只要東梁郡有口飯吃，就不能讓武興郡的將士們餓著，從今日起武興郡和東梁郡同氣連枝，唇齒相依，武晟兄難道還不明白，世道艱難，想要活下去，唯有依靠咱們自己。」

趙武晟點了點頭，他對胡小天的意圖已經完全明白了，身處庸江防線，比任何人都要明白如今大康面臨的嚴峻狀況，如果不是大雍皇帝薛勝康突然駕崩，恐怕如今大雍的兵馬已經全線壓境了。

胡小天道：「武興郡還有多少將士？」

趙武晟道：「如今還有三萬六千名將士，因為最近缺衣少糧，將士的戰鬥力難免會受到影響，大小戰船三百二十七艘，不少因為維護不當而無法入水，目前能夠正常投入戰鬥的還有一百二十艘。」

胡小天道：「武晟兄，是否做好投入戰鬥的準備了？」

趙武晟道：「男兒立世當頂天立地，胡大人今日之戰已經讓我等熱血澎湃，心悅誠服，能夠和胡大人並肩戰鬥實乃末將之榮幸。」

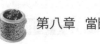

胡小天道：「我不能在這裡久待，東梁郡那邊局勢未穩，一萬多名戰俘等待處理，善後的事情還有許多。」

趙武晟道：「大人，我已經讓人將趙登雲的家人控制住。」

胡小天看了趙武晟一眼，他應該是故意提起這件事，按照通常的做法是要斬草除根不留後患了，胡小天隱隱覺得趙武晟和趙登雲之間必有仇隙，否則他也不會屢次站在自己這一邊，幫忙對付趙登雲，胡小天意味深長道：「你們趙家的事情無需我來插手，我相信武晟兄可以處理好這件事。」

趙武晟抿了抿嘴唇，低聲道：「胡大人，武晟一直都有事瞞著大人，其實武晟的父母雙親是被趙登雲所害。」

胡小天拍了拍他的肩膀：「過去的事情無需再提，若非武晟兄鼎力相助，我不會有現在的局面，從今以後，你我攜手從庸江打出一番天地如何？」

趙武晟心情激越：「胡大人，武晟誓死追隨大人！」

胡小天道：「趙登雲的心腹手下，你可以留下幾個，讓他們前往京城通報。」

趙武晟心中一怔，不知胡小天為何這樣做，對待趙登雲的心腹居然動了惻隱之心，放他們去康都豈不是縱虎歸山，這幫人肯定會在皇上面前告他們的黑狀。

胡小天從趙武晟的表情已經知道他對自己的做法並不理解，微笑道：「皇上智慧超群，他一定懂得審時度勢，若是接受了現實，必然會斬殺趙登雲的餘黨。」

趙武晟這才明白，胡小天做出這樣的決定真正的用意是在試探老皇帝的態度，如果龍宣恩因此而降罪胡小天，就會留下那些將領的性命，如果龍宣恩接受現實，唯有咽下這顆苦果，承認趙登雲謀反，將這幾名前往京城告狀的將領問斬。

胡小天算準了以大康目前的狀況，老皇帝龍宣恩不敢跟他翻臉，在他掌控武興郡庸江水師之後，已經有所依仗，龍宣恩十有八九會投鼠忌器，只能接受眼前的現實。

第九章

被利用的工具

姬飛花道：「楚家被滅門之時我只有八歲，
若非徐老太太早就洞悉一切，提前做出安排，我也難逃一死，
我一直以為她是我的恩人，如果不是她幫我，我永無復仇的機會，
可現在我方才明白，自己只是被她利用的工具而已。」

趙武晟暗暗佩服，論到做事之果斷，手段之高深，胡小天無疑比自己更勝一籌。

胡小天道：「武興郡的事情勞煩武晟兄和永福兄多多費心，我即刻返回東梁郡，勞煩武晟兄調撥三十艘戰船，五千名將士前往下沙港，我會讓人儘快將物資補給運送到這裡，也好讓將士們渡過嚴冬。」

趙武晟恭敬道：「大人宅心仁厚，愛軍如子，得遇大人實乃我等之幸。」

胡小天微笑道：「我走了，唐伯熙的屍體我還是帶回去。」

胡小天在武興郡逗留了只不過短短三個時辰，這三個時辰卻起到了扭轉乾坤的關鍵作用，離開武興郡的時候，三十艘戰艦隨同胡小天一起前往下沙港，胡小天回去之後第一件事就是要為武興郡補給，可以預見，從東梁郡分一半糧草給武興郡必然遭到當地百姓的反對，胡小天明知這件事會傷害到東梁郡百姓的感情，卻不得不這樣做，想要在最短的時間內收服武興郡的軍心，就必須要讓他們衣食無憂，就必須要讓他們看到希望。東梁郡的民心原本不在自己這邊，短期內不可能讓他們真心真意地支持自己，懷柔是不可能的，唯有用武力進行懾服。

醫學上講究對症下藥，不同的病人要開不同的藥方，治國也是如此，隔江相望的兩座城池，想要牢牢控制在自己的手中就必須採用不同的手段，對武興郡可以懷柔感化，對東梁郡卻要讓百姓從心底害怕，要用武力去震懾他們。

夜色深沉，因為是逆風而行，抵達東梁郡估計要到明日清晨了。

胡小天獨自一人站在船頭，望著視野中漸漸縮小的武興郡，一時的勝利並不代表什麼，庸江一戰，不但引發了大雍的仇恨，同樣觸怒了大康朝廷，接下來的日子他將面臨雙方給他的巨大壓力，如何化解危機才是他面臨的首要問題。

維薩拿著大氅來到他的身邊，柔聲道：「主人，船頭風大，為何不回艙內休息？」

胡小天笑了起來，轉身讓維薩將大氅為他披上，又轉過身來，維薩伸出手為他將繫帶紮好，望著維薩冰藍色的美眸，胡小天由衷道：「謝謝！」

維薩有些錯愕地抬起頭來，望著胡小天溫暖的眼睛，俏臉不由得紅了起來：「維薩為主人做任何事都是應該的。」

胡小天伸出手去，輕輕撫摸了一下她被寒風吹涼的俏臉，維薩的俏臉紅得越發厲害了。

胡小天道：「回去休息吧，我想一個人走走！」

維薩順從地點了點頭，冰雪聰明的她意識到胡小天並沒有因為這場勝利而減輕壓力，他雖然笑得依然陽光燦爛，可是他的內心此時應該承受著巨大的壓力。

維薩離去之後，胡小天的目光重新投向黑漆漆的江水，逆水行舟，不進則退，如今的狀況下唯有奮勇向前，再無回頭的可能，抬起頭來，卻發現身後的風帆之上多了一個人的身影，那人坐在橫桿之上，靠著桅桿，抬頭仰望著夜空。胡小天清楚地記得，剛才那個位置並無人在，以他今時今日的武功，竟然有人在他毫無察覺的情況下來到了他的附近，胡小天不禁心生警覺，不知對方是敵是友，如果是敵人，只怕武功絕非泛泛。

那人此時緩緩轉過頭來，借著朦朧的月光依稀看清他的面容，卻見他長眉如劍，雙眸猶如星辰一般明亮，臉上的表情似笑非笑。胡小天看清他的模樣，整個人不由得呆在那裡，他萬萬沒有想到，姬飛花竟然會出現在他的面前。

自從天龍寺往生井崩塌之後，他就失去了姬飛花的下落，雖然他知道以姬飛花之能絕不會葬身在往生井內，可是仍然不免為姬飛花的安危感到擔心，如今終於看到姬飛花平安出現在自己的面前，胡小天懸在心底的石頭總算落地，他騰空而起，當他就要接近姬飛花的時候，姬飛花卻起身扶搖而上。

胡小天足尖在姬飛花剛剛落座的地方輕輕一點，再度飛升，兩人先後來到距離桅桿頂部還有一丈的地方，姬飛花雙手負在身後，傲立於橫桿之上，胡小天來到他身後一丈處，後背靠在桅桿之上，小心保持著平衡。

姬飛花衣袂飄飄，如履平地，背身朝著胡小天道：「不壞，不壞，看來不悟將壓箱底的功夫都交給了你。」

胡小天微笑道：「恭喜大人恢復神功，看來武功更勝往昔！」

姬飛花搖了搖頭，他輕巧地在横桿上轉過身來，打量著胡小天：「士別三日當刮目相待，你真是讓我感到驚奇，我當年栽培你果然沒錯。」

胡小天笑道：「大人對我栽培之恩，小天沒齒難忘。」

姬飛花道：「我不是什麼大人，你也不是我的屬下，你若是仍然記得咱們昔日的舊情……」說到這裡他突然停頓了一下，唇角露出一絲晦澀的笑意：「你叫我一聲大哥就是。」其實他們在天龍寺相逢之時，姬飛花就讓胡小天改口，可是胡小天仍然習慣於稱呼他為大人。

胡小天道：「姬大哥！」他忽然想起趙武晟今日突然刺殺趙登雲之事，趙武晟昔日也屬於姬飛花的陣營，姬飛花在此地的出現應該不是偶然，難道趙武晟之所以堅定信心投入自己的陣營，是因為姬飛花在背後起到了作用？

姬飛花道：「咱們好像很久沒有一起喝酒了。」

胡小天微笑道：「姬大哥不如隨我一起前往東梁郡，以後咱們兄弟齊心，經營好這方土地，那樣咱們就可以每天都在一起喝酒了。」

姬飛花呵呵笑道：「今朝有酒今朝醉，明日愁來明日憂，以後的事情誰會知道？」他從腰間解下酒壺，拔開壺塞仰首喝了幾口，然後將酒壺扔給了胡小天。

胡小天接過酒壺大口大口飲下，讚道：「痛快！」感覺腹中一股熱力瞬間彌散到四肢骨骸，暖融融的，舒服之極，無比受用。

姬飛花道：「三千人擊敗大雍三萬精銳水師，經此一戰，你已經天下揚名！」

胡小天道：「人怕出名豬怕肥，如果可以選擇，我寧願低調做人，與世無爭。」

姬飛花的唇角露出一絲莫測高深的笑意：「有些人註定是無法平淡生活的。」

胡小天故意道：「姬大哥就是這種人。」說完之後，他又補充道：「我也是一樣，應該和姬大哥是一種人。」

姬飛花道：「那兩千乞丐是你外公派來的？」

胡小天點了點頭，姬飛花早就知道他和虛凌空之間的關係，在他面前並沒有隱瞞的必要。

姬飛花道：「他待你還算不錯。」從胡小天手中接過酒壺，低聲道：「胡夫人的事情我知道了，悲劇既然已經發生，還望你節哀順變。」

胡小天道：「你知不知道我娘因何而死？」

姬飛花道：「令尊人在天香國，他所帶走的五十艘戰艦在大康水師之中裝備最為精良，那一萬名水軍將士也是精挑細選以一當十的猛士，可以說大康水師精銳被令尊幾乎一網打盡。」

「你早就知道我爹和天香國的關係？」

姬飛花道：「有所耳聞，卻不知令尊心機如此之深。」

胡小天歎了口氣道：「他和龍宣嬌的關係你也知道？」

姬飛花點了點頭道：「能讓一個人拋妻棄子叛離大康的女人肯定很不簡單。」

胡小天心中暗歎，這其中的曲折縱然你姬飛花多智近妖，也是猜不透的，家醜不可外揚，胡小天當然不會將自家的醜事告訴姬飛花，他低聲道：「你當年讓吳忍興送我娘返回金陵，又捎了一封信給徐老太太，信中究竟寫了什麼？」

姬飛花搖了搖頭，轉過身去，重新將背影留給胡小天：「聽說胡夫人去世之後，金陵徐氏無人前來祭奠。」

胡小天道：「我和金陵徐氏再無任何瓜葛，他日我若是有機會見到徐家人，倒是會向他們為我娘討個公道。」

姬飛花道：「你恨徐家？」

胡小天沒有回答他的問題，意味深長道：「你是楚家的後人，徐老太太對你有恩？」

姬飛花歎了口氣：「我自以為機關算盡，可惜到頭來卻落得竹籃打水一場空，現在方才發現真正高人乃是你的外婆，當年若不是她，楚源海也不會得悉自己的身世，我也一樣。」他雖然沒有直接承認，卻等於默認了自己是楚家後人的事實。

胡小天心中暗歎，究竟是怎樣的仇恨才讓徐老太太如此憎恨楚家，楚扶風死後，他的子孫仍然不得安寧，楚源海當年被虛凌空送給徐老太太撫養，本想隱瞞他的身世，讓他無憂無慮地過上一輩子，可是徐老太太卻處心積慮地將楚源海的身世洩露給他，以至於楚源海淘空大康經濟，圖謀復仇，終於還是被龍宣恩所害。

姬飛花道：「楚家被滅門之時我只有八歲，若非徐老太太早就洞悉一切，提前做出安排，我也難逃一死，我一直以為她是我的恩人，如果不是她幫我，我永無復仇的機會，可現在我方才明白，自己只是被她利用的工具而已。」

胡小天望著姬飛花在夜風中孤獨的背影，在他心目中向來強大完美的姬飛花還是第一次在他的面前表現出這樣的無助和悲哀，他不由得生出一種同病相憐的感覺，自己何嘗不是被胡不為利用，若非母親的死去，自己只怕至今還未真正醒悟。

胡小天道：「姬大哥，以後打算怎麼辦？」

姬飛花拿起酒壺仰首喝了幾大口，然後頭也不回地將酒壺拋向胡小天。

胡小天接住，酒壺中已經沒有多少，他將剩下的酒喝完。

姬飛花道：「徐家的勢力遍及天下，徐老太太在金陵城養尊處優，金陵徐府不但富甲天下，而且是天下間機關最為複雜的所在，徐老太太已經多年沒有公開露面，她是死是活無人知曉，她是否人在金陵也無人知道。」

胡小天道：「你想要對付徐家嗎？」

姬飛花搖了搖頭道：「我已經失敗，敗軍之將，不可言勇，在多數人的眼中，我早已死去，憑我現在的實力，又豈能撼動根深葉茂的徐家。」

胡小天道：「我看你的功力好像已經恢復了。」

姬飛花轉過頭來，不知為何他笑了起來，這一笑羞花閉月，讓空中的星辰都為之黯然失色。胡小天不由得看得呆了，這廝向來以直男自居，卻想不到居然會被一個男子的美色所迷，確切地說應該是太監，姬飛花是太監，即便是太監他也是最美的太監。

姬飛花從胡小天突然變得灼熱的眼神中覺察到了什麼，淡然道：「我的武功沒那麼容易恢復，逃命的功夫或許恢復了一些。」

聽說他的內力仍然沒有恢復，胡小天心中居然有些擔心，姬飛花惹下那麼多的仇家，以他現在的狀態若是遭遇強敵豈不是麻煩。心中忽然鼓起前所未有的勇氣：「姬大哥，不如你留在東梁郡，只要有我在，沒有人敢動你。」

姬飛花呵呵笑了起來：「什麼時候我姬飛花需要別人保護了？」

胡小天有些尷尬道：「姬大哥，我……我沒那個意思，我的意思是兄弟同心，其利斷金！」

姬飛花微笑道：「小胡子，不過你今晚的話我記住了，若是有一天我當真有難，你會不會前來救我？」

胡小天用力點了點頭道：「會！」

姬飛花道：「你若是能在庸江站穩腳跟，將來天下未嘗不會有你一席之地。」

胡小天笑道：「姬大哥認為我配一席之地嗎？」

姬飛花忍不住笑了起來，搖了搖頭道：「我雖然知道你有些能力，可是你總是能讓我感到意外。」他從袖口中取出一本帳簿扔給了胡小天。

胡小天慌忙接住，好奇道：「什麼？」

姬飛花道：「這裡面記錄著朝廷的一些事情，還有我昔日秘密培植的手下，其中有些人已經遭遇了不測。」說到這裡他神情黯然，自從他失勢之後，洪北漠就命令天機局在大康境內進行大範圍的搜查剿殺，姬飛花苦心經營的組織也遭受重創，但是其中也有不少人逃過一劫，姬飛花道：「這些人都是不可多得的人才，你若是能夠加以利用，以後必然可以為你成就大業奠定基礎。至於上面記載的官員，其中有不少他們的把柄，以你的聰明才智，應該明白怎樣使用。」

胡小天心中暗自感動，姬飛花送給自己的可是一份無法估量的大禮。他低聲道：「姬大哥，這禮物太重，小天不敢收！」

姬飛花道：「讓你收下你就收下，哪有那麼多的廢話！」

胡小天道：「姬大哥，不如你留下來當家作主，小弟必盡力輔佐大哥成就大事。」

姬飛花瞪了胡小天一眼：「說什麼混帳話？施捨我還是可憐我？」

面對大雍三萬大軍依然淡定自若的胡小天，在姬飛花的面前卻有些亂了方寸，尷尬道：「我沒那個意思！」

姬飛花卻又笑了起來，這一笑冰雪消融，胡小天都有些不敢看他了，害怕自己被他的笑容迷醉，搞不好性取向都會發生變化。

姬飛花道：「知道你捨不得。」

「我……」

「我也不會要，小胡子，無論你信或不信，我從來都沒有爭霸天下之心。」姬飛花的目光追逐著天空中的星辰：「我活在世上的唯一動力就是復仇，當我最接近成功的時候，卻功虧一簣，現在我甚至連自己的真正仇人是誰都不知道。」

胡小天暗忖，姬飛花並沒有說實話，他應該知道仇人是誰，徐老太太無疑是楚家悲劇的一手製造者，如果說龍宣恩親手殺掉了楚扶風、楚源海父子，那麼徐老太太才是這場悲劇的策劃者。

姬飛花道：「一個太監永遠都不可以服眾！小胡子，你和我不同，你是個假太監！真男人！」說這句話的時候姬飛花的唇角露出淺淺的笑意。

胡小天道：「姬大哥何時知道我真正的身分呢？」

姬飛花並沒有回答他這個無聊的問題，輕聲道：「珍惜你好不容易才得來的一切，趙武晟此人可堪大用，他的父母死於趙登雲之手，一直以來他都是我潛伏在庸江水師的一張王牌，不到必要的時候，我沒想過讓他暴露。」

胡小天點了點頭，總覺得趙武晟最後關頭的站隊姬飛花應該起到了作用，他本想問個明白，可是想起姬飛花的脾氣，他若是不想說，自己無論如何都不可能問出來，也許只能等到以後從趙武晟那裡得到解答了。

姬飛花道：「聽說你和七七已經訂了婚？」

胡小天道：「乃是皇上的一計。」

姬飛花道：「七七那丫頭野心勃勃，這匹野馬你若是駕馭好了，可以陪著你馳騁千里，若是你無法馴服她，只會被她摔得遍體鱗傷。」

胡小天微笑道：「對女人我還有些辦法。」

姬飛花瞪了他一眼道：「大言不慚！女人沒那麼好對付，你在女人手上也栽了不少跟頭吧？」

胡小天道：「那是我讓著她們！」這句話簡直就是厚顏無恥了。

下方燈火閃爍，卻是士兵開始巡夜，對側瞭望台之上負責值夜之人似乎發現了什麼，大聲道：「什麼人？」

姬飛花腳步一動，來到胡小天的近前，兩人立足的地方極其狹窄，胡小天擔心他摔下去，伸手自然而然地將他摟住，卻發現姬飛花的腰肢纖細盈盈一握。

瞭望台上的那人揚起火把照了照，並沒有發現異常，喃喃道：「真是見鬼了！」

胡小天和姬飛花近在咫尺，聲息相聞，胡小天望著姬飛花那張美得毫無瑕疵的面孔，心中忽然萌生出一個想法，如果姬飛花是個女人那該有多好。

姬飛花道：「我走了！」他想要從胡小天的懷中離開，胡小天卻沒有放手的意思，一手摟住他的身體，一手將大氅解了下來，為姬飛花披在肩頭，低聲道：「你穿得太單薄了。」

姬飛花聽到他的這句話竟然感到心頭一酸，有生以來還從未有人表露過對自己的關心。他是個強者，一直以來都是在人前高高在上的強者。有誰會去關心他，有誰會認為他也需要關心？姬飛花知道自己是時候離開，每次當他意識到自己要忍不住流露出軟弱，他就必須要離開，而他的軟弱卻只會在一個人的面前流露，這個人就是胡小天。

「我走了！」姬飛花沒有拒絕胡小天的好意，披上大氅離開了他的懷抱。

胡小天道：「去哪裡？」

姬飛花道：「去查清當年的一些事！不必找我，船隊抵達下沙港之後，我就會離開。」

胡小天點了點頭，忽然說了一句讓他自己都感到難為情的話：「我會想你！」

姬飛花凌空飛起，沿著風帆無聲無息滑落下去。

胡小天並沒有追逐他的腳步，手中握緊了姬飛花送給他的那本帳簿，這本帳簿對姬飛花來說應該是極其重要的，當初他掌控朝堂，震懾群臣靠的就是其中的隱私和把柄，現如今他將這本帳簿送給了自己，證明姬飛花已經放棄了東山再起的打算，難道他的目的僅僅是為了復仇，而無爭霸天下之心？他既然識破了徐老太的真正用心，就應該知道造成楚家悲劇的真正元兇是誰，以姬飛花的性情他絕不會放過金陵徐家。

在胡小天的印象中，姬飛花一直都是一個殺伐果斷的人物，他之所以隱匿身分，也許正如他自己所言，他的武功應該沒有恢復，若是沒有十足的把握，又豈能冒險復仇。

清晨的下沙港籠罩在一層淡淡的晨曦下，空氣中的硝煙味道仍然未被江風吹盡，破損尚未沉沒的戰船已經被拖到了下沙港，港口上聚滿了整理戰利品的士兵，循著庸江向下游方向看去，在距離下沙港大約兩里左右的大片空地上擺滿了從江中撈取的屍體，密密麻麻，數以千計。

胡小天緩步走下戰艦，望著已經先行下船的那群士兵，試圖從中找到那個熟悉的背影，人群湧動之中早已分不清那人身在何處，胡小天在心底暗自歎了口氣，今日與君訣，他日再見不知何時？

走在胡小天身邊的維薩也意識到了他的失落，柔聲道：「主人不開心？」

胡小天淡然笑道：「沒有不開心，只是看到這戰場之慘烈，心中難免生出一些感觸。」他讓熊天霸先行護送維薩返回城內，和眾人一起來到了下沙港。

梁英豪和唐鐵漢都在下沙港指揮清理戰場，聽說胡小天回來了慌忙過來相見，胡小天問了大概的情況，目前已經俘虜一萬一千三百人，從江中撈取浮屍兩千餘具，加上此前戰死岸上的屍體還有七千四百多，敵方確定死亡人數已經接近萬人，而他們一方共有四百五十六人陣亡，輕重傷患共計一千二百三十人，比起大雍一方損失並不大。目前大家正在清理戰場，因為任務繁重，所以臨時從城內徵集了一萬民工幫忙整理，這其中多半來自難民營。

胡小天點了點頭道：「厚葬陣亡將士，對陣亡將士家人給予撫恤，父母子女由官府供養，若是來自難民營，可自由選擇東梁郡和武興郡居住，所有一切都由我等負責。」

梁英豪和唐鐵漢聽到胡小天說完，馬上明白武興郡那邊的事情也已經被胡小天搞定了，胡小天的能力實在是超乎想像，僅僅帶著二十多人就搞定了武興郡。其實剛才在看到武興郡三十艘戰艦前來的時候他們就做過這方面的猜測，現在已經完全證實。

這時候在遠處指揮的余天星也過來相見，來到胡小天面前，余天星深深一揖。

胡小天不由得笑道：「余先生為何如此大禮？」

余天星道：「現在天星方才明白城主前往武興郡的本意，看來城主已經將隱患解除了。」

胡小天拍了拍余天星的肩膀和他走到一邊，壓低聲音道：「唐伯熙死了！」

余天星哦了一聲，並沒有感到太多驚奇。

胡小天又道：「趙登雲也死了！」

余天星睜大了雙眼，流露出難以置信的眼神，他雖然料到胡小天前去武興郡是為了說服庸江水師，卻沒想到胡小天居然將趙登雲幹掉，掃除了趙登雲這個障礙，就意味著胡小天已經坐守東梁郡和武興郡兩座城池，同時被他控制的還有庸江三萬水師，一夜之間實力十倍增加，意味著他們被動挨打的局面開始逐漸扭轉。

余天星向已經停泊在庸江北岸的三十艘戰艦看了一眼，低聲道：「這三十艘戰艦是前來運送糧草的嗎？」他的頭腦何其敏銳，馬上就抓住了重點。

胡小天點了點頭：「不錯！」

余天星道：「大戰之後，人心惶惶，老百姓都認為這場戰爭會徹底觸怒大雍，招來更加瘋狂的報復。」

胡小天微笑道：「他們對我仍然沒有信心。」

余天星道：「有必要殺幾個亂民了，以儆效尤，不然只怕會鬧出大亂子。」余天星在內務的處理上表現得非常果斷，連胡小天都想不到一個文弱書生居然擁有如此強硬的鐵腕。

胡小天搖了搖頭道：「想要真正征服東梁郡，現在不宜多造殺戮，這兩日對東梁郡實行宵禁，對於膽敢妖言惑眾者，先抓起來再說，眼前並不是殺人的時候，殺人不是目的，懾服他們，讓他們感到恐懼才是最終的目的。」

余天星恭敬道：「城主高見。」臉上不由得露出慚愧之色，看來胡小天是責怪自己殺性太重了。

胡小天道：「戰場的清掃和整理必須要加快進度，三天之內，務必要將這裡清掃乾淨，還有，打掃戰場的事情儘量讓民工去做，要讓將士們得以休息，也許用不了多久，咱們就會再次面臨雍軍的入侵。」

「是！」

胡小天入城之後沒有返回府邸，而是直接去了朱觀棋家裡，城內並沒有歡天喜地的慶賀場面，對東梁郡的多半百姓而言，這次保衛戰的勝利絕不是什麼好事，一來破滅了他們回歸大雍的願望，二來這場勝利很可能會觸怒大雍，用不了多久，大雍的軍隊就會前來復仇。很多人都將胡小天這次的勝利歸結為一次僥倖，大康根本沒有和大雍抗衡的實力，如若不然也不會落到如今退守江南的境地。

來到朱觀棋的家門外，胡小天從門縫中望去，卻見洪凌雪正坐在陽光下納著鞋底，並沒有看到朱觀棋的身影，他輕輕敲了敲門。

洪淩雪柔聲道：「進來！」

胡小天示意隨從都留在門外，獨自一人走了進去，微笑道：「嫂夫人好！」

洪淩雪見到是他登門慌忙站起身來，欠身做了萬福，垂首道：「民婦參見城主大人。」

胡小天笑道：「嫂夫人不用客氣，觀棋兄在不在？」

洪淩雪溫婉笑道：「他昨天睡得太晚，直到現在都還未醒呢，我去叫他！」

胡小天慌忙擺了擺手道：「不要打擾觀棋兄，我在這裡等著就好。」和朱觀棋接觸的時間雖然不長，胡小天卻已經看出此人乃是安邦定國的大才，和余天星相比，前者是一條激蕩奔騰的大江大河，氣勢磅礴，鋒芒外露，而後者卻深沉如浩瀚大海，深不可測，才華內斂，前者可以為他摧城拔寨，而後者卻擁有著運籌帷幄定海神針的作用。

自己何其幸運，在來到東梁郡之後就遇到了兩位大才，余天星胸懷大志，已經甘心留在自己的身邊，為自己開疆拓土，而朱觀棋性情內斂，年紀輕輕卻已經有了看破紅塵的出世意味，想要說服朱觀棋為自己所用，就必須用自己的誠意來感化。

這次對抗雍軍，制定計劃的是余天星，可是在其中的關鍵環節卻是由朱觀棋所點撥，原來的計畫並非天衣無縫，如果不是朱觀棋在關鍵點上的補充，只怕雍軍的破甲船已經輕易攻破他們的三道浮橋防線，大雍水師可搶在他們火攻之前及時抵達，更為難得的是朱觀棋並無貪功之心，甘居幕後，此等風骨讓胡小天深感欽佩。如果能夠獲得朱觀棋的認同，得到他真心真意的輔佐，別說是等他一會兒，就算是三顧茅廬又有何妨？

洪凌雪看到胡小天執意要等，給他倒了杯茶，自己仍然繼續納著鞋底。

胡小天道：「嫂夫人嫁給觀棋兄幾年了？」

洪凌雪停下手中的針線，俏臉上露出一絲幸福的微笑：「五年了！」

胡小天心中暗忖，五年了他們仍然沒有子嗣，看來兩口子在生兒育女方面多多少少遇到了一些問題，洪凌雪的卵巢囊腫應該是其中一個原因，不過看來他們夫妻的感情很好，並沒有受到任何的影響。

胡小天道：「觀棋兄學富五車，才華橫溢，為何不去考取功名呢？」

洪凌雪微笑道：「人各有志，我相公看淡名利，又不喜隨波逐流，就算考取了功名，以他的性情也無法適應官場生涯。」

胡小天歎了口氣道：「大康朝綱混亂，奸佞橫行，觀棋兄選擇遠離是非倒也不失為明智之舉。可過去東梁郡屬於大雍，我記得大雍皇帝求賢若渴，對真正的賢能肯定會給予重用的，為何觀棋兄沒有去大雍應試？」

洪凌雪還未來得及回答，卻聽房間內傳來朱觀棋的聲音：「鎮心帷車坐，偏愁雲氣晴，客行殊望雨，敢說為蒼生！」

胡小天不由得笑了起來，朱觀棋醒了。

諸葛觀棋打了個哈欠道：「凌雪，是不是來客人了？」

洪凌雪笑盈盈看了胡小天一眼，衝著房間內道：「相公，胡大人來了！」

諸葛觀棋道：「恩公來了也不叫醒我！」說話間已經出現在門外，他還未來得及洗漱，披頭散髮穿著一件洗得褪色發白的灰色棉袍，腳上踏著木屐，抱拳道：「恩公勿怪，我昨天睡得太晚，這一覺睡到了日上三竿，讓恩公久等，罪過罪過！」

胡小天笑道：「觀棋兄不用如此客套，我剛剛從武興郡回來，途經觀棋兄家門，看到時間剛好是中午了，又感到腹中饑餓，所以厚著臉皮來蹭頓飯吃。」

諸葛觀棋笑道：「好啊！凌雪快去做飯。」

洪凌雪點了點頭，心想胡小天變得好快，剛剛都未說過要來吃飯的事情，倒不是她心疼這頓飯，而是因為家裡的確沒什麼好東西招待人家，以胡小天的身分，豈不是委屈了他。

諸葛觀棋道：「我在桂花樹下還埋了一罈美酒，凌雪，你回頭去望江樓買一隻醬鴨過來。」

洪凌雪笑著應了一聲。

胡小天道：「嫂夫人不用親自去，也不用這麼麻煩，這會兒也不想喝酒，嫂子給下碗陽春麵就行。」

諸葛觀棋也不跟胡小天客氣，向洪凌雪點了點頭道：「那就去下麵條兒，我也想吃。」

洪凌雪應了一聲，轉身去了。

諸葛觀棋說了聲失禮，讓胡小天一人等著，他去房內梳洗，出來的時候已經洗漱乾淨，頭髮也束起髮髻，不過依舊穿著那破舊的棉袍，胡小天發現他雖然穿得破舊，可是衣服漿洗得乾乾淨淨，即便是上面的補丁針線也是整整齊齊，從細節處可以看出洪凌雪對他無微不至的照顧。諸葛觀棋的目光平淡而溫暖，從他的眼中竟然找不到任何的欲望和貪念，暖暖的陽光照在他身上，為他增添了幾分慵懶，這讓他平添了幾分神秘的味道。

朱觀棋看似平凡，胡小天卻從平凡中品讀出了與眾不同的味道，眼前的朱觀棋似乎是滿足於現在的生活狀態的，胡小天不覺想起了自己，想起他剛來到這個時代的時候，也曾想過要平平淡淡舒舒服服地度過一生，可現實卻讓他漸漸認識到了生活的殘酷，想要活下去就不得不竭盡全力，就不得不打住十二分的精神和氣力，稍有不慎不僅僅是隨波逐流，而是要被狂濤駭浪捲入深不見底的地獄深淵，也許今生今世再無出頭之日。

有些人的光華始終是無法掩飾住的，碧玉縱然蒙塵，可是擦去浮灰光芒依舊，朱觀棋在胡小天的眼中就是溫潤如玉的君子。胡小天道：「嫂夫人對你真好。」

諸葛觀棋沒想到他們之間的交談會從這裡開始，不由得微笑起來：「得妻如此夫復何求，我很滿足。」

胡小天道：「觀棋兄昨晚沒有睡好？」

諸葛觀棋微笑道：「最近發生了不少事，心中自然有些忐忑。」

胡小天道：「看來觀棋兄還做不到心如止水的地步，還會被外界事物影響。」

諸葛觀棋道：「人活世上，不免被世事所累，除非死去，或迎面而上，或退避三舍選擇逃避，我是個懶人，總是打不起精神去直面人生。其實想想，能夠陪著凌雪白頭偕老，男耕女織，已經是莫大的幸福。」

胡小天道：「真是讓人羨慕。」

諸葛觀棋微笑道：「維薩姑娘對你也很是不錯。」

胡小天笑了起來：「對了，我還要對觀棋兄說聲謝謝。」

諸葛觀棋道：「謝我什麼？」

「如果不是觀棋兄提醒，這場仗我們不會贏得如此順利。」

諸葛觀棋道：「你不必謝我，我幫你也是在幫我自己，如果東梁郡城破，那麼局面絕非城內百姓所想的那樣美好，任何的狀況都可能發生，戰爭會激起人們心中最凶殘的一面。」

胡小天道：「還要謝謝觀棋兄的那四個字！」

諸葛觀棋微笑道：「大人這次的行程還算順利嗎？」

胡小天搖了搖頭，低聲道：「結果還算理想。」結果已經理想，行程有些波折那又如何？

諸葛觀棋眉峰一動，眼中的笑意更濃，胡小天既然能夠順利返回，證明他此次十有八九已經成功。

胡小天道：「唐伯熙死了！」停頓了一下又道：「趙登雲也死了！」

諸葛觀棋意味深長道：「大人肩上的擔子更重了！」

胡小天道：「不瞞你說，壓得我都快喘不過氣來了，所以才想找個人幫我分擔。」

諸葛觀棋微笑道：「大人若是擔不了，其他人就更是擔不了。」

胡小天道：「吃苦受累我不怕，就怕前路迢迢，不小心迷失了方向，所以需要一盞引路的明燈。」他伸出手去抓住諸葛觀棋的手道：「觀棋兄可否願意做我的那盞明燈？」

兩人四目相對，彼此的目光都變得異常明亮。

此時身後忽然傳來呀的一聲驚呼，卻是洪凌雪端著托盤走了出來，正看到兩個大男人手牽手四目相對的一幕，險些沒把托盤掉在地上。

胡小天頗有些做賊心虛，趕緊把手給縮了回來，起身笑道：「嫂夫人來了！我幫觀棋兄看手相呢。」

洪凌雪忍俊不禁，哪有這樣看手相的。

諸葛觀棋也笑著站起身來：「吃飯，咱們吃飯。」

雖然是清湯麵，味道卻非常不錯，胡小天吃完了一大碗麵，洪凌雪又給他添了半碗，等他們吃完之後，收拾碗筷回廚房去了，看到了剛才他們手牽手的一幕，似乎也不忍心打擾他們了，給他們一些空間又有何妨。

諸葛觀棋給胡小天倒了杯茶，胡小天端起茶盞吹了吹茶面上浮動的茶葉，低聲道：「觀棋兄意下如何？」

諸葛觀棋道：「觀棋不知大人想往何處去，又怎能盲目指路呢？」

胡小天道：「江南是大康，江北是大雍，兩邊我都走不通，看來只能走一條屬於自己的路。」他等於明白地告訴了朱觀棋，大雍和大康我誰都不鳥，從今以後我就要佔據一方，闖出自己的一番天地。

諸葛觀棋道：「國以民為本，民以食為天，東梁郡接收三萬難民之後，存糧勉強可以撐過這個嚴冬，現在大人還要兼顧武興郡，恐怕糧草是面臨的最大問題。還有那一萬多名俘虜，大人準備如何處置他們？」

胡小天道：「自己人都不夠吃，如何養得起他們？」

諸葛觀棋靜靜望著胡小天，他故意提出這個問題是要看胡小天如何處理。

胡小天道：「殺了倒是一了百了，還能削弱大雍水軍的力量，可是如果真這麼做，卻可能進一步觸怒大雍，逼迫他們提早向我們發動進攻。」

諸葛觀棋點了點頭。

胡小天道：「我有個想法，想用這些俘虜向大雍換糧，卻不知能否實現。」

諸葛觀棋道：「大人準備換多少糧食呢？」

胡小天道：「一名俘虜按照兩百斤計算，一萬名俘虜就是兩百萬斤糧食，這價格我要的應該不算過分。」

諸葛觀棋微笑道：「一點都不過分。」

「觀棋兄以為他們會不會答應？」

諸葛觀棋道：「會答應，為何不答應？用兩百萬斤糧食換取一萬多名水師精英，這筆帳怎麼算怎麼划算，如果大雍方面不是呆子，就應該答應大人的要求。」

「然後呢？」胡小天聽出朱觀棋沒有把話說完。

諸葛觀棋道：「他們換走了俘虜，緊接著就會向東梁郡發動進攻！大雍不會咽下這口氣，大人雖然戰勝了唐伯熙，可是這一戰在很多人的眼中是因為唐伯熙過於輕敵，其中也有運氣的成分在內。」

胡小天道：「就算他們再度來襲，可畢竟我們獲得了喘息之機。」

諸葛觀棋微笑點頭道：「兵來將擋水來土掩，只要有喘息的機會，就有再次戰勝他們的可能。其實大人真正應該擔心的是他們不顧這些士兵的死活。」

胡小天道：「有沒有可能發生這樣的情況？」

諸葛觀棋道：「唐伯熙貪功冒進，拿下東梁郡應該只是他自己的主意，當初如果他和邵遠方面聯手，水陸合攻，東梁郡就會面臨腹背受敵的局面，也許戰爭的結局不是現在這個樣子，可惜唐伯熙只想一人獨佔此功，以東梁郡作為對新君的獻禮，所以並未向邵遠方面尋求支持，才導致了這場慘敗。」

胡小天道：「邵遠方面會不會在此時攻擊我們？」

諸葛觀棋搖了搖頭站起身來：「邵遠守將秦陽明，此人是大雍名將，智勇雙全，但是從他以往的戰績來看，從未有過部下大規模死傷的先例，儘量保全自身的力量也造就了此人不敢冒險，做事過於尋求穩妥而難免縮手縮腳。他應該缺乏在現在就攻城的魄力，大人的手上有大雍一萬多名俘虜，任何人冒險攻城都會顧慮一件事，會不會激怒大人，因而造成大人下令處決這些俘虜。」

胡小天微笑道：「看來他們就算打，也要等到跟我交換俘虜之後再打了。」

諸葛觀棋點了點頭，意味深長道：「或許是交換俘虜之時呢，南陽水寨方面應該很快就有反應，大人要抓緊備戰了。」

胡小天道：「可惜東梁郡三面和大雍接壤，如果展開正面作戰，只怕會傷亡慘重。」

諸葛觀棋微笑道：「大人現在至少有了一條退路，正面開戰不可取，大人可以考慮從其他方面著手。」

胡小天微微一怔，向朱觀棋問計道：「觀棋兄請為我指點迷津。」

諸葛觀棋道：「大人從來到這裡可謂步步驚心，處處凶險，擺在你面前的只有兩條路，要麼在換糧之後及時退守武興郡，放棄好不容易才守住的東梁郡，我猜大人應該已經做好了這方面的準備，否則不會等戰事剛一結束就急忙前往武興郡。」

胡小天道：「我若是不走呢？」

諸葛觀棋道：「不走就必須要面對邵遠的兵馬，邵遠城本有駐軍三萬，後來大雍皇帝薛勝康將東梁郡送給大康，東梁郡兩萬駐軍後撤，這兩萬駐軍也統一劃歸到秦陽明的統帥之下。」

胡小天皺了皺眉頭，就算加上武興郡的三萬多水師，己方的總兵力不到四萬，更何況，自己根本不可能集合兵力前往進攻邵遠，若是如此必然造成武興郡空虛，南陽水寨還有兩萬大雍精銳水師，在遭受此役重創之後，他們必然會痛定思痛，抓住這難得的時機一舉攻破武興郡。也就是說武興郡的水師不能輕易調動，如果不想退守江南，那麼僅憑著自己目前的數千兵馬，如何勝得過邵遠的五萬大軍？

諸葛觀棋道：「大人不妨問問余天星的想法，何去何從他應該已有了主意。」

胡小天微笑點了點頭，朱觀棋應該是有了想法，可是他卻不願現在就說出來，也好，既然朱觀棋不肯展露鋒芒，自己唯有先去問問余天星的想法，余天星無疑是一把好刀。

胡小天離去之後，洪凌雪來到丈夫的身邊，伸出雙手輕輕為他揉捏著肩頭，諸葛觀棋笑了笑，反手抓住妻子的纖手，輕聲道：「你病剛好，還不去好好休息？」

洪凌雪道：「是不是已經下定決心了？」

諸葛觀棋道：「我還在猶豫。」

洪凌雪道：「騙人！」

諸葛觀棋回過頭去，微笑望著妻子。

洪凌雪道：「兩個大男人手牽手，柔情脈脈地看著，比看我還要深情呢。」

諸葛觀棋哈哈大笑起來，起身將妻子擁入懷中：「欣賞和愛永遠都不一樣。」

在未來局勢的發展上，余天星和諸葛觀棋想到了一處，他同樣看出胡小天只剩下兩條路可走，不過余天星並沒有像諸葛觀棋那般諱莫如深，既然下定決心輔佐胡小天，他自然要將心中的想法坦誠相告。

胡小天道：「天星，如果你是我，你會做出怎樣的選擇？」

余天星道：「退守武興郡無疑是穩妥之策，可放棄東梁郡，非但將我等來之不易的勝利果實拱手相送，而且會讓將士好不容易才產生的信心受挫。」

胡小天目光一亮，余天星所說的也是他的顧慮所在：「所以你建議戰！」

余天星緩步來到那幅地圖前：「東梁郡有三千士兵，丐幫兩千人，武興郡三萬庸江水師，這些都是大人的可用之兵。武興郡地勢得天獨厚，不容有失，若是東梁郡戰敗，主公還可退守武興郡，想要保住武興郡，至少要留下兩萬兵馬。」

胡小天點了點頭：「就是說咱們可以調動的兵馬還有一萬五千人。」

余天星道：「東梁郡人心浮動，其中不乏想要伺機作亂的賊子，想要保證東梁城內穩定，至少還需兩千人。」

胡小天道：「你這麼一說，我手中就沒有多少可用的兵將了。」

余天星道：「主公此前都敢用五千人對唐伯熙的三萬人，現在手中有了一萬三千人還怕秦陽明的五萬人不成？」

胡小天微笑道：「別賣關子，把想法說出來。」

余天星道：「東梁郡因為位置的緣故易攻難守，想要讓東梁郡固若金湯，就必須在東西北三方形成一條堅固防線。他指向地圖道：「以主公目前手上的兵力，應該無法兼顧這麼長的防線，所以唯有守城，可是守城乃是下策，想要變被動為主動，就要搶佔先機。邵遠雖有五萬駐軍，可是地理位置上卻非最為重要的一個，東洛倉才是，邵遠五萬駐軍，有兩萬都在東洛倉，東洛倉乃是大雍七大糧倉之一，負責大雍南線軍隊的補給，若是可以搶佔東洛倉等於扼住大雍東南部的咽喉，還可與東梁郡、武興郡一起形成彼此呼應的三點。」

胡小天望著地圖，東洛倉是邵遠的一部分，位於邵遠之東，東海之西，東梁郡之西北，和邵遠、東梁郡兩城接壤，東洛倉雖然位於平原，可是因為戰略地位相當重要，所以大雍在防禦方面不遺餘力，城牆高闊，箭塔林立，比起邵遠、東梁郡這些周邊大城防禦力都要強大不少，更何況還有兩萬駐軍。胡小天搖了搖頭，不無擔心道：「兩萬人守城，城牆堅固，箭塔高聳林立，只怕咱們就算傾兩城之力都難以將之攻下。我看攻下東洛倉要比攻克邵遠還要難。」

余天星道：「大人，我研究過邵遠守將秦陽明行軍佈陣的風格，此人做事謹慎，在戰鬥中表現得極其謹慎，往往都是以兵力上的優勢來取得戰鬥的勝利，避免自身的最大傷亡，根據秦陽明向來的習慣，我看這次他很可能會布下三路出兵。」

胡小天道：「哪三路？」

余天星道：「水路自然是南陽水寨，南陽水寨統領唐伯熙已死，南陽水寨上下必悲痛不已，他們急需一場勝利來一雪前恥，如果他們答應了主公用糧食換俘虜的要求，也是權宜之計，我看，他們很可能在俘虜脫離危險後，馬上捲土重來。」

胡小天點了點頭，他也有著同樣的想法。

余天星道：「唐伯熙敗在太輕敵，沒有聯合秦陽明水陸夾攻，而唐伯熙這次敗得太快，秦陽明甚至沒有來得及出兵，證明秦陽明和唐伯熙之間還是有矛盾的，他這次雖然保存了實力，難免不會在大雍朝廷那邊遭到斥責，所以秦陽明這次必然會和南陽水寨聯手。我估計，在俘虜脫離危險之後，秦陽明必然大軍壓境，從邵遠進攻東梁郡有兩條主線，秦陽明統領一條，而另外一條極有可能會從東洛倉出兵，以秦陽明用兵的習慣，他想要取得壓倒性的勝利，邵遠很可能只會留下五千人防守，出兵兩萬五千人，而東洛倉從東北和他呼應，秦陽明會從東洛倉調動一萬五千人作用，以東洛倉的城防，五千人守衛足矣。這樣雍軍就形成了西北，正北，東北三線進攻的陣型。」余天星的手指在地圖上劃出三道軌跡。

胡小天道：「我如果堅持不放棄東梁郡，那麼就會形成被三線圍堵的局面。」

余天星點了點頭道：「所以主公只剩下出奇兵這一個辦法。」

胡小天道：「武興郡的庸江水師不能調動太多，只要保證兩萬人的防禦力，不然一旦被他們發現武興郡空虛，只怕連我的這條後路都給我斷了。」

余天星道：「主公原本就沒有後路。」

胡小天聽到他這意味深長的一句話不由得怔了一下，旋即又笑了起來：「不錯，我原本就沒有後路。」

余天星道：「想要守住武興郡需要兩萬人，想要東梁郡多撐一些時候，還需要八千人。所以主公手中可供調遣的人馬不足八千，要用這八千人去攻佔東洛倉，成功的機會只剩下一半。」

胡小天搖了搖頭道：「如果被你言中，秦陽明從東洛倉調兵夾攻我們，那麼東洛倉的人馬會離開不少，可是如果他只調走了一萬人，那麼我們的八千人豈不是要面對一萬人守城的局面？」

余天星道：「東洛倉還有一位號稱大雍十大猛將之一的常凡奇，此人力可拔山，相當的厲害。」

胡小天道：「這麼說咱們成功的機會只剩下兩成了。」

余天星道：「若是搶佔了東洛倉，搶走東洛倉的軍糧，就算是固守東洛倉，東梁郡、武興郡三年之內糧草無憂。」

胡小天目光一亮：「看來這場仗必須要打！」

余天星道：「拿下東洛倉會讓他們真正肉疼的，就算他們從別處調糧，一時間也無法組織起對咱們的進攻。」

胡小天道：「你打算如何攻城？」

余天星道：「主公需要盡可能拖延交換俘虜的時間，調兵遣將需要在對方沒有察覺的前提下進行，可預先佈置人馬在東洛倉附近，一旦秦陽明出兵，人馬就迅速在東洛倉集結，東洛倉城牆雖厚，可是擋不住投石車的射殺。」

胡小天點了點頭道：「可以將十台投石車化整為零，運到東洛倉附近再行組裝。」

余天星道：「用不了十台，三台足矣，又不是真正要將東洛倉的城牆破壞，目的是讓他們感到城牆危矣，在那種情況下，他們會冒險出城摧毀投石機。」

胡小天道：「引蛇出洞？」

余天星微笑道：「主公言中了。」

胡小天讓人將劉允才帶到自己面前，今時不同往日，如今的劉允才已經淪為階下囚，進來之後，他本來還想表現出英勇不屈的模樣，可惜被熊天霸一腳踹在膝彎，頓時撲通一聲就跪在了地上。

胡小天道：「天霸，不得無禮，快給劉將軍鬆綁！」

劉允才以為自己聽錯，眨了眨眼，看到熊天霸上前果然為他將繩索解開，劉允才心中暗忖，胡小天不是要殺自己的？他站起身道：「要殺便殺，何必廢話！」

胡小天呵呵笑了起來，示意一旁隨從為劉允才搬了張凳子：「坐！」

劉允才哼了一聲，將頭昂了起來。

胡小天使了個眼色，熊天霸伸出大手老鷹抓小雞一樣揪住劉允才的脖子，兇神惡煞般吼道：「娘的，給你臉你還不要啊！蹬鼻子上臉是不是？三叔讓你坐，您就得給我坐！」拖著劉允才將他摁在了板凳上，劉允才心中雖然抗拒，怎奈根本無法和對方抗衡，被熊天霸強壓著坐下了。

胡小天微笑道：「劉將軍不必誤會，我對你沒有任何惡意，今次請你來是想送你回去。」

劉允才將信將疑，用力一抖想要將熊天霸放在他肩頭的兩隻黑爪子給抖開，卻想不到熊天霸壓得更加用力了，鎖骨都被這廝壓得吱吱嘎嘎，彷彿隨時都會斷去，痛得劉允才臉色蒼白，心中暗想，好漢不吃眼前虧，我跟這個莽貨作對怎會有好下場？有了這樣的想法，於是不再反抗，低聲道：「你設計害死唐將軍，俘虜我大雍將士，破壞兩國和平協定，掀起兩國戰事，不怕天下人恥笑嗎？」

胡小天哈哈大笑道：「劉將軍顛倒黑白的本事倒是不小！」他起身向劉允才走了過去，隨著雙方距離的接近，劉允才的臉上流露出恐懼的表情，胡小天道：「破壞兩國協定的是你們，想要攻下東梁郡的也是你們，唐伯熙之死罪有應得！別說死一個唐伯熙，就算我將你們全都殺了，天下人也不會說一個不字！」

目光中陡然迸射的殺機讓劉允才心驚膽顫，他顫聲道：「你不怕我大雍大軍到來將你殺得片甲不留……」

胡小天微笑拍了拍劉允才的肩頭道：「你們有一萬一千三百條人命在我手上，這兩天也吃了我不少糧食用了我不少藥品，殺了你們固然是一了百了的辦法，可思來想去，我還是不願傷了咱們雙方的和氣，所以最終決定給你們一條生路。」

劉允才心中暗自冷笑，到現在還說不願傷了和氣，是不是已經太晚，可是從胡小天的話音中他聽出了可能迴旋的餘地，難道胡小天有釋放他們回去的念頭？君子報仇十年不晚，先留住自己的這條性命再說。劉允才道：「你想怎樣？」

胡小天道：「我已讓人備好輕舟一艘，送劉將軍回去。」

劉允才道：「其他人怎麼辦？」

胡小天道：「我要兩百萬斤糧食，將軍回去幫我傳個話，每人兩百斤糧食，你們每送來兩百斤糧食，我就放回去一名俘虜，什麼時候將糧食全都送齊，我什麼時候將你們的人全都放回去，絕無討價還價的餘地。」

劉允才抿了抿嘴唇道：「這件事我可做不了主！」兩百萬斤糧食聽起來嚇人，可真正平均到一個人身上並不貴，兩百斤糧食換一條人命，這交易還很划算呢。

胡小天道：「所以才讓你回去商量，劉將軍至少要值一萬斤糧食，權當是我送你一個人情。」

劉允才暗罵，我才值一萬斤糧食，你太看不起人了，可能夠脫身就好，何必跟對方爭執這種沒有意義的事情。

胡小天以三千士兵戰勝唐伯熙三萬水軍之事幾乎在一夜之間傳遍天下，康都城內百姓對這種消息麻木不仁，他們心中關心的只是能否吃飽穿暖，能否有命熬過這個淒苦的嚴冬。

第十章

征服與威信

洪北漠道：「正是因為薛勝康死了，大雍新君即位，
他才會急於樹立起自己在臣民心中的威信，
對一個君主來說最簡單的辦法就是征服，
通過征服他國的土地來征服己方臣民的內心。
唐伯熙之所以急於攻下東梁郡，
無非是想將此城作為禮物敬獻給薛道洪，
從而獲得信任，只可惜他遇到了胡小天。」

七七和老皇帝之間的隔閡越來越深了，自從上次龍宣恩拒絕發兵增援，七七就再沒有見過他，當胡小天戰勝的消息傳來，七七一個人將自己關在房間內大哭了一場，多日以來壓抑的情緒終於得以釋放，這是一個讓她期待的結局，同時又是她所不敢想像的，胡小天果然習慣於創造奇蹟，竟然在這種劣勢下扳回了一局。

外面傳來權德安的聲音：「公主殿下！」

七七擦乾眼淚，整理了一下情緒，又對著銅鏡看了看，確信毫無異狀，這才拉開了房門。

權德安恭敬道：「陛下請公主殿下去勤政殿，說有重要的事情商量。」

七七冷笑了一聲道：「一定是關於北疆的局勢，幫我回了他，就說我身體不適，今兒沒工夫見他！」

權德安道：「東梁郡畢竟是殿下的封邑，胡小天在那裡的所作所為，公主都要負責的。」

七七道：「權公公是建議我去一趟嘍？」

權德安道：「您若是不去，又怎麼知道皇上的反應？」

七七打了個哈欠道：「那就幫我回個話，說我正在沐浴，待會兒就過去！讓皇上多些耐心。」

「是！」

龍宣恩足足等了兩個時辰，七七方才姍姍來遲，小妮子穿了一身的紅色宮服，顯得格外喜慶，臉上還特地塗抹了胭紅，雙眸透著喜氣。

一段時間未見，七七忽然發現龍宣恩的身上似乎發生了一些變化，原本蒼白的頭髮如今居然轉成了花白，鬢角的地方明顯開始變成了黑色，不知是不是心寬體胖的緣故，他比此前見到的時候胖了一些，臉上的皺紋也少了許多，給人的感覺似乎年輕了不少。

龍宣恩冷冷道：「朕還以為你不來了呢。」

七七笑道：「陛下召見，七七豈敢不來，只是不知陛下這麼急召見七七，為了什麼事情？」

龍宣恩望著七七道：「你心中難道不明白？」

七七一雙清澈明眸轉了轉道：「皇上都不說，七七又怎能明白？」

龍宣恩歎了口氣道：「你我之間何時變得如此陌生了？在朕心中最親的那個人始終是你啊！」

七七道：「君臣有別，七七對陛下只有敬意，不敢有其他的想法。」

龍宣恩道：「胡小天守住了東梁郡，非但擊敗了南陽水寨的三萬雍軍水師，還俘虜了對方的主帥唐伯熙。」

七七道：「好消息啊，可皇上看起來好像並不開心呢？」

龍宣恩臉色陰鬱道：「武興郡庸江水師提督趙登雲死了！」說完之後他又補充道：「就在胡小天抵達武興郡之後。」

七七道：「這事兒我倒是聽說了，據說趙登雲勾結大雍，意圖出賣武興郡，賣國求榮。」

「可有證據？」

七七道：「此前胡小天就向我稟報過這件事，是我讓他抵達東梁郡之後要調查清楚，如果證據查實，可先斬後奏。」

龍宣恩怒吼道：「誰給你這樣的權力？誰給你這樣的權力！」他從龍椅上霍然站立起來，雙目圓睜，幾乎要噴出火來。

七七並沒有被他的雷霆震怒嚇住，淡淡望著龍宣恩道：「趙登雲執掌庸江水師，負責駐守大康北方門戶，一旦投敵賣國既成事實，那麼大康等於敞開了門戶，用不了多久，大雍的軍隊就可以長驅直入，我是為了陛下的江山著想。」

龍宣恩道：「你還真是煞費苦心。」

七七道：「陛下對七七委以重任，七七如果不盡職盡責，怎能對得起陛下的信任。」

龍宣恩道：「知不知道朕為什麼不開心？」

七七搖了搖頭，她心中其實早已明白。

龍宣恩道：「東梁郡本來就是大雍強塞給我們的，食之無味棄之可惜，要他何用？大雍想要回去給他們就是，關鍵是守住庸江防線。胡小天這次重創雍軍，表面上看取得了一場大捷，可事實上卻挑起了兩國之間的戰火，你以為大雍方面就會心甘情願地咽下這口氣？因為一座城池而引起兩國全面開戰，簡直是罪不可恕！」

七七淡然道：「我現在才明白，原來皇上給我的封邑只是一座雞肋之城，皇上既然早已不信任七七，又何必讓我代管朝政？當初也將七七流放到東梁郡就是。」

龍宣恩道：「朕對你如何你難道不知道嗎？朕雖然將東梁郡賜給你，可是朕並未讓你離開京城，他們胡氏一門全都狼子野心，朕承認，讓胡小天前往東梁郡是想讓他自生自滅，朕不能將你嫁給這樣一個人，可是朕又不忍讓你傷心，所以才退而求其次，放他離開京城，如果不是看在你的面上，你以為他會有命離開？」

七七道：「陛下的心思我猜不透，也不敢妄自猜測，胡小天是忠是奸，於我而言已經不重要了，將在外軍令有所不受，我現在說什麼話，他也未必肯聽，也許皇上的話他還聽得進去。」她委婉地反將了老皇帝一軍，人是你放走的，現在後悔已經晚了，胡小天既然有膽子幹掉趙登雲，就意味著他不會在乎你老皇帝的態度，山高皇帝遠，只是怕你現在是鞭長莫及了。

龍宣恩冷笑道：「你以為朕治不了他？」

七七道：「其實陛下又何必親自出手，大雍方面比你更加恨他。」

龍宣恩怒道：「你！」

七七道：「如果我是陛下，絕不會在這種時候降罪於他，現在降罪等於一手將他推向對方的陣營，剛剛殺了一個裡通外國的趙登雲，難道陛下還想讓胡小天向雍人讓出庸江天險？孰輕孰重，陛下應該比我看得更加清楚。」

龍宣恩啞然無語。

七七不想跟他繼續攀談下去，恭敬道：「不早了，七七告退，不耽擱皇上休息了。」說完她行禮後退出了勤政殿，根本不看龍宣恩的臉色。

龍宣恩氣得抽出腰間佩劍，狠狠砍在一旁的香爐之上，將香爐砍成兩半，香灰灑了一地。

一幫宮女太監嚇得慌忙跪在地上：「皇上息怒！皇上息怒！」

此時老太監王千從外面匆匆走了進來，看到眼前一幕也是一怔，躬身道：「陛下！周大人和文太師都到了。」

龍宣恩深深吸了口氣，將手中劍遞給了一旁的小太監，瞇起雙目道：「讓他們進來！」

周睿淵和文承煥兩人也已經得知了東梁郡的消息，雖然兩人在得知這一消息之後心情各不相同，但無疑兩人都感到震驚，過去雖然知道胡小天有些本事，卻沒有想到他居然這麼厲害。

龍宣恩這會兒已經消了氣，接過王千遞來的香茗飲了一口道：「東梁郡的事情你們都知道了吧？」

兩人同時點了點頭道：「知道了！」

龍宣恩道：「都有什麼看法，說來聽聽。」

文承煥率先向前一步道：「陛下，事情已過去多日，胡小天迎戰本來無可厚非，但是他在戰勝唐伯熙軍隊之後，即刻前往武興郡，以莫須有罪名殺害了庸江水師提督趙登雲，並夥同一幫叛將控制了庸江水師，狼子野心昭然若示。臣接到武興郡方面的密保，可以證明趙登雲的清白，趙大人忠心耿耿，絕無和大雍勾結之事。」

龍宣恩點了點頭道：「讓庸江水師靜觀其變，不派援軍也是朕的意思，趙登雲對朕一向忠心耿耿，朕當然知道。」

文承煥道：「陛下，那胡小天膽大妄為，置陛下的天威於不顧，他佔據武興郡控制庸江水師，無非是想獲得更大的籌碼，讓皇上對他有所顧忌啊！此等賊子氣焰囂張，陛下絕不可容忍，否則何以讓朝中群臣心服？」

龍宣恩嗯了一聲，然後目光落在始終沉默的周睿淵臉上：「周愛卿，你怎麼看？」

周睿淵道：「臣贊同文太師的意見，可不贊同文太師的提議。」

文承煥向周睿淵看了一眼，心中明白他又要耍花樣，文承煥道：「願聽周大人高見！」

周睿淵道：「胡小天的確氣焰囂張，在查無實據的前提下居然敢於斬殺庸江水師提督，此子陰險奸詐，居然用三千人擊敗了唐伯熙的三萬精銳水師，又能隻身深入武興郡，斬殺趙登雲還全身而退，臣實在是想不通，難道趙登雲在庸江水師之中沒有一個追隨者？他手下的三萬多將士竟然眼睜睜看著主帥被殺而無動於衷？」

文承煥道：「都是因為胡小天用糧草軍餉來引誘那些士兵，而且他謀害趙登雲應該計畫已久，庸江水師之中不乏他的內應，據說親自下手之人就是趙登雲的親侄子趙武晟。」

周睿淵故意吸了一口冷氣道：「那就麻煩了，豈不是說胡小天已經控制了武興郡？武興郡乃是大康北方門戶，若是落入賊人之手豈不是大大的麻煩，陛下一定要馬上發兵收回武興郡。」

龍宣恩聽出周睿淵說的是反話，發兵征討？豈不是逼著胡小天謀反？如果胡小天已經控制了武興郡，那麼他等於擁有了三萬多庸江精銳水師，想要征討只怕也要付出重大犧牲。龍宣恩道：「胡小天又沒謀反，情況也沒有完全查明，豈可魯莽行事。」

周睿淵躬身行禮道：「陛下聖明，就算胡小天狼子野心，可現在這種形勢下，臣建議還是安撫為上，今時不同往日，昔日他只有一座東梁郡，只需封鎖庸江，就能斷了他的生路，可現在武興郡如果真的在他的控制之中，他就有了和雍人談判的條件，如果他向大雍送出兩座城池，大雍未嘗不會赦免他的罪過。」

龍宣恩雖然知道周睿淵是在向著胡小天說話，可這番話說得的確很有道理。

文承煥冷笑道：「依周大人的意思，胡小天殺了趙登雲不但沒罪，反而有功了？」

周睿淵道：「陛下，臣從來都沒有說過胡小天是個忠臣，此子野心勃勃，從他現在的作為可以看出他急於在庸江紮穩腳跟，拿下武興郡控制庸江水師的目的就是想和陛下討價還價，但是現在這種狀況下，陛下若是不採取隱忍的態度，只會將胡小天推向大雍一方，最終損害的是大康的利益啊！」

龍宣恩低聲道：「說說你的建議吧。」

周睿淵道：「事情既然已經到了這種地步，不若做個順水人情，趙登雲已經死了，就算給他洗冤昭雪，他也不能復生，趙大人生前忠心耿耿，死後必然也不會介意為朝廷出力，只要皇上明白他的忠義就好，就表面坐實趙登雲裡通外國之名，給予胡小天重賞，反正武興郡已經在他的實際控制之中，索性將趙登雲的位置封給他。」

文承煥一旁呵呵笑道：「周大人真是為胡小天考慮得周到啊！犯下如此彌天大禍，居然還要加官進爵，趙登雲碧血丹心，為國捐軀，最後還要落得賣國之名，周大人啊周大人，你這麼做可曾想過公正二字，可曾想過天理循環？」

周睿淵平靜道：「公道自在人心，國家危亡之際，何者為大？若是犧牲一人之清譽可換得大康之平安康盛，我周睿淵義無反顧，死不足惜！文太師，換成是你，難道你會將自身名譽看得比國家更為重要嗎？」

文承煥唇角的肌肉抽動了一下，心中把周睿淵祖宗八代都問候了一遍，周睿淵啊周睿淵，你這招好毒。他向龍宣恩躬身行禮道：「陛下，臣堅決認為決不可縱容胡小天這種奸佞小人，如果讓他得勢，只會趁機做大，一旦羽翼豐滿，再想治他只怕就難了。」

周睿淵道：「文太師一心想要治罪我也不反對，那就派人將他殺了，他死了大雍就不會再追究戰敗之事？庸江的危機就解除了？還是另選賢能前往庸江應對他所造成的危機？反正我是沒這個本事，文太師現在去或許趕得及！」

「你……」文承煥被周睿淵氣得七竅生煙，可偏偏又無法反駁。

龍宣恩皺了皺眉頭道：「你們都少說兩句，讓你們給朕出出主意，可你們卻是來給朕添亂的，都下去吧！」

兩人躬身告退，離開宮門外，文承煥氣得再不講究什麼風度儀態，拂袖而去。

周睿淵笑瞇瞇望著他的背影，搖了搖頭，忽然看到遠處一個身影正在快步走來，正是天機局的洪北漠，兩人目光交匯，彼此微笑頷首示意，卻並未交談，洪北漠匆匆進入了勤政殿。

龍宣恩見到洪北漠之後也沒多少好臉色，冷冷道：「怎麼來得這麼晚？」

洪北漠道：「啟稟陛下，因為一些事耽擱了，所以來遲了，還請陛下恕罪。」

龍宣恩道：「你見到他們兩個了？」按照洪北漠抵達的時間來推算，他剛剛應該和周睿淵、文承煥兩人打了照面。

洪北漠道：「見到了，沒顧得上說話。」

龍宣恩道：「他們兩個，一個要殺胡小天，一個要賞胡小天，朕都有些無所適從了。」

洪北漠道：「陛下心中應早就有了主意，他們的意見對陛下來說也不重要。」

龍宣恩擺了擺手，王千等人全都退了出去。

龍宣恩道：「朕真是有些後悔了，不該把胡小天放出去。」

洪北漠道：「臣倒認為，陛下將他放出去實則是走了一步妙棋。」

龍宣恩道：「此話怎講？」

洪北漠微笑道：「對陛下來說最重要的是時間，庸江防線乃是大康的天險所在，無論趙登雲是忠是奸，都改變不了他是一個庸才的事實，讓這樣一個庸才去鎮守庸江，只怕根本無力抵擋大雍水師的攻擊。」

龍宣恩道：「薛勝康都已經死了，暫時不用擔心吧。」

洪北漠搖了搖頭道：「正是因為薛勝康死了，大雍新君即位，他才會急於樹立起自己在臣民心中的威信，對一個君主來說最簡單的辦法就是征服，通過征服他國的土地來征服己方臣民的內心。唐伯熙之所以急於攻下東梁郡，無非是想將此城作為禮物敬獻給薛道洪，從而獲得信任，只可惜他遇到了胡小天。」

龍宣恩道：「胡小天這一仗可能會挑起兩國全面戰爭。」

洪北漠道：「這場仗註定要打，根據臣所得到的情報，大雍已經在開始準備，二月初春就發兵南下。」

龍宣恩道：「胡小天或許會把這場仗提前。」

洪北漠道：「他既然有本事用三千人擊敗大雍的三萬水師，接下來未必不能擋住大雍軍隊的進擊，陛下可能還不知道，外界傳言三千人，可在事實上共有五千人參加了戰鬥，有兩千人來自丐幫。」

龍宣恩眉峰一動：「丐幫！」

洪北漠壓低聲音道：「虛凌空一直都藏身在丐幫之中，我看這件事應該跟他有關。」

龍宣恩道：「看來朕只好順水推舟了。」

洪北漠道：「對陛下而言真正重要的只是時間，最多一年，臣便可大功告成，到時候這天下還不是在陛下的掌握之中！」

龍宣恩撫鬚道：「你最好不要讓朕失望！」

大雍新任天子薛道洪這兩天的日子並不好過，聽聞南陽水寨三萬水軍被胡小天的三千兵馬打了個落花流水，不但主將唐伯熙被殺，而且有一萬多名水師將士被俘，驚得薛道洪差點沒把下巴掉下來，這消息實在過於讓人震驚，唐伯熙是大雍名將，這本該是毫無懸念的一仗，卻想不到壓倒性的優勢卻無法變為最終勝勢。

兵部尚書黃北山恭敬站在薛道洪的身邊，從薛道洪緊皺的眉頭，他就知道這位新君的心情不好，剛剛登基就遭遇如此重挫，對意氣風發的薛道洪來說是一次沉重的打擊，假如他在這件事上處理不當，勢必會影響到他在臣子心中的地位。

雖然薛道洪成功登上帝位，可並不代表著他能夠服眾，朝廷之中還是有不少其他的聲音，七皇子薛道銘背後有淑妃董淑妃支持，董氏家族在大康的朝堂內擁有相當重要的地位，太師項立忍也是薛道銘的堅定支持者之一。薛道洪登基之後，本該著手清除這些異己，可是還沒等他來得及動作，南部就發生了這麼大的事情。

過去這種事情，薛道洪首先想到的人會是李沉舟，他和李沉舟不但是君臣更是兒時的玩伴，至交好友，可惜李沉舟奉了他的命令前往北疆勞軍，真正的用意是去安撫尉遲沖這位老帥，薛道洪知道父皇在臨終前曾經對尉遲沖百般猜忌，所以才有了尉遲沖前往北疆戍邊，自己剛剛登基，想要站穩腳跟，就必須要獲得這位軍中重臣的支持，李沉舟顯然是完成這個任務的不二人選。

黃北山道：「陛下，臣剛剛收到南陽水寨那邊的消息，胡小天提出釋放俘虜的條件，一共是一萬一千三百名俘虜，他要價每人兩百斤糧食，共計兩百萬斤。」

薛道洪冷笑道：「他是打家劫舍的強盜嗎？竟然用這種卑鄙手段！」

黃北山道：「陛下，那一萬多名水軍將士都是南陽水寨的精銳將士……」

薛道洪怒道：「別跟朕說什麼精銳將士！三萬名將士，五十艘戰船，卻打不過人家區區三千名士兵，朕的軍餉和糧草難道全都用來餵豬了？廢物！全都是廢物！這個唐伯熙，還號稱什麼大雍名將，簡直混帳！誰讓他去攻打東梁郡？朕有沒有下旨？如果不是他好大喜功，貪功冒進，怎會犯下這樣的錯誤，怎會遭遇如此慘敗？」

黃北山不敢說話，小心翼翼伺候一旁。

薛道洪發了一通火氣，搖了搖頭道：「兩百斤糧食一名士兵，這胡小天也是窮瘋了，給他，朕倒要看看，他有沒有命吃到嘴裡。」

黃北山道：「給他？」

薛道洪道：「邵遠不是有五萬駐軍嗎？秦陽明為何按兵不動？」

黃北山低聲道：「此時臣已經做過瞭解，乃是因為唐伯熙沒有向秦陽明提出共同夾擊的要求。」

「他是怕秦陽明搶了他的功勞，混帳！簡直混帳！只要他們少一點私心怎麼會落到這樣的境地。」薛道洪氣得又拍起了桌子。

黃北山道：「陛下，其實胡小天不足為慮，東梁郡在我方的包圍之中，想要收回不會花費太多的力氣。」

薛道洪道：「一個個話說得比天大，可做起事來卻破綻百出，你又不是不知道，現在那幫老臣子都在等著看朕的笑話，你們偏偏就給朕捅出了這樣的漏子，還嫌朕的事情不夠多嗎？」

黃北山道：「陛下，當務之急就是要拿下東梁郡，樹立陛下的威信，讓那幫老臣子自然閉嘴。」

薛道洪道：「你覺得派誰去打這場仗合適呢？」

黃北山道：「董天將如何？」

薛道洪眼皮翻了一下：「你覺得董家兄弟可用？」

黃北山只是從軍事上考慮，聽薛道洪這樣問自己，忽然意識到自己說錯了話，董天將乃是董淑妃的親侄子，而董淑妃卻是七皇子薛道銘的母妃，薛道洪上位之後又豈肯用和薛道銘關係密切的這些人，自己怎麼連這麼簡單的道理都想不透。黃北山慌忙改口道：「董天將勇猛有餘可是欠缺智謀，其實邵遠守將秦陽明就很不錯，在微臣的印象中，秦陽明好像很少有過敗績。」

薛道洪道：「就讓他去解決，朕沒多少耐心，給他半個月的時間，朕要他親手把胡小天的人頭和東梁郡一起給我帶回來！」

劉允才回去不久就返回了東梁郡，此次前來是通知胡小天，大雍已經同意了用糧食交換人質的要求，分三批來交換俘虜，在第一批俘虜換來了七十萬斤的糧食之後，胡小天召集心腹在東梁郡召開了一場秘密會議。

趙武晟和李永福專程從武興郡過來參加了這次密會。

眾人圍在胡小天讓人製作的沙盤之上，這是胡小天的創意，以三維立體的形式給他們最直觀的指引，為了這沙盤，胡小天可花費了不少的功夫。把二維地圖變成三維沙盤，換成過去沒什麼稀奇，在當今這種時代卻有著讓人驚豔的意義，連余天星都歎為觀止，對胡小天這位主公唯有佩服的份了。

胡小天道：「按照和大雍方面商定的計畫，最後交換俘虜的時間是在十天之後，也就說，他們很可能在十天之後對咱們發起總攻。」

趙武晟道：「有了他們送來的二百萬斤糧食，咱們應該可以撐過這個嚴冬，不如暫避鋒芒，退守武興郡，將東梁郡變為空城。」

胡小天和余天星對望了一眼，兩人都笑了起來。胡小天道：「趙將軍的主意雖然不錯，可是咱們退回庸江南岸，再想回來只怕就難了！」

眾人都皺了皺眉頭，心中暗忖，胡小天不會是要堅守東梁郡吧？這次雍軍來犯必然是有備而來，不會再犯輕敵的毛病，想要取勝很難。

胡小天道：「兩百萬斤糧食對咱們來說並不多，三萬多士兵，每人一個月最少也要二十斤糧食，也就是說這些糧食最多只夠咱們撐過這個冬天，可百姓怎麼辦？總不能咱們吃飽了肚皮，不管城內百姓的死活？就算大家都能填飽肚皮，可是過了這三個月呢？誰能確定明年一定會是豐收之年？想要沒有後顧之憂，就必須先解決吃飯的問題，軍師給我一個建議。」

眾人的目光都向余天星望去，余天星明顯有些不好意思，同時心中又激動萬分，胡小天當眾稱他為軍師，等於正式確認了他的地位。

胡小天指向沙盤道：「攻佔東洛倉！」

趙武晟和李永福對望了一眼，兩人都無法隱藏住目光中的震駭，李永福率先道：「不可能！東洛倉城牆之高闊城門之堅固超出了大雍多數城池，而且東洛倉駐軍兩萬，守將常凡奇更是不可多得的猛將，雖然不在大雍十大猛將之列，但是真正的實力不次於董天將。」

一旁熊天霸道：「有什麼了不起，就是董天將來了，我一樣把他給錘死！」

胡小天道：「自古華山一條路，與其死守，不如險中求勝，只要我佔領東洛倉，那麼就可以在江北形成完整的防線，佔據東洛倉之利，三年之內不必考慮糧草的問題。」

趙武晟道：「大人有沒有考慮，如果我們佔領了東洛倉，大雍會不惜一切代價派大軍前來圍剿！」

胡小天道：「咱們要的是糧食，真要是頂不住壓力，能運的運走，不能運走的一把火燒了，然後咱們再退守武興郡。如果出師不利，也可以起到聲東擊西，牽制對方兵力的作用，秦陽明若是得知東洛倉被攻，他必然放棄攻打東梁郡，回頭去救東洛倉。」

趙武晟點了點頭：「不錯，與其死守，不如險中求勝，大人，末將願領命前往！」

熊天霸道：「別跟我爭，我是一定要當先鋒的。」聽到戰鬥，熊天霸頓時來了精神，馬上請纓擔任先鋒。

胡小天道：「按照軍師的計畫，武興郡至少留下兩萬士兵守城，抽調一萬人來參加戰鬥。」

趙武晟和李永福的臉上同時露出凝重的表情，武興郡有三萬兵馬可以調用，但是胡小天只抽調一萬人，剩下兩萬人無疑要留在武興郡嚴防死守，這樣的安排可以理解，畢竟南陽水寨還剩下兩萬名雍軍水師精銳，加上交換回去的一萬多名戰俘，他們的水軍兵力達到三萬多人，不排除他們趁著雍軍大舉進攻東梁郡的同時，一鼓作氣拿下武興郡的可能。

胡小天道：「焦點雖然在東梁郡，可是武興郡所承受的壓力並不小，必須要讓雍軍感到無懈可擊，讓他們不可生出趁虛而入之心。」他向余天星道：「軍師，說說你的詳細計畫吧。」

余天星點了點頭，這才將自己的計畫從頭到尾說了一遍，眾人聽完全都鴉雀無聲，不是余天星的計畫不好，而是這個計畫過於大膽，其中甚至存在著幾個看來非常明顯的破綻。

胡小天看到眾人都不說話，微笑道：「大家暢所欲言，有什麼補充的地方只管明說。」

趙武晟道：「我基本同意余先生的看法，大雍在交換人質之後必然大舉來犯，南陽水寨至少有兩萬人，邵遠方面秦陽明會傾力而為，可能會帶來兩萬五千人，至於東洛倉，乃是大雍七大糧倉之一，雖然地方不大，可是其軍事地位卻是大雍東南最為重要的一處，余先生何以斷定，東梁郡會出兵一萬五千人？」

余天星道：「不是斷定，是推測！秦陽明指揮作戰從不喜歡冒險，雖然常勝，但是仔細分析他過往的戰例就會知道，每次戰鬥他都會在人數上占優，甚至連雙方勢均力敵的戰鬥他都未曾打過，我們在武興郡留下兩萬士兵，在外人眼中，東梁郡的防守兵力增加到一萬五千人左右，他若攻城至少需要兩倍或更多倍的人馬，三線同時進發，這三條線的兵力不可能相差太遠，根據我的推斷，秦陽明很可能集合南陽水寨兩萬人，邵遠兩萬五千人、東洛倉一萬五千人，共計約六萬人左右從三個不同的方向對東梁郡進行圍堵。」

李永福道：「就算如此，余先生有把握攻下東洛倉？」

余天星搖了搖頭道：「沒有十足的把握，我也沒有未卜先知之能，但是除了這個辦法，我們似乎沒有轉敗為勝的機會。」

朱八道：「本以為打完這場仗就完事了，想不到我們還要多留幾天。」

胡小天看出幾人對余天星仍然欠缺信任，雖然余天星成功指揮擊敗了唐伯熙軍團，但是他的威信仍然沒有建立起來。這種時候胡小天必須要站出來為他說話了，胡小天道：「我覺得余先生的計畫雖然冒險了一些，但是可行度很高。」他指向沙盤道：「沒有東洛倉，東梁郡始終三面受敵，只有奪下東洛倉，才能構築一條完整的防線，改變東梁郡的被動局面，而且可一次性解決糧荒的問題。」

李永福道：「大人難道真打算用八千人攻打東洛倉？若是東洛倉留下一萬人或更多，若是東洛倉守軍乾脆堅守不出呢？就算一切如余先生推算的那樣，我們如果不能在短時間內拿下東洛倉，進攻東洛倉的消息一旦傳到這邊的戰場，秦陽明必前往支援，到時候前往攻打東洛倉的軍隊就會陷入進退兩難的境地。」

胡小天道：「所以我們必須要及時拿下東洛倉。」他將目光投向梁英豪。

梁英豪道：「我研究過東洛倉的周邊狀況，東洛倉因為運輸的需要，特地開挖了一條運河，這條運河和庸江之流烏水河相通，碼頭位於東洛倉內部，進入東洛倉通過水門。東洛倉的污水全都通過水門附近的暗渠排入運河之中。這些暗渠距離東洛倉約有兩里。」

趙武晟道：「你是說，可以通過暗渠潛入東洛倉？」

梁英豪點了點頭。

趙武晟指了指沙盤上東洛倉的位置：「你知不知道東洛倉的箭塔有多高，運河周圍一馬平川，別說一里，就算五里內的地方有任何動靜都會被他們看得清清楚楚。」他對余天星並不瞭解，更談不上信任，在他看來紙上談兵和臨敵實戰天差地別。

余天星道：「這就需要轉移他們的注意力，我們可在東洛倉西北的山丘之上事先佈置三台投石車，在約定的時間以投石向東洛倉內發起攻擊，利用山丘的高度，投石車攻擊的範圍成倍增加，我計算過投石的落點，可以落在東洛倉內，這些落石會對東洛倉造成極大的威脅，東洛倉遭遇襲擊之後，他們必然會及時清除威脅，會分出部分兵力前往山丘之上摧毀投石車。趁著投石車牽制他們兵力的時候，我們的人從暗渠之中潛入東洛倉。」

趙武晟此時已經完全明白了余天星的計畫，不得不承認余天星的計畫還是相當縝密，但是又存在著巨大的風險，風險越大挑戰越大，他握緊雙拳，低聲道：「既然已經決定打這一仗，末將願領兵潛入東洛倉。」

余天星道：「可供調用的兵馬八千人，三台投石車意在牽制東洛倉駐軍的注意力，必須嚴防死守，此地需要兩千人，朱先生，你和你的兄弟負責，無論如何都要牽制住敵軍主力，給潛入東洛倉的兄弟創造足夠的時間和機會，記住防守為主，不可冒險出擊，一旦敵人發覺東洛倉遭襲，你才可從後方對他們進行追擊牽制。」

朱八點了點頭道：「先生放心，只要我有一口氣在，就守住這片高地。」

余天星道：「趙將軍你從武興郡挑選一千名精銳水軍，隨同主公一起從暗渠潛入東洛倉。」

趙武晟聞言不覺一怔：「什麼？」他萬萬沒想到胡小天居然要親自深入險境。

胡小天微笑道：「我的水性和武功都沒有問題，不過這樣的天氣，河水冰冷刺骨，需要配備保暖性能良好的水靠，還需要一流的水性。想要不被他們發現，必須從五里以外進入運河，潛游到暗渠開口的地方，你選不選得出一千人？」

趙武晟點了點頭道：「挑選得出，大人，還是由末將領兵前往，大人何等身分，豈可親自冒險！」

余天星道：「趙將軍還有其他的任務，除了三千人之外，剩下的五千人由趙將軍引領，你們要在白臘口附近埋伏，若是主公順利拿下東洛倉，你即刻率領這五千人前往東洛倉會合，並圍剿東洛倉逃走敵軍，若主公攻城受阻，你們就負責在這裡阻擊秦陽明前往增援之部隊，務必要留給主公他們從容撤離的時間。」

他說完之後方才道：「趙將軍，你肩上的擔子很重，東洛倉被攻之後，這邊很快就會收到消息，秦陽明派出援軍火速增援，最快可在兩個時辰內抵達。」

趙武晟點了點頭。

熊天霸發現余天星又把自己給忘了，慌忙道：「我呢？我呢？」

余天星道：「你和趙將軍一起，充當他的先鋒官，記住，打起來你衝在最前，逃走的時候你留在最後，明白嗎？」

熊天霸道：「明白！」

胡小天向李永福望去：「李將軍，你雖然沒有直接參與戰鬥，可是武興郡卻關係到我們的生死存亡，東洛倉攻不下以後還有機會，東梁郡被人搶走，我們還能搶回來，可是如果武興郡被破，那麼我們就無處容身了。」

李永福躬身抱拳道：「主公放心，我李永福人在城在！城亡人亡！」

胡小天拍了拍他的肩頭，語重心長道：「城一定要在，人也一定要在，不然就是你失職，等這場戰事打完，我和你們再坐下來好好喝上一場慶功酒！」

余天星道：「李將軍坐鎮武興郡，在得到東洛倉被我軍拿下的消息之後，可佈置百艘戰船向下沙港進發，每艘戰船僅僅配備操縱水手即可，不可投入太大兵力。」

李永福道：「那豈不是要我虛張聲勢？」

余天星點了點頭道：「要的就是虛張聲勢！」

請續看《醫統江山》第二輯卷五 黑白大戰

醫統江山 II 卷4 大膽佈局

作者：石章魚
發行人：陳曉林
出版所：風雲時代出版股份有限公司
地址：10576台北市民生東路五段178號7樓之3
電話：(02) 2756-0949
傳真：(02) 2765-3799
執行主編：劉宇青
美術設計：許惠芳
行銷企劃：林安莉
業務總監：張瑋鳳

初版日期：2020年10月
版權授權：閱文集團
ISBN ：978-986-352-869-2
風雲書網：http://www.eastbooks.com.tw
官方部落格：http://eastbooks.pixnet.net/blog
Facebook：http://www.facebook.com/h7560949
E-mail：h7560949@ms15.hinet.net
劃撥帳號：12043291
戶名：風雲時代出版股份有限公司

風雲發行所：33373桃園市龜山區公西村2鄰復興街304巷96號
電話：(03) 318-1378
傳真：(03) 318-1378
法律顧問：永然法律事務所 李永然律師
北辰著作權事務所 蕭雄淋律師

行政院新聞局局版台業字第3595號 營利事業統一編號22759935

國家圖書館出版品預行編目資料

醫統江山 第二輯／石章魚 著. -- 臺北市：風雲時代，2020.08- 冊；公分

ISBN 978-986-352-869-2（第4冊；平裝）

857.7　109009548